KB058956

산(山)을 생각한다

일러두기

1. 모본의 발간 당시의 내용을 그대로 살리되 편집상의 오류를 바로잡고 기본 맞춤법은 오늘
   에 맞게 수정했다.

2. 인명·지명·서명·식물명 등은 원문의 것을 그대로 살리되, 독자의 이해를 위해 현대식으로
   표기하거나 현대식 표기를 병기한 경우도 있다.

산(山)을 생각한다

초판 1쇄 인쇄 _ 2021년 9월 25일
초판 1쇄 발행 _ 2021년 9월 30일

지은이 _ 이병주
펴낸곳 _ 바이북스
펴낸이 _ 윤옥초
책임 편집 _ 김태윤
책임 디자인 _ 이민영

ISBN _ 979-11-5877-266-6 03810

등록 _ 2005. 7. 12 | 제 313-2005-000148호

서울시 영등포구 선유로49길 23 아이에스비즈타워2차 1005호
편집 02)333-0812 | 마케팅 02)333-9918 | 팩스 02)333-9960
이메일 postmaster@bybooks.co.kr
홈페이지 www.bybooks.co.kr

책값은 뒤표지에 있습니다.
책으로 아름다운 세상을 만듭니다. — 바이북스

미래를 함께 꿈꿀 작가님의 참신한 아이디어나 원고를 기다립니다.
이메일로 접수한 원고는 검토 후 연락드리겠습니다.

이병주 에세이

산(山)을 생각한다

이병주 지음

바이북스
ByBooks

왜 지금 여기서 다시 이병주인가

탄생 100주년에 이른 불후의 작가

백년에 한 사람 날까 말까 한 작가가 있다. 이를 일러 불세출의 작가라 한다. 나림 이병주 선생은 감히 그와 같은 수식어를 붙여 불러도 좋을 만한 면모를 갖추었다. 그의 소설은 『관부연락선』, 『산하』, 『지리산』, 『그해 5월』 등을 통하여, 한국 현대사를 매우 사실적이고 설득력 있게 문학이라는 그릇에 담아낸다. 동시에 「소설·알렉산드리아」, 『행복어사전』 등을 통하여, 동시대 삶의 행간에 묻힌 인간사의 진실을 '신화문학론'의 상상력을 활용하여 문학의 그물로 걸어 올린다.

그의 소설이 보여 주는 주제 의식은 그야말로 백화난만한 화원처럼 다양하게 펼쳐져 있다. 『예낭 풍물지』나 『철학적 살인』 같은 창작집에 수록되어있는 초기 작품의 지적 실험성이 짙은 분위기와 관념적 탐색의 정신으로부터, 시대와 역사 소재의 작품에서 볼 수 있는 숨겨진 사실들의 진정성에 대한 추적과 문학적 변용, 현대사회 속에서의 다양한 삶의 절목(節目)과 그에 대한 구체적 세부의 형상력 등을 금방이라도 나열할 수 있다.

더욱이 현대사회의 삶을 주된 바탕으로 하는 작품들에서는, 천차만별의 창작 경향을 만날 수 있다. 1980년대 이후에는 『허망의 정열』, 『그 테러리스트를 위한 만사』 등의 창작집에서 역사적 사건과 현실 생활을 연계한 중편이나 함축성 있는 단편들을 볼 수 있는데, 여기에까지 이르면 이미 그의 작품에 세상을 입체적으로 바라보는 원숙한 관점과 잡다한 일상사에서 초탈한 달관의 의식이 깃들어 있다.

이병주는 분량이 크지 않은 작품을 정교한 짜임새로 구성하는 능력이 뛰어나지만, 그보다 부피가 장대한 대하소설을 유연하게 펼쳐 나가는 데 훨씬 더 탁월하다. 일찍이 그가 도스토옙스키의 『죄와 벌』을 읽고 그 마력에 사로잡혔다고 고백한 것도 이 점에 견주어 볼 때 자못 의미심장하게 여겨진다. 길다면 길고 짧다면 짧은 한국 현대문학사에서 이병주와 같은 유형의 작가는 좀처럼 다시 발견되지 않는다.

그 자신이 소설보다 더 파란만장한 생애를 살았던 체험의 역사성, 박학다식과 박람강기를 수렴한 유장한 문면, 어느 작가도 흉내 내기 어려운 이야기의 재미, 웅혼한 스케일과 박진감 넘치는 구성 등이 그의 소설 세계를 떠받치고 있다면, 그에게 '한국의 발자크'라는 명호를 부여해도 그다지 어색할 바 없다. 발자크가 19세기 서구 리얼리즘의 대표 작가일 때, 이병주는 20세기 한국 실록 대하소설의 대표 작가다. 그가 일찍이 책상 앞에 "나폴레옹 앞에는 알프스가 있고 내 앞에는 발자크가 있다"고 써 붙였던 사실은 널리 알려져 있다.

거기에다 그가 남긴 문학의 분량이 단행본 1백 권에 육박하고 또 이들이 저마다 남다른 감동의 문양(紋樣)을 생산하는 형편이고 보면, 이는 불철주야의 노력과 불세출의 천재가 행복하게 악수한 사례에 해당한다. 그럼에도 불구하고 그는 우리 사회의 고질적인 학연이나 지연, 그리고 일부 부분적인 '태작(駄作)'의 영향으로 정당한 평가를 받지 못했다. 요컨대 그는 그렇게 허망하게 역사의 갈피 속에 묻혀서는 안 될 작가이며, 그에 대한 정당한 평가는 한 작가가 필생의 공력으로 이룩한 문학적 성과를 올곧게 수용해야 마땅한 한국문학의 책무이기도 하다.

그래서 지금 여기서, 다시 이병주인 것이다. 마치 허만 멜빌의 『모비딕』이 그의 탄생 1백 주년 기념행사를 통해 다시 세상에 드러났듯이, 우리는 그가 이 땅에 온 지 꼭 100년, 또 유명(幽明)을 달리한 지 29년에 이르러 그의 '천재'와 '노력'을 다시 조명해 보아야 한다. 진보와 보수의 이념적 성향이나 문학과 비문학의 장르적 구분, 중앙과 지방의 지역적 차이를 넘어 온전히 그의 문학을 기리고 사랑하는 마음을 앞세워서 '이병주기념사업회'가 발족 되었던 것은, 바로 이러한 당위적인 일들을 감당하기 위해서였다.

미상불 그의 작품세계가 포괄하고 있는 이야기의 부피를 서재에 두면, 독자 스스로 하루의 일을 마치고 귀가하는 발걸음을 재촉할 것이다. 더 나아가 물질문명의 위력 앞에 위축되고 미소한 세계관에 침몰한 우리 시대의 갑남을녀(甲男乙女)들에게, 그의 소설이 거대담론의 기개를 회복하고 굳어버린 인식의 벽을 부수는 상상력의 힘, 인간관계의 지혜와 처세의 경륜을 새롭게 불러오리라 확신하는 바이다.

2021년 나림 탄생 100주년 기념사업의 일환으로 지난해 7월부터 진행해온 '이병주 문학선집' 발간 준비작업이 여러 과정을 거쳐 작품 선정 작업을 완료하고 대상 작품에 대한 출간 작업에 들어갔다. 작품 선정은 가급적 기 발간된 도서와 중복을 피하고, 재출간된 도서들이 주로 역사 소재의 소설들임을 감안하여 대중성이 강한 작품에 중점을 두기로 했다. 이를 위해 한길사 전집 30권, 바이북스 및 문학의숲 발간 25권을 기본 참고도서로 하여 선정 및 편집을 진행했다.

그동안 지원기관인 하동군의 호응과 이병주문학관의 열의, 그리고 편찬위원 및 기획위원들의 적극적인 작품 추천 작업 참여, 유족 대표인 이권기 교수 및 기념사업회 운영위원 고승철 작가 등 여러분의 충심 어린 조언과 지원에 힘입어 이와 같은 성과를 얻게 되었다. 역사 소재의 작품들에 이어 대중문학의 정점에 이른 작품들을 엄선한 '이병주 문학선집'이 독자 제현의 기대와 기쁨이 되기를 기원한다.

이병주기념사업회에서는 이 선집 발간을 위하여 〈편찬위원회〉를 구성하고 편찬위원장에 임헌영(문학평론가, 민족문제연구소 소장) 씨를 모시고, 편찬위원으로 김인환(문학평론가, 전 고려대 교수), 김언종(한

문학자, 전 고려대 교수), 김종회(문학평론가, 전 경희대 교수), 김주성(소설가, 이병주기념사업회 사무총장), 이승하(시인, 중앙대 교수), 김용희(소설가, 평택대 교수), 최영욱(시인, 이병주문학관 관장) 제 씨를 위촉했다. 이와 함께 기획위원으로 손혜숙(이병주 연구자, 한남대 교수), 정미진(이병주 연구자, 경상대 교수) 두 분이 참여했다.

이 선집은 모두 12권으로 구성되어 있으며, 선정 작품 목록은 다음과 같다. 중·단편 선집 『삐에로와 국화』한 권에 「내 마음은 돌이 아니다」(단편), 「삐에로와 국화」(단편), 「8월의 사상」(단편), 「서울은 천국」(중편), 「백로선생」(중편), 「화산의 월, 역성의 풍」(중편) 등 6편의 작품이 실려 있다. 그리고 장편소설이 『허상과 장미』(1·2, 2권), 『여로의 끝』, 『낙엽』, 『꽃의 이름을 물었더니』, 『무지개 사냥』(1·2, 2권), 『미완의 극』(1·2, 2권) 등 6편 9권으로 되어 있다. 또한 에세이집으로 『자아와 세계의 만남』, 『산을 생각한다』 등 2권이 있다.

이병주기념사업회와 편찬위원들은 이 12권의 선집이 단순히 한 작가의 지난 작품을 다시 볼 수 있도록 재출간한다는 평면적 사실을 넘어서, 우리가 이 불후의 작가를 기리면서 그 작품을 우리 시대에 좋은 소설의 교범으로 읽고 즐거워할 수 있는 하나의 본보기가 되었으면 한다. 역사적 삶의 교훈과 더불어 일상 속의 체험들에 의미를 부여할 수 있는 유익한 길잡이로서의 문학이 되었으면 하는 것이다. 이 선집이 발간되기까지 애쓰고 수고한 손길들, 윤상기 군수

님을 비롯한 하동군 관계자들, 특히 이 일이 진행될 수 있도록 막후에서 모든 지원을 아끼지 않으신 이병주기념사업회의 이기수 공동 대표님, 어려운 시절에 출간을 맡아주신 바이북스의 윤옥초 대표님께 깊이 감사드린다.

2021년 나림 탄생 100년의 해에

이병주 문학선집 편찬위원회 일동

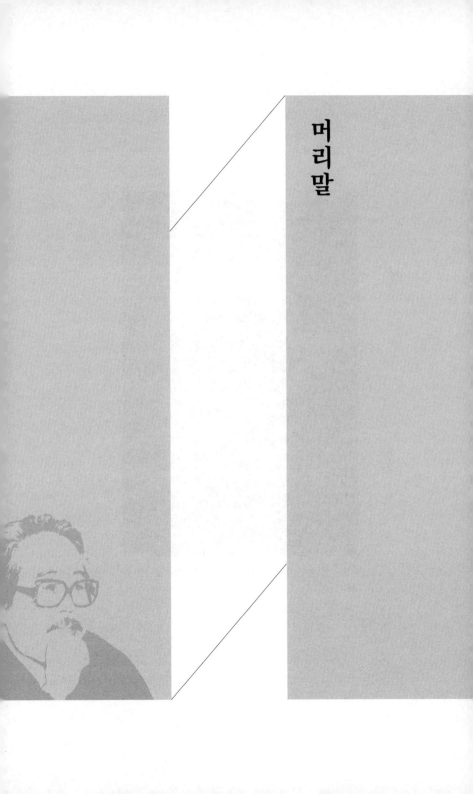

머리말

북한산 중턱에 있는 일선사에서 다시 대성문으로 오르는 길
목의 오솔길

산을 생각한다

산에 오른다는 것은 한 걸음 한 걸음 나를 높여가는 노릇이다.

산에 오른다는 것은 한 걸음 한 걸음마다에 나를 확인하는 노릇이다.

산에 오른다는 것은 걸음마다에 나를 발견하는 노릇이다.

하늘 아래에 산이 있고, 산 위에 하늘이 있고, 그 사이에 내가 서 있다는 이 단순한 사실이 어쩌면 이처럼 고마울 수가 있을까. 누가 뭐라고 해도 이 순간 천지간(天地間)에 나의 위상은 확고 부동한 것이다.

능선은 무한한 과거로부터 무한한 미래에 뻗어 있는데 나의 현재가 그 과거와 미래를 이어 발자국 소리를 낸다. 그러고 보니 산을 걷는다는 것은 인생을 걷는 것이다.

돌부리 하나하나가 반가운 것은 우주의 섭리가 그처럼 겸허하게 자기 표현을 하고 있기 때문이다.

　나무들의 가지마다가 반가운 것은 내 속의 식물성을 그렇게 대신하고 있기 때문이다.

　이름 모를 꽃들이 그처럼 반가운 것은 내 생명의 호사를 그 꽃들에 보기 때문이다.

　매월당(梅月堂)은 가고 없어도 그가 밟은 북한산 오솔길이 이렇게 다소곳할 때 그를 포함한 무수한 선인들이 아직도 그 오솔길과 더불어 있다는 상념은 위대한 발견이 아닐 수 없다.

　산은 허무를 가르치면서 생명의 보람을 가르친다.

　산은 겸허를 가르치면서 호연(浩然)한 기상(氣象)을 가르친다.

　산은 수유(須臾)를 통해 영원을 가르친다.

　산을 걸으면 산의 미술을 본다.

　산을 걸으면 산의 음악을 듣는다. 산을 걸으면 산의 철학을 배운다.

　산을 걸으면 살아 있다는 것이 곧 승리라는 것을 깨닫게 된다.

　산을 걸으면 나를 위해 산이 있다는 은총(恩寵)으로 해서 황홀하다.

　나는 언젠가 위대한 강(江)의 이야기를 쓸 참이었는데, 그 강의 어머니가 산이었다. 산에 잉태되고 그 품에서 자라 강이 되는 것이다.

일요일마다 북한산에 오르게 된 지 6년 만에 얻은 나의 사상이 이상과 같은 것이다.

북한산에 오르기 시작하기 전의 나는 산은 남이 오르는 곳이고, 산에 대한 관심조차도 책 속에서 찾으면 그만이란 생각을 갖고 있었다.

그런 까닭에 여가를 만들어 산에 가려는 사람을 보기만 하면, 물론 마음속에서였지만 "미친 놈, 여가가 있으면 책이나 볼 일이지." 하고 빈정거렸다.

등산가는 별종이고 비등산가는 정상이었던 것이다.

등산가의 경우는

"왜 산에 오르느냐."

"거기에 산이 있으니까."

로 되고, 비등산가의 경우는

"왜 산에 오르지 않느냐."

"거기에 산이 있으니까."

로 된다.

꼭 같이 답은 '거기에 산이 있으니까'인데 등산가는 가슴을 펴고 말하고, 비등산가는 어깨를 움츠리며 말한다.

비등산가에 있어선 산은 멀리서 바라보면 그만인 곳이다. 생활의 필요에 따르거나, 명령에 의하거나, 피난갈 사정이 생겼거나 하지 않으면 오를 까닭이 없을 뿐 아니라 산은 피해 가야 하는 곳이다.

그러한 내가 우연한 기회에 산에 오르기 시작했다. 한 번 오르고 보니 그만둘 수가 없었다. 아무리 바쁜 일이 있어도 일요일만 되면 산에 오르지 않곤 배겨낼 수가 없다. 눈이 오나, 비가 오나 혹서이건 혹한이건 나는 산에 간다. 건강상의 이유로서가 아니라 심정적인 경사(傾斜)이다.

"산 없이 어찌 내 인생이 있으랴."

그러고 보니 산에 갈 생각없이 살았던 때의 나의 인생은 반쯤은 헛 산 것으로 될 수밖에 없다.

솔직하게 말해 나는 산에 오름으로 해서 비로소 인생을 안 것 같은 기분이 되었고 조국애를 실감하게 되었다.

산에 오르지 않았을 때라고 해서 나름대로의 조국애가 없었던 것은 아니다. 그러나 그건 관념적인 것에 불과했다. 관념적으로 여체(女體)를 안는 것과 실제로 여체를 안는 것과 다른 만큼 관념적인 조국애와 구체적인 조국애는 다르다. 조국에 대한 원초적인 사랑은 바로 산하(山河)에 대한 사랑인 것이다.

먼 외국을 여행하고 있으면 가끔 조국의 산하가 망막에 떠오른다. 그러나 그것뿐이다. 그런데 산행을 시작하고부턴 조국의 산하라고 하는 막연한 이미지 대신, 내가 직접 밟고 다녔던 비탈길, 능선길,

오솔길, 옹달샘, 그 언저리의 나무, 꽃, 바위, 돌부리의 모양까지 선명하게 떠오른다.

일요일이면 "내가 고국에 있었다면 지금쯤 그곳을 걷고 있을 것인데." 하며 오솔길을 눈앞에 그려놓곤 절박한 망향의 정에 사로잡힌다. 이러한 감정이 바로 조국애가 아니겠는가.

이런저런 이유보다도 산에 오른다는 것은, 산에 오를 수 있다는 것은 한량없는 기쁨으로 된다. 무상의 작업, 무상의 기쁨, 이를테면 가장 순수한 인간영위(人間營爲)로 되는 것이다.

동서를 막론하고 산을 즐기는, 즉 요산(樂山)과 요수(樂水)의 취미는 일찍부터 있었다. 민화에 갓 쓰고 도포를 입은 선비들이 로프를 매어 금강산에 오르는 상황을 그린 것이 있는 걸 보면 요산의 정도를 넘은 등산의 정열이 예부터 있었다는 것을 알 수가 있다.

그러나 등산의 개념이 현대식으로 정립된 것은 근세에 들어서다.

서양에 있어서의 등산은 알프스에서 시작되었다. 등산을 '알피니즘'이라고 하고 등산가를 '알피니스트'라고 명명하게 된 것으로도 그렇게 짐작할 수가 있다.

문헌에서 밝혀진 최초의 알피니스트는 이탈리아의 페트라 르카이다. 1335년 그는 몽벤투에 올랐다. 몽벤투는 우리나라 지리산의 천왕봉보다 3미터가 낮은 표고 1,912미터의 산이다.

레오나르도 다 빈치가 몽보소에 올랐다는 기록이 있다. 다빈치도 산에 대한 관심이 깊었던 모양이다. 그의 걸작인 〈모나리자〉의 배경에 산이 있다는 것을 보아서도 알 수가 있 다.

르네상스와 더불어 등산이 유행하게 되었다. 취리히 대학의 교수 콘라트 게스너는 즐겨 많은 산에 올랐다. 그 가운데서도 1555년 표고 2,132미터의 필라투스 산에 오른 것이 유명하다. 그는 등산을 통해 그의 전공인 식물학과 언어학을 풍부하게 했지만, 그보다도 그는 등산의 기쁨을 발견한 사람이다. 그의 라틴어로 된 등산기는 많은 사람의 가슴에 정열을 심었다.

알프스에서 등산의 의미가 확립된 것은 1786년 8월 8일 4,810미터의 표고를 가진 몽블랑의 첫 등정일 것이다. 몽블랑은 유럽의 최고봉이다. 그 산이 등산사의 최초의 기록이 될 수 있었다는 것은 의미있는 일이다.

이 위적을 행한 사람은 호레이스 베네딕트 드 소쉬르이다. 소쉬르는 식물학자이며 물리학자이기도 하고 지질학자였다. 제네바에서 탄생하여 제네바에서 자란 소쉬르는 소싯적부터 산에 대한 깊은 사랑을 가꾸었다. 그는 제네바에서 아득히 바라뵈는 몽블랑을 동경했다.

"언젠가는 몽블랑에 오르리라."

동경은 이윽고 신념으로 되었다.

그러나 몽블랑은 광대한 빙하와 험준한 빙벽으로 되어 있는 산이라서 그 산에 오를 생각을 한다는 것 자체가 망상이었다. 17세기의 지도에 몽블랑은 '저주받은 산'이라고 기록되어 있기조차 하다.

소쉬르의 정열은 많은 공명을 얻었다. 이윽고 야심적인 대담한 사나이 둘이 소쉬르의 희망을 달성하기에 이른다. 소쉬르는 두 청년의 성공적인 등반이 있은 이듬해, 즉 1787년 18명으로 된 등산대를 이끌고 몽블랑의 정상에 도달했다. 그가 꿈을 가진 지 25년 만의 일이다.

과학자인 그는 기온과 기압, 그 밖에 많은 과학적인 관찰을 했을 뿐만 아니라, 감동적인 문장으로 몽블랑의 장엄과 몽블랑에 의해 앙양된 영적인 기쁨을 적었다. 이로서 '알피니즘'이란 말이 탄생하게 된 것이다.

그로부터 70년 간이 이른바 '알프스의 개척 시대'이다. 산을 두려워하던 시대는 지났다. 용감한 선구자들이 알프스의 봉우리마다, 알프스의 구석마다를 헤매게 되었다. 이러한 추세에 자극되어 차츰 등산가들을 맞이해 들이는 준비태세도 갖추어져 갔다.

"자연으로 돌아가자"는 장 자크 루소의 외침이 등산열을 북돋우었다. 산업혁명이 철도를 발전시키고 숙사(宿舍)를 마련하게도 되었다. 1800년 이후 알프스는 등산가들의 메카가 되었다.

1854년부터 1865년까지는 '알프스의 황금 시대'라고 할 수가 있다. 이 10년 동안에 알프스는 남김없이 답사되고, 4,000미터 이상의 고봉은 거의 등반객을 맞이하게 되었다. 이러한 고봉을 등반한 빛나는 기록을 남긴 알피니스트들과 이를 도운 안내자들의 이름을 기록하는 것만으로도 방대한 책이 될 것이다.

헌데, 주목할 것은 등산가의 대부분이 영국인이었다는 사실이다. 빅토리아 조의 전성기를 맞은 영국은 등산의 영역에서도 단연 선두를 달렸다.

"세계는 우리들의 것이다." 영국인의 이러한 긍지 넘치는 자각이 "그러니까 알프스도 우리들의 것이다"로 발전된 것이다.

아무튼 영국인의 등산사에 남긴 공적은 다른 영역에 있어서의 그들의 공적에 손색이 없다.

알프스 산맥에서 미등반으로 남은 것은 마터호른이었다. 마터호른은 얼음을 깎아 세운 피라미드이다. 수려하며 엄숙한 기품을 가진 산용(山容)을 쳐다보고 탄성을 올리지 않은 사람은 없었지만, 누구도 그 산에 오르려는 생각을 가지지 못했다. 너무나 험준하고 너무나 위험하여 근접할 수가 없었던 것이다.

그러나 "거기에 산이 있으니까 올라야 하는 것이다" 에드워드 윔퍼가 마음 속에서 다진 말이다.

에드워드 윔퍼는 런던 태생의 화가이다. 1860년 21세 때 그는 스케치북을 들고 알프스에 갔다. 그의 알프스 정열은 이때부터 싹텄다. 1865년까지 매년 알프스를 찾아선 이 산 저 산에 올랐다. 그의 목적은 마터호른의 등반에 있었다. 그는 매년 시도를 거듭했지만 언제나 실패로 끝났다. 일곱 번이나 실패를 되풀이했다. 그래도 그는 단념하지 않았다. 그 사이 그는 세밀하게 등산로를 관찰하고 연구했다.

드디어 1865년 7월, 윔퍼는 마터호른의 정상에 인류 최초의 발 자취를 새기게 되었다. 이 등반에 하나의 드라마가 있었다. 마터호른을 노리고 있는 사람이 윔퍼 말고 또 하나 있었다. 이탈리아인 장 안 토안 카렐이었다. 그들은 처음엔 서로 협력하여 마터호른 등반을 계획한 사이였지만, 최후의 등반에선 선두를 다투는 라이벌이 되었다.

같은 날이었지만 선착의 영광은 윔퍼가 차지하게 되었다. 그러나 하산할 즈음 일행 7명 가운데 4명이 추락사 하는 비극적 사건이 발생했다.

윔퍼의 마터호른 등반으로 '알프스의 황금 시대'의 종말을 고했다. 그 조난 사건은 유럽에 커다란 충격을 주어 일시 알프스 등산을 금하자는 움직임마저 있었다. 윔퍼는 그후 다시는 알프스에 오르려고 하지 않았다. 그곳을 찾으려고도 아니했다. 비참한 회상 때문이었다.

그러나 1911년 가을 72세의 노령으로 알프스를 찾아 가서 그해 9월 16일에 그곳에서 죽었다. 그의 유해는 몽블랑 산록의 무덤에 잠들어 있다는 이야기다.

나는 윔퍼의 저서 『알프스 등반기』를 심취해서 읽은 적이 있다. 그래서 나는 "알프스에 오르진 않았지만 윔퍼의 책은 읽었다"고 뽐내고, 내 스스로를 '북키시 알피니스트(bookish alpinist)'로서 자처했던 것이다.

차례

설악산송(雪嶽山頌)

지리산학(智異山學)

가보고 싶은 산(山)

맺음말

독서등산(讀書登山)

도봉산의 관음암에서 부처님께 돌아가신 어머니의 명복을
빌고 있는 필자

그래도 산에 오르고 싶으면

'북키시 알피니스트' 즉 독서 등산가라고 해서 물론 으쓱해 할 것
도 못되지만, 그렇다고 해서 자조할 것까지도 없다. 영국의 유명한
등산가 영씨는 이렇게 말하고 있는 것이다.

"내가 산악인이라고 할 땐 등산하는 사람만을 말하는 게 아니다.
걷기를 좋아하고 산에 관한 책을 즐겨 읽고 사색하는 사람이면 모두
가 산악인이다."

다음에 윔퍼의 글을 소개한다.

연극은 끝났다. 곧 막이 내린다. 이별에 앞서 내가 산으로부터 얻
은 교훈 몇 가지를 얘기해두고 싶다.

저기에 있는 저 높은 산을 보라! 아득히 멀다.

"도무지 자신이 없다"는 말이 절로 입에서 나온다.

"그렇지 않다"고 등산가는 말한다.

"길은 멀다. 그건 알고 있다. 장애물도 있을 것이고 위험도 있을

것이다. 그러나 오르지 못할 까닭이 없다. 길을 찾아보자. 선배 등산가를 찾아가서 비슷한 산에 올랐을 때의 방법과 갖가지 위험을 피하는 수법을 알아보기로 하자."

그리곤 그는 올라간다. 하계(下界)는 잠들고 있을 때에, 길은 미끄러웠다. 힘이 들었다. 그러나 치밀한 주의와 인내가 최후의 승리를 얻는다. 드디어 정상에 도달했다. 하계에 있는 사람들은 놀랜다.

"믿을 수 없군. 초인적이다."

우리들 등산가는 야만적인 힘을 부리는 것보다 흔들리지 않은 목적과 인내를 가지는 것이 더욱 중요하다고 언제나 생각한다. 우리들은 어떤 산을 오르는데도 인내와 고생이 따른다는 것을 알고 있고, 노고 없이 성공을 바라는 건 터무니없는 노릇이라고 알고 있다. 서로 도우는 게 유리하다는 것, 많은 곤란을 만난다는 것, 많은 장애를 극복하기도 하고 피하기도 해야 한다는 것을 알고 있다.

그러나 의지만 있으면 길은 저절로 트인다는 것도 알고 있다. 그리고 산에서 내려와 일상의 일로 돌아가 인생의 싸움을 할 때 앞을 가로막는 갖가지 장애를 극복하는 데 있어서 한층 씩씩하게 되어 있는 스스로를 발견한다. 이윽고 지난날의 노고와 그 승리를 회상하곤 다시 용기를 얻어선 활달하게 인생을 산다.

나는 괜히 등산을 권장하거나 변호하거나 할 작정이 아니다. 도덕군자 같은 충고를 할 작정도 아니다. 그러나 끝맺음으로 가장 중요한 교훈을 전해두고 싶다.

우리들은 등산을 통해 얻은 건강을 즐긴다. 눈앞에 펼쳐진 장대한 풍경, 일출과 일몰의 신비로움, 호수와 숲과 격류의 아름다움에 탄성을 올린다. 하나, 이보다 더 중요한 것은 곤란과 싸움으로써 인간이 원래 가지고 있는 용기와 인내와 불굴의 정신을 가꾸게 된다는 것이다.

어느 사람들은 이러한 등산의 미점(美點)을 경시하고, 이 순진한 스포츠를 즐기는 사람들의 동기를 불순하고 천한 것으로 치는 사람이 있다.

"얼음처럼 맑고 눈처럼 순결한 사람도 불결한 인간들의 중상(中傷)을 받을 경우가 있는 것이다."고 웃어 넘길 수밖에 없다.

등산을 비난하진 않지만, 등산을 스포츠라고는 도저히 생각할 수 없다는 사람이 더러는 있다. 그다지 놀랄 만한 사건은 아니다. 인간의 육체는 갖가지다. 등산은 원래 젊고 강건한 사람에게 적합한 운동이지 노인이나 병약자가 감당할 수 있는 운동이 아니다.

그런 까닭에 노인이나 허약한 체질을 가진 사람에겐 땀을 흘려야 하는 노고가 기쁨으로 될 까닭이 없다. 이런 사람들은 등산을 '사서 고생하는 노릇'이라고 생각하게도 되는 것이다.

사실 등산을 하려면 땀을 흘려야 한다. 노고를 견뎌야 한다. 곤란에 직면하기도 해야 한다. 그런데 그 노고에서, 육체적인 힘만이 아니라 그 이상의 힘이 생겨나고 모든 기능이 활기를 얻고, 그 힘에서 기쁨이 솟아나는 것이다. 그런데도 이런 질문을 하는 사람이 있다.

"등산을 해서 무슨 보수를 받느냐?"

아닌 게 아니라 포도주를 말(斗)로써 되고 저울로써 달아볼 수 없는 것처럼, 등산의 기쁨을 측정할 순 없다. 그러나 등산은 즐겁다.

만일 내게서 등산에 관한 회상과 기억을 모조리 말살해 버린다고 해도, 그래도 나는 알프스의 등산에서 충분히 얻은 것이 있다. 나는 인간이 가질 수 있는 최량(最良)의 것 두 가지를 등산을 통해 획득할 수 있었다. 건강과 우정이다.

동시에 나는 지난날의 기쁜 회상을 가지고 있다. 지금 이 글을 쓰고 있는 눈앞으로 그 회상이 다음다음으로 흘러가고 있다. 그 형(形), 그 효과, 그 색채 모두가 기막히다. 큼직큼직한 봉우리가 보인다. 정상에 구름이 감도는데, 그 정상이 자꾸만 높아지는 것 같다. 아득한 목장으로부터 들려오는 방울 소리, 목동들이 부르는 요들, 엄숙한 교회의 종소리가 들리고 송림 사이로 향그러운 바람이 불어온다. 그것이 사라지면 별개의 회상이 뒤따른다.

순진하고 용감하고 성실했던 사람들, 친절했던 사람들, 대담했던 사람들. 그 자체는 사소한 것이었지만, 타인에게 대한 사랑의 에센스라고도 할 수 있는, 모르는 사람들로부터 받은 선의(善意)의 대접 등이다.

그러나 이러한 회상도 내가 마지막에 겪은 슬픈 기억을 잊게 해주진 않는다. 때론 안개처럼 흘러 일광(日光)을 가려선 기쁜 추억마저 차갑게 만든다. 말로써 표현할 수 없는 기쁨도 있었다. 말로써 표현할 수 없는 슬픔도 있었다. 이와 같은 엇갈린 감정을 가지고 있으면서도 나는 "그래도 산에 오르고 싶으면 오르라"고 권하고 싶다.

그러나 용기도 능력도 신중함을 결했을 땐 아무것도 안된다. 일순에 나마 신중을 잃으면 일생을 망치게 된다는 것을 잊지 말기를 바란다.

어떠한 일이 있어도 조급하게 서둘러선 안된다. 한 걸음 한 걸음에 충분한 조심을 해야 한다. 처음부터 어떤 결과가 될 것인가를 치밀하게 계산해야 한다.

이것은 『알프스 등반기』 마지막에 윔퍼가 써넣은 글이다. 윔퍼가 '등반기'를 쓴 것은 1865년이니 지금부터 꼬박 100여 년 전의 일이다. 그런 까닭에 지금의 상황으로선 필요가 없다고 여겨질 얘기가 섞여 있기도 하지만, 등산에 관한 기초적인 충고가 담겨 있다고 생각한 까닭에 장황함을 무릅쓰고 인용한 것이다.

이 마지막 부분의 바로 앞부분에 모처럼 마터호른의 정상을 오르는 덴 성공하고, 하산하는 도중 일행 7명 가운데 4명이 자일이 끊어져 4천 피트 아래의 빙하로 추락하는 참상을 적고 있다. 인용한 글 가운데 "그래도 산에 오르고 싶으면……"이라고 한 '그래도'는 '그런 참상의 기록을 읽고서도'란 감회를 담은 말이다. 그런 까닭에 윔퍼의 『등반기』도 산에의 초대인 동시에 산에 대한 경각의 서(書)이기도 하다.

고작 북한산을 오르내리는 주제에 대뜸 윔퍼를 들먹이는 것은 황
공하기 짝이 없는 일이지만, 산을 생각하게 되자니까 자연 그를 상기
하게 된 것이고, 그의 위대한 이름을 동호인들에게 알리고 싶은 심정
을 또한 억제할 수 없었던 것이다.

　　그렇다고 해서 북한산이 만만한 산이라는 것은 아니다. 내게 있
어서 지금의 북한산은 하이네를 닮은 서정시이기도 하고 모차르트의
심포니이기도 하지만, 그렇게 되는 덴 줄잡아 1년 이상의 시간을 필
요로 했다. 기껏 해발 '836미터'라고 할지 모르지만, 처음 백운대(白
雲臺)에 60세 가까운 나이로 오를 때엔 나름대로의 고투였고 난행(難
行)이었다. 나이가 같은 또래의 친구 하나는 백운대의 정상을 30미
터쯤 남겨놓고 경련을 일으켜 거기서 하산하지 않을 수 없었던 사례
를 생각하면, 나에게 있어서의 백운대는 윔퍼에 있어서의 마터호른
과 같은 성질의 것이었다고 해도 지나친 표현은 아니다.

　　앞으로 당분간 북한산의 의미에 관한 내 나름대로의 감상을 쓸
예정이지만, 그러기에 앞서 등산 또는 산행이라고 해도 좋은 우리들
의 기쁨을 멋지게도 묘사한 명문장 하나를 소개한다. 제목은 〈1일의
왕(王)〉이다.

　　등엔 류색, 손엔 스틱, 일일의 왕이 출발한다.
　　그는 크느르프처럼 방황과 노래를 사랑하는데, 얼만가의 자연과

학자적인 소양이 있어, 그것이 과도하게 넘칠 감정의 흐름을 견제한다.

류색 속엔 빵과 포도주, 애독하는 셰느비에르의 시집 한 권, 오늘은 바야흐로 봄인 까닭에 주르 로망은 가지고 가지 않는다. 그의 〈전일생활(全一生活)〉과 〈노래와 기도〉는 낙엽이 밟히고 버섯 내음이 향그러운 가을의 오솔길에서야 어울릴 것이니까.

자석은 끈에 달아 목에 드리웠다. 포켓엔 수첩과 루페와 지도, 접은 곳에 몇 번인가 풀을 발라 땜질을 한 지형도는 과거의 발자취를 더듬은 연필의 빛깔로서 빨갛게 되어 있다. 안쪽 호주머니 심장 바로 위엔 문간에 서서 웃고 있는 아들의 사진이 들어 있다.

하늘의 푸르름이 방울방울 떨어져 버릴 듯한 봄의 새벽! 일찍 잠을 깬 참새들의 소리가 들리는 언저리, 교외의 정자 나무의 묵진한 신록, 그는 모차르트를 생각하고 그리그를 생각한다. 올페적(的)인 모든 음악이 이제 순후한 하나의 흐름이 되어 이른 아침에 출발하는 그의 마음을 어루만지고 다독거리고 썻어준다.

그리고 그는 오늘의 오솔길의 싱그러운 아름다움과 그 밝은 전망을 눈앞에 그려본다…….

그는 하루의 대부분을 능선에서 산정(山頂)으로, 산정에서 다시 능선으로, 그날의 태양 새가 창공을 건너 그 서쪽의 황금색으로 장식된 둥지로 향할 때까지 걸었다.

능선은 언제나 따스하고 호젓하여 자기 자신이 산새와 산짐승과 아무것도 요구하지 않는 초목과 조금도 다를 바 없다는 사실을 느끼게 되고, 산정에선 주위에서 뛰어나게 높은 그 높이로 하여 마음이 고상해져선 그 조망으로부터 언제나 보다 높은 것이 있다는 교훈을 배우게 되는 것이다.

그것은 또한 다시 발족하여 뭔가를 보고 싶도록 재촉하는 새로운 열망의 유혹이기도 하다.

그는 계곡으로 하산한다.

지금 내려온 산의 정상엔 금홍빛의 잔조(殘照)가 빛나고 있는데, 계곡은 엷은 보라빛으로 물들어가고 있다. 석양의 하늘엔 주로(朱鷺)의 깃털같은 구름이 두세 줄 떠 있다. 어쩌다 천기가 변할지 모르지만, 오늘의 종언에 아름다운 노을을 볼 수 있으리란 확신이 또한 그를 기쁘게 한다.

그가 만나게 된 처음의 마을, 사람들이 그곳에서 살다가 그곳에서 죽을 마을을 무심한 행인처럼 그저 지나칠 수 없다.

노인에게, 또는 청년에게, 또는 아가씨에게 길을 물을 것이다. 가령 그 길을 지도와 대조하여 이미 확인하고 있더라도 그들과 몇 마디 얘기를 나누기 위해서 일부러 길을 물을 것이다.

가파른 시골길에서 아이들이 열심히 뛰놀고 있다. 그 가운데 하나가 그에게 부딪칠 뻔한다. 그 기회를 잡아 그는 몸을 피하며 어린 이의 어깨에 손을 얹을 것이다.

그렇게 하여 그는 그 산속의 마을이 옛날부터 알았던 곳처럼 다소곳한 정을 느낀다.

이렇게 그는, 비록 가난하지만, 값으로 칠 순 없는 무수한 보물로서 추억을 살찌우며 또 오늘도 1일의 왕(王)이 될 수 있었던 것이다.

등산 또는 산행에 따른 기쁨을 이렇게도 적을 수 있는 것이다.

우선 그 '1일의 왕'이란 발상이 반갑지 않은가.

말이 난 김에 하는 소리지만 북한산, 도봉산은 서울 1천만 시민들을 '하루의 왕'으로 만들기 위해 마련된 궁원(宮苑)이자 은총이다.

"왕이 되고 싶으냐. 그럼 산으로 가라."

북키시 알피니스트는 이렇게 말하고 싶은 것이다.

북한산고 (北漢山考)

북한산 보현봉에서 북으로 본 대남문과 노적봉. 노적봉 위로 백운대와 만경대가 보인다.

매월당의 오솔길

　북한산이 바로 그곳에 있다는 사실은 참으로 은혜로운 일이다.
그러나 바라지 않는 사람에게 은혜가 있을 까닭이 없다. 책을 펴지
않곤 책을 읽을 수가 없듯이 북한산에 오르지 않곤 그 은혜를 입을
수도 이해할 수도 없다.

　사랑을 받기 위해선 사랑을 해야만 한다. 꽃을 사랑하면 꽃은 우
리에게 있어서 반가움이 된다. 새를 사랑하면 새가 곧 반가움이다.
사람은 사랑이 모자라서 메마르게 산다. 마음 속에 사랑이 있으면 사
람은 행복하다.

　꽃을 사랑하고, 새를 사랑하고, 나무를 사랑하고, 거리를 사랑하
고, 바다를 사랑하는 사람은 행복할 수밖에 없다. 그런데 산엔 모든
것이 있다. 꽃도, 새도, 나무도. 거리를 사랑하려면 산에 올라야 하고,
바다도 산에 올라야만 아름다운 조망으로서 나타난다.

　산은 이처럼 고마운 것인데, 특히 북한산이 고마운 것은 그 섬세

한 아름다움이다. 지리산처럼 거창하지 않고, 설악산처럼 교치(巧緻)를 다하지 않았지만, 소박한 가운데 산이 갖추어야 할 아름다움을 죄다 북한산에서 찾을 수가 있다.

봄이면 진달래, 개나리를 비롯하여 갖가지 꽃으로 만산을 치장하면서도 짙은 화장을 한 여자처럼 농염(濃艶)하지가 않고, 꽃 한 송이한 송이가 청초한 기품으로서 가슴에 와 닿는다.

봄의 북한산에 한 발 들여놓기만 하면 비발디의 바이얼린 협주곡〈사계〉의 '봄' 제1악장이 울려 퍼진다. E장조 4분의 4박자 알레그로에 보조를 맞추어 천천히 올라가면 미풍은 바이올린의 선율을 닮아 향기롭고, 꽃은 환희의 미소를 띠운다. 무념무상(無念無想), 생명의 리듬을 어찌 그처럼 황홀하게 실감할 수 있을까. 북한산의 봄은음악의 계절인 것이다.

여름이 오면 만산이 성록으로 짙어지지만 정글의 답답함을 닮지않는다. 나무와 나무 사이에 청풍을 통하여 고집스럽지가 않다. 나뭇잎들이 양광(陽光)을 걸러 오솔길에 무늬를 깐다. 시심(詩心)이 인다. 그 시심이 비록 일구일행(一句一行)의 시를 이루지 못해도 증명한 시정(詩情)으로 고여 사람을 취하게 한다. 북한산의 여름은 시(詩)의 계절이 되는 것이다.

가을이 오면 나무와 바위와 오솔길이 저마다 반성하는 빛과 모습으로 바뀐다. 상록수의 푸르름은 약간 지친 빛깔로 우울하고, 낙엽수는 그 기질 나름대로 변한다. 화려한 단풍은 봄철의 꽃에 질세라 연(妍)을 다하고, 단풍을 뽐낼 기질이 아닌 잎들은 시들시들 말라 가면서도 뜻있는 사람들의 마음에 속삭인다.

'나는 결단코 죽어가는 것은 아닙니다.'
'명년에 다시 만나게 될 거예요.'

이렇게 하여 오솔길은 고독한 철학자의 산책길이 된다.
인생이 무엇인가.
삶과 죽음이 무엇인가.
역사가 무엇인가.
권력이 무엇인가.
진실이 무엇이며, 허망이 무엇인가.
그 무수한 사자(死者)들의 군상, 오늘 북적대고 있는 그 무수한 생자(生者)들의 애환, 그리고 앞으로도 무수히 이 세상에 태어날 인간들의 운명이 철학의 주제가 된다. 북한산의 가을은 철학의 계절인 것이다.
겨울이 되면 나목(裸木)이 그 쓸쓸한 모습을 드러낸다. 꽃이 없어도, 잎이 없어도 나목의 표정은 더욱 감동적이다. 눈이 내리면 눈을 뒤집어쓰고, 북풍이 불면 허리가 꺾이도록 몸을 흔들면서도
'그래도 나는 죽지 않아요.' 하고 호소한다.
그런데, 신기로운 것은 차갑게 바래진 바위에, 얼음이 얼어붙은

오솔길에, 외로움만 남은 나목의 가지마다에 봄보다도, 여름보다도, 물론 가을보다도 격렬한 생명의 고동을 느끼게 된다. 체관(諦觀)도 또한 정열로 되는 것일까. 할 수 없이 북한산의 겨울은 체관의 계절일 수밖에 없는 것이다.

북한산이 다른 어떤 산과도 다른 것은 어쩌다 찾아보게 되는 그런 산, 이를테면 관광을 위한 산, 스포츠를 위한 산, 탐험을 뽐내기 위한 산, 그 등산이 등산가로서의 실적이 되는 산이 아니고 나의 뜰로 될 수도 있고, 나의 어버이로 될 수도 있고, 나의 친구로도 될 수 있는 익숙한 산이기 때문이다.

그러면서도 매번 발견이 있다.

풍경이 언제이건 지난번의 풍경과는 다르다. 능선의 모습마저 달라진다. 어느 땐 푸르고 맑은 하늘을 금지어 늠름한 선이었다가, 어느 때는 안개와 노을에 싸여 부드러운 윤곽으로 다소곳하기도 한다.

전망도 변화한다. 아슴푸레 북쪽으로 사라지는 산파(山波)를 넘어 흥안령, 우랄알타이, 코카서스에까지 심안(心眼)이 트이고, 어느 땐 임진왜란으로 짓밟히고 북한군에 유린된 상처로서의 산하의 의미가 펼쳐지는 것이다.

뿐만 아니라 북한산 능선을 이은 오솔길, 또는 계곡을 누비는 오솔길은 김시습(金時習)이 걸은 매월당(梅月堂)의 길이며, 서거정(徐居正)이 걸었던 사가정(四佳亭)의 길이기도 하다.

김시습은 1435년 나서 1493년까지 살다가 간 조선 왕조시대의 문인이다. 기록에 의하면 그는, '7, 8세 때 경서(經書)에 통달하고, 9세 때 시문(詩文)을 지어 서울에 이름이 높았다'고 되어 있다. 이율곡의 『김시습전』에 의하면 그는 단종 3년, 그의 나이 21세 때까지 삼각산 중흥사에서 공부를 하다가 단종이 수양대군에게 자리를 물려주었다는 소문을 듣고 중흥사에서 뛰쳐나와 전국을 유랑했다고 한다.

삼각산이라면 곧 북한산이다. 그러니 북한산은 김시습, 즉 매월당이 청춘시절을 지낸 곳이다. 원래 산행을 좋아하는 그였고 보면 북한산의 오솔길치고 그의 발자취를 새기지 않은 곳이 없을 것이다. 그래서 나는 대남문에서 백운대 아래 위문까지 이르는 오솔길을 '매월당의 길'이라고 이름지었다.

매월당은 스스로 '복본성벽(僕本性癖) 호연하(好煙霞) 조롱풍운(嘲弄風雲)'이라고도 하고, '자소불희영달(自少不喜榮達)' 또는 '욕유산완수(欲遊山玩水)'라고도 했다.

그 기질이 호탕하고 마음은 섬세했다. 뛰어난 재능을 갖고도 세속을 염리(厭離)한 성품이 북한산 오솔길을 걸으면서 무엇을 느끼고 무엇을 생각했을까. 그의 수많은 시 가운데 하나만을 골라본다.

終日芒鞋信脚行 종일망혜신각행
一山行盡一山青 일산행진일산청
心非有想雲形役 심비유상해형역

道本無名豈假成　도본무명개가성

宿露未晞山鳥語　숙로미희산조어

春風不盡野花明　춘풍부진야화명

短筇歸去千峯靜　단공귀거천봉정

翠壁亂煙生晚晴　취벽난연생만정

이것을 풀이하면

종일토록 짚신을 신은 채 다리만을 믿고 걷는다.

산 하나를 지나고 나면 또 푸른 산이 나타난다.

마음에 이미 아무런 상념도 없거늘

육체를 위해 정신을 쓸 것이 무엇이겠는가.

도는 원래 무명이라고 했거늘

애써 조작할 필요가 있을까.

밤 사이 내린 이슬은 아직 마르지 않았는데

산새들의 속삭임이 들린다.

춘풍이 불어오는 가운데 들꽃은 아름답다.

짧은 지팡이를 짚고 고요한 천봉을 넘어 돌아오니 황혼이

푸른 벽처럼 되어 거기 연기가 나부껴 만정이 일더라.

생육신(生六臣)으로 불리울 만큼 단종을 애석하게 여긴 김시습

은 세조 밑에서 벼슬살이하는 대관들을 경멸하고 어쩌다 서울 거리에서 그들을 만나기라도 하면 서슴없이 면매(面罵)를 가했다. 그 가운데서도 정인지, 신숙주가 당한 수모는 이만저만이 아니었다. 그런데 김시습은 세조 밑에서 정승을 하고 있는 서거정(徐居正)에게만은 선배에 대한 예를 다했을 뿐 아니라 각별한 우정을 가졌던 것 같다.

서거정도 김시습 못지 않은 문장가이며 시인이다. 과문한 탓으로 그가 북한산을 읊은 시를 발견하지 못한 것은 유감이다. 그 대신 〈목멱상화(木覓賞花)〉를 소개한다. 이 시 가운데 북한산에 대한 언급이 있다.

尺五城南山政高　척오성남산정고

攀緣十二靑雲橋　반연십이청운교

華山揷立玉芙蓉　화산삽립옥부용

漢江染出金葡萄　한강염출금포도

長安萬家百花塢　장안만가백화오

樓臺隱映紅似雨　누대은영홍사우

靑春未賞能幾何　청춘미상능기하

白日正長催羯鼓　백일정장최갈고

가까이 있는 성남쪽의 산은 우뚝하고

열둘 청운교를 따라서 올라가니

저 멀리 화산(백운대)의 우뚝 솟은 모양이 옥으로 만든 부용과 같고

햇빛을 받아 흐르는 한강물이 금포도 빛깔이다.

장안 만호가 백화요란한 꽃밭과 같고

누대에 비추어서 붉은 비가 내리는 듯하고나.

이 기막힌 풍경을 즐기기 위한 청춘이 얼마나 남았을까.

백일은 정녕 길다. 갈고를 쳐서 꽃을 재촉하자.

과연 5백 년 전의 서울이 그처럼 아름다웠던가. 구한말에 서울을 찾은 서양인은 형편없는 거리의 모양을 개탄조로 기록하고 있던데. 아마 아름다운 것은 서울을 둘러싼 자연의 풍물이었을 것이다.

봄, 여름, 가을, 겨울 사계절을 일주일의 인터벌을 두고 몇 해째 두루 돌아다니고 보니 북한산 이모저모의 정경은 물론 오솔길의 돌부리 하나까지 선명하게 기억을 차지하게 되었다.

뿐만 아니라 북한산의 생리가 내 생리처럼 되어 버렸다. 두보(杜甫)의 시에 〈망악(望嶽)〉이란 것이 있다.

태산(泰山)을 읊은 것이라고 하는데, 그 시에 다음과 같은 귀절이 있다.

蕩胸生層雲　탕흉생층운

決眦入歸鳥　결자입귀조

층층 쌓인 구름 내 흉금을 씻어주고

멀리 응시하니 깃 찾는 새, 눈에 드네

그 뜻이 무엇일까 하고 갖가지로 짐작한 끝에 김성탄(金聖嘆)이
다음과 같이 풀이했다.

'산의 아름다움에 도취한 나머지 사람과 산이 일체가 되었다. 그
러니 내가 가슴을 열어제낀 것이 산이 가슴을 연 것과 다를 바가 없
고, 내가 눈을 깜박한 것은 곧 산이 깜박한 것이나 다를 바가 없다.
산을 향해 돌아온 새가 결국은 나를 향해 돌아온 것이다. 일러 주객
합일(主客合一)의 경지……'

요컨대 두보 자신이 산이 되어 버렸다는 얘기다. 나는 이 이치를
북한산에서 알았다. 나 자신이 산이 되어 버린 것이다. 그래서 하는
말이다. 북한산의 생리가 나 자신의 생리가 되어 버렸다고.

나는 북한산에서 신기한 발견을 했다. 차가운 바람을 도시의 거
리에서 만나면 불쾌하기가 짝이 없는데, 산 위에서 만나면 불쾌감은
커녕 상쾌감을 갖는다.

거리에서 만난 사람들에게선 예외없이 타인을 느끼게 되는데, 산
에서 만난 사람들에겐 예외없이 우인(友人)을 느끼게 된다. 그 까닭

은 단순하다. 거짓말하러 산에 오는 것이 아니기 때문이다. 누구를 모함하기 위해 산에 오는 것이 아니기 때문이다.

산에 올 땐 누구나가 가슴을 텅 비우고 온다. 텅 빈 가슴은 감수력을 가진 가슴이다. 어디까지나 겸허한 빛깔이다. 동심으로 돌아갈 수밖에 없다.

육십이 넘은 내 친구 하나는 산에 오기만 하면 천진난만한 아이가 된다. 노래 부르고 깔깔대고 웃고, 만나는 사람에게마다 농담을 건다. 그래 어리둥절해 하는 사람을 보고 나는 이렇게 말한다.

"우리는 정신병원에서 소풍을 나왔습니다. 이 사람은 수석 환자입니다. 나는 원장이구요."

이런 농담이 통하는 곳이 북한산이다.

맑은 하늘, 맑은 공기, 맑은 피로 속에서 마음이 맑지 않을 까닭이 없지 않은가.

그래서 나는 북한산의 공덕 가운데 가장 크고 가장 거룩한 것은 노년으로 하여금 동심으로 돌아가게 만드는 바로 그 사정이라고.

산은 위대한 대학

"산을 오르면서 이런 생각을 했다. 지적(知的)으로만 살려고 하면 모(角)가 나고, 정(情)에 치우치다가 보면 빠져 버릴 염려가 있다."

일본의 문인 하목수석(夏目漱石)이란 자가 쓴 글인데, 짤막하지만 완미해 볼 만한 글이다. 나는 산에 오를 적마다 이 글귀를 되뇌이곤 한다.

그런데 생각해 볼 일은 오르막에선 좀처럼 이런 철학이 떠오르기 곤란하다는 사실이다. 그저 올라가는 수밖에 없다. 호흡을 조절하고 땀을 닦기가 고작이다. 쪼각쪼각의 상(想)이 떠오르지 않는 바도 아니지만 대강 구(句)로 끝나고 절(節)로 이어지진 않는다.

"아직도 겨울이……."

"아아 벌써 꽃이……."

"작년 이맘때엔"

"지금 그 사람은……."

하는 따위다.

능선을 걸을 때 비로소 생각은 절(節)을 이루고 장(章)이 된다.

"이 오솔길을 과연 몇 천 명이나 지났을까."

"틀림없이 이 길을 매월당이 걸었을 것이다. 정도전이 걸었을 것이다. 서거정이 걸었을 것이다."

"아아 저 바위에 기억이 있다면 숱한 얘기가 간직되었을 것 아닌가."

"年年歲歲花相似 연년세세화상사

歲歲年年人不同 세세연년인부동"

(해마다 꽃은 비슷비슷 하지만 해마다 사람은 달라진다)

"언제까지 나는 이 오솔길을 걸을 수 있을까. 10년 후? 20년 후까지 가능할지 어떨지."

말하자면 이것은 능선에서의 사상이다. 그래서 생각한 바는, 오름길에서 '지적으로만 살려고 하면 모가 나고, 정에 치우치면 빠질 염려가 있다'는 장(章)을 이룰 사색이 가능하자면 그 발걸음이 지극히 느려야 한다는 것이다.

이것을 산술적으로 계산하면 한 호흡에 한 발자국씩 떼어 놓을 것을 두 호흡 내지 세 호흡에 한 발자국씩 떼어 놓는 속도로 유지해야만 오름길에서의 철학이 가능하다는 이야기다.

철학이야 어떻건 말건 산을 올라가는 동작에 있어서 극히 필요한 요령이 되기도 한다. 힘이 있다고 해서 그저 덤벼선 안 된다. 그 힘을 절약해서 일부러 걸음을 늦춘다. 애써 걸음을 늦추어 가다가 보면 어느 거리에서부턴 자연스럽게 자동적으로 속도가 붙게 된다. 그 속도에 맡겨 놓으면 가쁜 숨이 고통스럽지 않고 다리가 느끼는 부담감이 쾌감으로 전환된다. 이러한 체험을 되풀이하고 있으면 알프스에 오를 수도 있고, 안데스산맥을 누빌 수도 있고, 히말라야의 정상을 등극할 수도 있는 자신에 도달하는 것이다.

산행, 즉 인생이다. 굳이 인생의 교훈을 얻으려 하지 않아도 산을 오르내리고 있으면 저절로 인생에 관한 교훈을 얻게 된다. 산행이 곧 인생이니까.

매사에 있어서 급하게 덤벼들지 말고 힘을 절약해 가며 신중히 걷고 있노라면 일종의 타력(惰力)이 붙어 성취의 속도가 빨라진다는 것을 몸소 깨달을 수 있는 자리란 산을 두고 달리 있을 수가 없다. 그런 뜻에서도 북한산은 나에게 있어서 위대한 대학이다.

인사동 통문관에서『북한지(北漢誌)』를 구할 수 있었던 것은 다행이었다. 유서(由緖)를 알고 걷는 것과 유서를 모르고 걷는 것과는 총보(總譜)를 읽을 줄 알고 심포니를 듣는 것과 총보를 모르고 심포니를 듣는 것만큼이나 차이가 있을지 모른다.

하기야 총보를 모른대서 심포니를 감상할 수 없을 바는 아니다. 유서를 몰라도 북한산은 감동이다. 그러나 이왕『북한지』를 얻었으니 등한히 할 순 없다. 정확한 기록은 없으나 숙종(肅宗) 때 북한산의 축성공사가 있은 지 30년이 지났다는 기사로 보아 이『북한지』는 영조(英祖) 16년, 즉 서기 1740년에 편찬된 것이 아닌가.

그 대강을 발췌해 본다.

동쪽 양주목(楊州牧)과의 상거 60리, 서쪽 고양군과의 상거 30리, 남쪽 경도(서울)와의 상거 10리, 북쪽 20리의 상거에 홍복산이 있다. 본래는 양주 땅에 속했는데 지금은 한성부(漢城府)에 속한다.

고구려 때엔 북한산군(北漢山郡)이라고 하고 일명 남평양(南平壤)이라고 했다. 백제 온조왕(溫祚王) 때 이 땅을 점거하여 온조왕 14년 병진년(丙辰年=서기전 5년)에 성을 쌓았다. 개루왕(蓋婁王) 5년(서기 132년)에 다시 축성했는데 고구려 장수왕(長壽王)의 습격을 받고 성을 버렸다. 그 후 근초고왕(近肖古王)의 북진 정책에 따라 이곳이 북벌군의 중심 요새가 되기도 했으나 백제가 망하는 바람에 성은 황폐했다.

그 후 1232년 고려 고종(高宗) 때 이곳에서 몽고군과의 격전이 있었다. 고려 현종(顯宗) 때엔 거란의 침입을 피하여 이곳에 고려 태조의 재궁(梓宮)을 옮겨 지은 일도 있었 다.

조선시대에 이르러 임진·병자의 외침을 받고 축성론(築城論)이 대두되어 1711년(숙종 37년)에 대대적인 축성공사가 시작되어 7,620보의 석성이 완공을 보았다.

이 사실을 『북한지』는 '我肅廟三十七年辛卯即溫祚舊地築山城以爲保障之所'라고 했다.

즉, 우리 숙종왕 37년 신묘에 온조왕의 옛터에 산성을 쌓아 도읍을 보장하는 곳으로 했다는 것이다.

　북한산의 또 하나의 이름은 삼각산(三角山)이다. 『북한지』에 의하면 삼각산에 인수봉(仁壽峯), 백운대(白雲臺), 만경대(萬景臺)가 있어 이 삼봉이 흘립하여 흡사 삼각을 이룬 고로 이와 같은 이름이 생겼으며, 또 하나의 이름을 화산(華山), 또는 화악(華嶽)이라고 한다.

　이 산은 백두산에 근원을 두어, 남쪽으로 뻗은 줄기가 평강현(平康縣)의 분수령에서 갈라져 서쪽으로 첩첩 연봉이 흘러 양주에 이르러 서남으로 도봉산이 되고, 이어 이 산이 되었다. 실로 경성의 진산(鎭山)이다.

　고려 오간의 순(吳諫義 洵)은

　　　聳空三朶碧芙蓉　용공삼타벽부용
　　　縹緲煙霞幾不重　표묘연하기불중
　　　却憶當年倚樓處　각억당년의루처
　　　日沈蕭寺數聲鍾　일침숙사수성종
　　하늘 높이 솟은 세 송이 푸른 부용은 / 몇 만겹 아득한 구름과 안개에 싸여 있는데, / 그 어느 해 누대에 올랐던 곳을 추억하고 있으니 / 해 저문 절간에서 종소리가 울린다.

는 시를 남겼다.

고려의 이존오(李存吾)는

三朶奇峯廻接天　삼타기봉회접천

虛無之氣積雲煙　허무지기적운연

仰看廉利擔長劍　앙간렴리담장검

橫似參差聳碧蓮　횡사참차롱벽련

數載讀書蕭寺裏　수재독서소사리

二年溜滯漢江邊　이년류체한강변

孰云造物無情者　숙운조물무정자

今日相看兩慘狀　금일상간량참상

세 송이 기이한 봉우리가 아득히 하늘에 닿은 것이 / 아련한 구름과 연기에 싸였구나. / 쳐다보니 날카로운 모습, 장검이 꽂힌 것 같고, / 가로 보니 어슷비슷한 푸른 연꽃을 닮았다. / 절간에서 몇 해 동안 글을 읽었고, / 2년 동안 한강변에 머문 적이 있었거늘 / 조물주가 무정하다고 누가 말했나. / 이제 와서 저 풍경을 다시 보니 처량한 감회를 어쩔 수가 없구료.

일세의 문장대가(文章大家) 이색(李穡)이 이 정경을 놓칠 까닭이 없다.

少年挾册寄僧窓　소년협책기승창

靜聽飛泉灑石矼　정청비천쇄석강

遙望西崖明歷歷　요망서애명력력

數聲鍾向夕陽撞　수성종향석양당

　소년 시절 책을 끼고 절간에 머무를제 / 돌다리를 씻고 지나가
는 샘물 소리를 조용히 들었다. / 그러면서 아득히 서쪽의 벼랑에 밝
은 빛이 반짝거리는 것을 보았고, / 석양을 향해 치는 수성의 종소
리를 들었다.

이색은 또 이런 시를 남겼다.

三峯削出大初時　삼봉삭출대초시

仙掌指天天下稀　선장지천천하희

自少已知眞面目　자소이지진면목

人言背後玉環肥　인언배후옥환비

　삼봉을 깎아 내민 것은 아득한 태초의 일일 것이다. / 신선의 손
바닥이 하늘을 가리키듯 한 경관은 천하에 드문 일이 아닐까. / 소년
시절부터 나는 이미 산의 진면목을 알았거니와 / 사람들의 말로는
저 등 뒤에 양귀비 같은 미녀가 살이 찐 모습으로 있을 것이라 하네.

　반갑게도 『북한지』는 매월당 김시습의 시를 기록하고 있었다. 다
음과 같은 것이다.

三角高峯貫太淸　삼각고봉관태청

登臨可摘斗牛星　등림가적두우성

非徒岳岫興雲雨　비도악수흥운우

能使王家萬歲寧　능사왕가만세녕

삼각의 높은 봉우리가 우주를 꿰뚫었다. / 그곳에 오르기만 하면 북두칠성을 딸 수 있을 것만 같다. / 공연히 저 산이 구름과 비를 일으키는 것은 아닐 것이다. / 만세토록 왕가의 번영을 축복하는 상징인 것만 같다.

이어 백운대를 읊은 정두경(鄭斗卿)의 시가 있는데

何物白雲臺　하물백운대

通天揷斗魁　통천삽두괴

백운대가 무엇이길래 / 하늘에 북두4성을 꽂았을까.

『북한지』를 통해서도 옛사람들이 얼마나 북한산을 숭앙하고 사랑하고 아꼈는가를 알 수가 있다.

우리는 그 옛사람들의 시를 시로서만 읽을 것이 아니라 그들의 눈으로써 북한산을 보고, 그들의 마음으로써 북한산을 생각하며, 우리의 애착을 어떻게 가꾸어 나가야 하는가를 깊이 다져 보아야 하겠다.

북한산에서 비로소 고향의 의미를 안다. 북한산에서 비로소 역사의 의미를 안다. 북한산에서 비로소 대학의 의미를 안다.

나는 북한산에서 맥심 고리키의 『나의 대학』을 음미해 보는 마음으로 되었다. 그는 국민학교도 제대로 다니지 못하고 거리에서, 항구에서, 빈민굴에서, 도둑들의 소굴에서, 거지들의 움막에서 인생을 배우고 그것을 자기의 '대학'이라고 했다.

그런 뜻에서 사람은 누구나 자기의 대학을 가진다. 그 자기의 대학에서만 진리와 진실을 배울 수가 있다. 자기의 대학을 가지지 못한 사람은 소르본을 나왔건 케임브리지를 나왔건 웁살라를 나왔건 아무런 소용이 없다.

나는 북한산을 나의 대학으로 알고 북한산 대학의 충실한 학생이 될 작정이다.

이런 마음이고 보면, 나는 일요일만 되면 그저 무작정 기쁘다. 북한산이 그곳에 있고, 내 마음에 따라 교훈을 준비하고 있고, 향연을 준비하고 있고, 수많은 동창생을 거기서 만날 수 있기 때문이다.

무엇보다도 산이 고마운 것은 그곳에서 초월의 철학을 배우고 자연에 귀일(歸一)하는 신앙을 가꾸고, 꽃과 새들의 천진을 닮아 예술의 극의(極意)에 도달할 수 있기 때문이다.

초월이란 좋은 사상이다.

정치를 초월함으로써 비로소 군림할 수가 있고, 경제를 초월함으로써 진실한 호사에 도달할 수가 있다.

세사(世事)에 초월할 수 있는 그 시간만이 자유의 시간이다. 자유의 소중함이 보장되는 곳이 산상을 두고 어디에 또 있겠는가.

초월할 수 있는 시간이 곧 자유의 시간이라면 행복의 참된 내용은 자유일 것이다. 산에 머무르는 시간이 길면 길수록 초월의 의지는 그만큼 굳건해진다. 인생에 있어서 이 이상 바랄 것이 또 있을 수 있을까.

건강을 위해 산에 간다는 것은 산을 대학으로 하는 사람의 초보적인 견식이다. 초월하기 위해 산에 간다고 할 때 비로소 산행의 이상이 제자리를 잡은 것으로 되지 않을까.

앞에서 나는

"왕이 되기 위해선 산으로 가라."

고 했는데, 지금 나는 한 가지를 더 보태고 싶다.

"초월하기 위해 산으로 가라!"

'고소(高所)의 사상'은 저소(低所)에서 살지 않을 수 없는 인간에게 대해 절대로 필요한 사상이다.

그 '고소의 사상'을 어디서 얻을 것이냐, 산에서다.

'고소의 사상'이란 무엇이냐.

초월의 사상이다.

성벽(城壁)과 성문의 의미

어디서부터 시작해도 좋다.

마음이 내키는 대로 발길 가는 대로 어느 지점에서부터라도 북한산에 오를 수가 있다. 북한산은 까다롭지가 않다.

그렇다고 해서 만만히 보아선 안된다. 북한산은 위엄을 가진 산이며, 그런 만큼 산행자에게 정중함을 요구한다. 선인들이 만들어 놓은 대표적인 코스가 있다.

그 대강을 간추리면—

- 불광동에서 승가봉(僧伽峯), 문수봉(文殊峯)을 거쳐 대남문(大南門)으로 향하는 길.
- 구기동에서 관음사를 거쳐 역시 대남문으로 향하는 길.
- 평창동에서 일선사 옆을 지나 대성문(大成門)으로 향하는 길.
- 북악터널 톨게이트 근처에서 형제봉을 거쳐 대성문으로 향하는 길.
- 정릉에서 삼봉사, 영취사를 지나 보국문(輔國門)으로 이르는

길.

- 정릉에서 내원사 쪽을 돌아 칼바위 능선을 타고 보국문, 또는 대동문(大東門)으로 향하는 길.
- 수유동 화계사, 삼성암을 지나 칼바위 능선으로 해서 보국문 또는 대동문을 향하는 길.
- 칼멜 수녀원이 있는 곳에서 대동문, 보국문으로 향하는 길.
- 4·19탑 근처에서 아카데미하우스를 거쳐 대동문으로 향하는 길.
- 우이동 버스 터미널에서 진달래 능선을 타고 대동문으로 향하는 길.
- 도선사에서 용암문(龍巖門)으로 향하는 길.
- 도선사를 왼편으로 하고 깔딱 고개를 넘어 위문(衛門)으로 향하는 길.

이처럼 일단 어느 문엔가 이르고 나서 산행은 갖가지로 전개한다. 즉 이 코스들을 공리적인 코스라고 한다면 기하학적인 용어를 빌어 갖가지의 계(系)가 생겨난다.

예컨대 대남문에서 형제봉으로 빠질 수도 있고, 용암문으로 병풍암 쪽에서 들어올 수가 있고, 대동문에서 병풍암을 끼고 돌아 백운대에 올라선 반대 방향에서 위문으로 들어갈 수 있다는 얘기다.

요컨대 북한산의 산행 코스는 문을 향하여 계곡과 비탈을 올라가서는, 문을 통과하여 능선을 걷고, 문을 감안하여 휴식을 취하며 몇 개의 문을 지나치기도 하고 드나들기도 하다가 결국 어떤 문을 통해 하산하게 되는 굴절의 경로를 밟는다.

이처럼 북한산 산행은 문을 장절(章節)로 해서 엮어지는, 어느 사람에게 있어선 철학, 어느 사람에게 있어선 문학, 어느 사람에게 있어선 음악, 어느 사람에게 있어선 풍경의 파노라마, 곧 미술일 수가 있고, 무념(無念)의 경지일 수도 있고, 시간과 기분에 따라 한 사람에게 이와 같은 의미가 기복(起伏)하게도 되는 것이다. 부득이 문의 의미를 생각하지 않을 수가 없다.

문이란 무엇일까.

문이란 무엇일까 하고 생각하면, '인생'이란 상념이 고인다. 인생이란 무엇일까 하는 물음과 동질성을 띠게 된다.

사람이란 문에서 문으로 옮기는 하나의 생명 현상이다. 학교에 가기 위해선 집의 문을 나서야 하고 학교의 문을 들어서야 한다. 학교의 문이라고 해서 단순하지가 않다. 국민학교의 문이 있고, 고등학교의 문이 있고, 대학의 문이 있고, 대학원의 문이 있다.

문은 거기서 끝나는 것이 아니다. 직장의 문이란 것이 있다. 사회생활을 하고 보면 관청의 문을 드나들어야 하고, 통하고 싶지 않은 문도 통해야 하고, 문을 들어서기도 전에 닫혀 버리는 문을 바라보고 실망하기도 한다. 생존경쟁에 낙오하지 않으려면 문을 선택해야 하고, 선택한 문에 비집고 들어서기 위해 혼신의 힘을 다해야 할 경우도 있다.

아무튼 인간은 살아가기 위해 갖가지의 문을 만든다. 문 가운데 또 문을 만들고, 그 문 가운데 다시 문을 만든다. 심지어는 사형장의 문까지 만들어야 하는 것이 인간이다.

다시 인생이란 무엇이냐.

사회가 만들고, 역사가 만들고, 스스로가 만든 그 무수한 문을 드나들다가 이윽고 저승의 문으로 해서 영영 퇴장해야 하는 '메멘토 모리', 즉 죽어야 할 존재이다.

세상엔 생명과 생활에 직결되어 있는 문만이 있는 것도 아니다. 호사를 위한 문, 예컨대 파리의 '개선문' 같은 것이 있다. 한때 절실했는데 지금은 장식으로 남아있는 문이 있다. 예컨대 북경의 '천안문', 우리 서울의 '남대문' '동대문'.

뿐만 아니라 철학적인 문이 있다. '영광에 이르는 문'과 '멸망에 이르는 문'. 성서는 '좁은 문'으로 들라고 가르치는데, 사람은 언제나 '넓은 문'으로 들고 싶어하는 욕망을 가진다.

그런데, 북한산에 점철되어 있는 문의 의미는 무엇일까. 분명히 그것은 한때 성문(城門)이었다. 『북한지』는 이 성문과 성벽을 지키기 위해 우리의 선인들이 어떻게 했는가를 기록하고 있다.

이 성과 성문을 위해서만 경리청(經理廳)이란 관서를 두었다. 경리청을 관할하는 책임자인 도제조(都提調)는 영의정이 겸임하기로 되어 있었다. 도제조 밑에 사무를 보는 직책만으로도 백 수십 명을 필요로 했다. 그 아래 정원 266명의 군관이 있었고, 병졸 835명이 있었다. 이것도 모자라 영승대장(營僧大將)이란 직위를 신설하여 승계를 통솔하는 직책을 맡겨선 의승(義僧) 350명을 동원하여 북한산의 성을 지키게 했다.

임진왜란과 병자호란에 겁을 먹고 국력을 마구 쏟아 축성을 서두르고 경계를 엄하게 했던 모양이다.

그러나 매년 수십 만 석의 비용이 드는 성의 관리를 감당할 수가 없었다. 경리청은 유명무실한 기관으로 되고, 초병(哨兵) 몇 명만을 남겨 수비하다가 이윽고 흐지부지되고 말았다. 동시에 성의 국방적 의미는 완전히 상실되어 버린 것이다.

그러나 성은 남았고 성문도 남았다.

여기에 역사의 아이러니를 보는 것은 부질없는 감상일까. 지금 생각하면 전연 무의미했다고 할 수밖에 없는 성을 만들기 위해 당시 백성들이 겪은 고초는 어떠했을까.

덕택으로 오늘의 산행자는 역사가 가르치는 허망조차도 안주로 하여 산상의 연회를 베풀기도 한다. 2백 수십 년 전의, 그 얼굴은 물론이고 이름조차 남기지 않고 흙으로 화해 있을 그때의 군상들은 한갓 추상적인 감상의 계기가 될 뿐이다.

그런데, 이러한 감상만으로 그 성벽과 성문이 전연 보람이 없는 것은 아니다. 북풍이 몰아치면 남쪽 벽으로 피하고 소낙비가 쏟아지면 문 안으로 피신할 수가 있다. 관념의 비상을 억제하면 오늘날 북한산의 성과 문은 고작 이 정도의 의미로서 낙착된다.

북한산의 성벽을 끼고 돌면서 나는 가끔 만리장성을 회상한다.

팔자의 기구한 장난으로 20대의 청년 시절 나는 만리장성을 접할 수가 있었던 것이다.

2차대전의 말기, 어느 해의 2월 초순이었다. 나는 대구에서 북행 열차를 탔다. 밤 사이에 압록강을 건너 만주로 들어섰다. 약 3주야를 지나 봉천, 즉 심양(瀋陽)에 도착하니 아침이었다. 그곳에서 열차는 방향을 서쪽으로 잡았다. 금주(錦州) 열하(熱河)를 지났다. 이틀 낮과 밤을 지났을 무렵에 돌연 차창 너머로 다가서는 이상한 풍경이 있었다. 그것이 만리장성이었다.

나는 순간 호흡을 멈추고 만리장성을 바라보았다. 어릴 적 손가락으로 지도 위에서 짚어보고 더듬어보던 그 신화 속의 만리장성이 현실이 되어 육안 앞에 나타났을 때의 충격적인 감회는 지금도 내 추억 속에 선명하다.

만리장성은 동쪽 산해관(山海關)에서부터 서쪽 가욕관(嘉峪關)에까지 장장 2,400킬로미터에 걸쳐 뻗어 있다.

서기 전 3세기에 진시황(秦始皇)이 축성한 것을 한대(漢代)에 이르러 확장한 것인데, 장성이 현재의 위치로 남하한 것은 6세기 때의 일이고, 오늘 보는 바와 같은 견고한 규모는 명대(明代)에 이르러 완성된 것이다.

그러나 그 역사적인 고증은 그만두고라도 8,851킬로미터에 걸친 웅장한 규모는 정말 놀라운 경관이라고 아니할 수 없다.

그런 까닭에 북한산의 성벽에 기대 서서 만리장성을 회상하는 것은 야릇한 기분으로 되지만, 그 야릇한 기분의 바탕엔 조국에 대한 내 나름대로의 안타까움이 있다. 애착이 있다.

옛날 중국인들은 조선이 소국(小國)임을 멸시하는 표현으로서

江不千里(강불천리) 野不百里(야불백리)의 나라라고 했다.

천 리가 되는 강이 없고, 백 리가 되는 들이 없는 작은 나라라는 뜻이다.

그 '강불천리 야불백리'한 나라에서 온 청년이 만리장성 위에 서서 무엇을 생각하고 어떻게 느꼈는진 말과 문자로썬 표현할 수 없는 놀라운 빛깔로서만 추억 속에 남아 있을 뿐이다.

한 가지 기억에 남아있는 사실은 만리장성을 보고서야 우리 선인들의 사대주의를 이해할 수 있었고, 무슨 기록에 우리의 연호를 쓰지 않고 망해버린 명나라에 절개를 세워 '숭정후(崇禎後)' 몇 년이라고 쓰는 선비들의 관성을 이해할 수 있었다는 것이다.

그 슬픈 추억은 북한산의 성벽을 이룬 돌 한 개 한 개에 대한 애착으로서 내 가슴에 메아리를 남긴다.

그러나 만리장성이고 북한산의 성이고 간에 인사(人事)의 허망을 가르치는 점에 있어선 매양 마찬가지이다.

허망도 또한 배워 둘 만한 지혜이다. 참다운 진취는 허망을 밑바닥에 깔고서만 비로소 인간적일 수 있기 때문이다. 진정한 의미에 있어서의 휴머니즘은 '허망'을 잊지 않고 그시 그시 '허망'을 극복하면서 사는 가운데 비롯되는 것이다.

그래서 다음과 같이도 말할 수가 있다.

"허망을 배우기 위해 북한산으로 가라!"

성에 대한, 문에 관한 사상은 깊게 스며들기도 하고 넓게 확산되기도 한다. 그런 까닭에 나는 북한산의 문에 대해 외경(畏敬)의 마음을 가꾸기로 했다.

평창동에서 대성문을 향하든지, 진달래 능선을 타고 대동문을 향하든지, 깔딱고개를 거쳐 위문을 향하든지, 나는 언제나 숨 가쁘지 않게 오르려고 마음을 쓴다. 호흡과 발 움직임을 조절하면 충분히 가능한 일이다. 그런 까닭에 조금도 숨 가쁘지 않게 오를 수 있는데도 불구하고, 목표하는 문과의 상거 50미터쯤 되는 지점에서 나는 반드시 쉬기로 하고 있다.

성문을 들어설 때만은 늠름하고 당당해야 한다고 스스로 다짐하고 있기 때문이다. 고래로 전투는 성문 앞에서 백병전(白兵戰)을 이루게 되는 것인데, 성문에 오르기 전에 힘이 빠져 버려서야 되겠는가 말이다.

그보다도 숨 가쁘게 기진맥진한 꼴로 성문에 도달한다는 것은 적에게 쫓기어 패주하는 몰골을 닮는다. 자연의 풍치를 보아서도, 자기 자신의 위신을 위해서도 그런 몰골은 미학의 파산(破産)이다.

위문에서 돌아오거나, 대성문을 거쳐 오거나 해서 대동문을 통과할 땐 나는 언제나 알프스의 정상에서 이탈리아의 토스카나 지방을 바라보는 나폴레옹의 심사를 닮아 본다.

안하에 전개된 서울 시가. 그리고 한강의 흐름, 저멀리 아득하게 이어진 연하(煙霞) 속의 산파(山波)를 바라보면 미구에 점령하게 될 토스카나를 앞에 한 영웅의 심사를 자연 짐작하게 되는 것이다.

나폴레옹이 이탈리아 원정군 사령관에 임명된 것은 1796년, 그의 나이 27세 때이다. 그해 3월, 그는 알프스의 정상에 서서 토스카나를 보았다. 역사가가 무슨 말을 하건 그 때가 그의 영광의 절정이었다.

그러나 내가 대동문에서 토스카나를 느끼는 것은 정복하기 위해서가 아니다. 정복이 얼마나 덧없는 일인가를 새삼스럽게 상기하는 것이다.

나폴레옹의 영광에 빙자해서 나의 영광을 허구(虛構)해 보려는 것도 아니다. 나폴레옹이 인류의 대표 선수로서 연출해 보인 영광과 몰락의 이른바 '허망의 드라마'를 바로 그 대동문에서 강렬하게 느낀다는 뜻이다.

　이처럼 북한산 산행에서 가끔 나폴레옹이 나의 동반자가 되기
도 하는 것이다.

옹달샘의 시학(詩學)

옹달샘은 언제나 기적이다.

산행(山行)에 있어서 옹달샘과의 만남은 반가움이며 기쁨이다. 사막에서 오아시스를 만난 캐러밴의 감동과 그다지 먼 곳에 있는 감동이 아니다.

나뭇가지와 만초(蔓草)가 드리워져 있는 바위 사이에 청순한 소녀의 풍정(風情)으로 호젓한 맑은 옹달샘은 시(詩)와 시학(詩學)을 꾸며 볼 수 있는 정서에 통한다.

옹달샘 가에 앉으면 언제나 떠오르는 동요가 있다. 아니 그것은 동요라기보다 기막힌 시다.

깊은 산속 옹달샘 누가 와서 먹나요.

맑고 맑은 옹달샘 누가 와서 먹나요.

새벽에 토끼가 눈비비고 일어나

세수하러 왔다가 물만 먹고 가지요.

깊은 산속 옹달샘 누가 와서 먹나요.

맑고 맑은 옹달샘 누가 와서 먹나요.

달밤에 사슴이 숨바꼭질하다가

목마르면 달려와 얼른 먹고 가지요.

이 얼마나 아름답고 예쁜 노래인가.

나는 이것이 노르웨이의 동요라고 듣고, 이 동요만으로도 노르웨이를 사랑하고 싶은 마음으로 되었다.

옹달샘 가까이에 앉아 이 노래를 되뇌이고 있으면 짜릿한 회상의 한 장면이 전개된다.

1980년 6월에 있었던 일이다.

지금은 고인이 되어버린 KBS의 프로듀서 최종국 군과 역시 KBS에서 일하고 있는 카메라맨 유영조 군을 데리고 세계를 한 바퀴 도는 도중 비엔나에 들렀다.

몇 번 비엔나에 간 적이 있는 내가 안내역이 되었다. 나는 그들을 안내하여 비엔나의 교외에 있는 유락지(遊樂地) 구른친에 갔다. 이곳은 값싸게 포도주와 맛좋은 비엔나 소시지를 마시고 먹고 할 수 있기 때문에 유명한 곳이다.

그날 우리들은 구른친에 도착하자마자 난데없이 소낙비를 만났다. 엉겁결에 가까이에 있는 휘테풍으로 된 레스토랑으로 비를 피했다. 그때 우리들과 같이 그 집에서 비를 피한 15명 가량의 여성들이 있었다. 모두가 젊고 발랄하고 매력적인 유럽 여성들이었다.

그런데, 그들은 각기 마음대로 자리를 잡아 앉지를 않고 리더의 지시를 받고서야 자리를 잡았다. 유럽여성들의 매너는 아무래도 다르다는 생각을 하고 있었는데, 그들은 곧 합창을 시작했다. 자리 배정을 한 이유를 그때서야 알았다. 소프라노, 메조 소프라노, 알토 등 성역별로 앉은 것이다.

그녀들의 합창은 정말 좋았다. 어떤 악기보다도 사람의 소리가 가장 아름답다는 실감을 얻을 만한 합창이었다.

우리들은 황홀할 지경이었다. 곡이 끝날 때마다 우리 세 사람은 미친 듯이 박수를 쳐댔다. 박수를 칠 사람은 그 홀에선 우리들뿐이었다. 악보에 기입되진 않지만 박수도 음곡(音曲)의 요소인 것이다. 그렇게 되고 보니 우리의 존재가 그 자리에 없을 수 없는 것으로 되었다. 그런데 그녀들의 레퍼토리의 하나에 〈옹달샘〉이 끼어 있었던 것이었다.

어린애들의 재롱을 곁들여야만 신나는 그 노래가 그녀들의 합창을 통하여 듣고 보니 순정 완벽한 예술이 되었다.

그녀들의 예정된 레퍼토리가 끝났을 때 그녀들과 말이 오갔다. 그녀들은 비엔나 여성들이 아니고 노르웨이에서 온 여성들이며, 어제 비엔나에서 있은 〈여성합창 콩쿨 유럽대회〉에서 우승한 팀이란 사실을 알았다.

나는 노르웨이의 동요인 〈뻐꾹새〉 노래와 그리그의 〈솔베이지 노래〉를 청했다. 그들은 서슴없이 내 청을 들어주었을 뿐 아니라, 동양에서 온 사람이 노르웨이가 자랑으로 삼고 있는 그리그를 알고 있는 것이 반갑다면서 가극 〈페르 귄트〉 가운데의 수곡을 연달아 불러 주었다.

나는 그녀들 하나하나를 찾아다니며 포도주로 수없이 토스트를 했다.

"노르웨이에 오면 꼭 찾아달라"며 주소, 전화번호, 이름을 적어 준 몇 여자도 있었다. 나는 그들의 서명이 적힌 수첩을 소중하게 간수하고 있지만, 아직껏 그녀들을 찾아보지 않았다. 않았다가 아니고 못했다. 그 이듬해에 오슬로의 호텔에서 그 수첩을 꺼내 놓고 전화기 옆에 앉아 한참을 망설이다가 그만두어 버린 것이다.

산행은 과거와 현재와 미래의 시간을 한꺼번에 걷는 노릇이라지만 옹달샘 가에 앉든지, 그 옆을 지나든지 할 땐 노르웨이의 미녀들을 향해 '잃어 버린 시간'을 찾아 나서는 애수(哀愁)를 느끼는 것이다.

옹달샘은 물에 대한 사색으로 사람을 이끌어간다. 어느 때 어디서나 갖가지 형태의 물을 우리는 볼 수가 있고, 그렇기 때문에 예사로 보아넘기는 눈이 옹달샘에 솟고 있는 물에 대해선 범연할 수가 없다.

도대체 물이란 무엇인가.

인류 최초의 철학자 탈레스는 물을 만물의 근원이라고 했다. 발달한 과학은 이러한 표현을 쓰지 않게 된 모양이지만, 어느 하나 물질에 만물의 근원을 찾는다면 그것은 물일 수밖에 없다. 현대과학도 '지각(地殼)을 조직하고 있는 것은 물'이라고 한다.

지구의 내부엔 '열수용액(熱水溶液)'이 있다. 지구 내부 즉 지각의 중심부에서 증기가 올라온다. 상승하는 증기가 도중에서 냉각되어 최종적으로 섭씨 374도의 온도층에 도달하면 218기압을 넘는 압력을 갖게 되어 증기가 응결하여 물이 된다. 이 물이 열수용액을 형성하여 아래쪽으로 하강하여 증발할 지점에 도달하면 다시 증기가 되어 상승운동을 시작한다. 증기가 물이 되는 곳은 대륙에선 지표하(地表下) 15~20킬로미터이고 해저하(海底下)에선 5~10킬로미터의 지점이다. 그리고는 지표하 40킬로미터의 지점으로 내려가면 증기가 되어 다시 상승한다. 이러한 순환을 겪은 끝에 하강의 성질을 가진 물이 어쩌다 지표 밖으로 나온다. 지표 밖으로 나온 물이 옹달샘으로 고이기도 하고, 개울이 되고, 대하(大河)로 되어 바다로 들어가는데, 그 일부분이 증발하여 상공으로 올라 노점(露點)에 이르러 액체로 되어 흰 구름처럼 보였다가 그 응집력이 짙어지면 먹구름으로 되어 이윽고 비가 내린다. 그리고 다시 지각 속으로 들어가기도 하고 증기로 변하기도 한다.

현재까지 알려진 물의 형성과정은 대강 이 정도이고, 물의 신비는 아직 베일에 가려진 채 있다. 요컨대 물의 신비는 곧 생명의 신비

이다. 그러니 하나의 옹달샘은 감상적으로 기적일 뿐 아니라 과학적
으로도 기적이다. 하나의 옹달샘을 설명하기 위해선 지구물리학에
도움을 청해야 한다. 그리고서도 충분하지 못하다.

그런 까닭에 나는 북한산만이 아니라 산속의 옹달샘과 개울엔
신화 또는 전설로서 보전해야 할 무슨 인연이 반드시 있을 것으로
짐작한다. 다만 우리의 건망증, 또는 탐구심의 부족으로 지식으로
서 소유하지 못하고 있을 뿐이다. 그런 인연이 없고서야, 왜, 어찌하
여 바로 그곳에 그처럼 영롱하게 옹달샘이 솟아나고 있을 까닭이 없
지 않은가.

『북한지』에 의하면 북한산성을 중수했을 당시 북한산 일대에 99
개의 옹달샘이 있었던 것으로 되어 있다. 일일이 답사해보진 못했으
나 지금은 훨씬 그 수가 줄어들었을 것이다. 우선 6년 전엔 평창동
에서 대성문으로 이르는 코스에 여섯 개의 옹달샘이 있었다. 그랬던
것이 그 가운데 세 개는 폐천(廢泉)이 되어 버렸다. 마음 먹고 보존할
의사가 있었으면 더 많은 옹달샘을 보존할 수 있었겠지만, 그만한 거
리엔 그 정도의 수의 옹달샘이면 충분하다는 생각이 폐천을 돌보지
않게 된 이유가 아닐까 한다.

아무튼 산행에 있어서 옹달샘의 의미는 거룩하다. 맑은 공기로
서 내장을 청소하는 의미도 크지만, 맑고 순일한 물로써 5장 6부를
청소하는 동시 북한산의 에센스를 흡수할 수 있다는 것이 예사로운

은총일 까닭이 없다.

산에서 만나는 사람들의 얼굴은 맑다. 특히 산에서 만나는 여성들의 모습은 예외없이 아름답고 우아하다. 그 까닭이 어디에 있겠는가. 고소(高所)의 사상으로써 심성(心性)을 세척하고, 맑은 공기로써 잡스런 가스를 체내에서 몰아내고, 갖가지 나무와 풀과 꽃이 뿜어내는 향기가 감정의 빛깔을 곱게 물들이는 때문도 물론 있겠지만, 최대의 보람은 옹달샘에 있는 것이라고 나는 단정한다.

지중해에 시실리라는 섬이 있다. 그 섬의 중심도시가 시라큐스이다. 한땐 그 영화를 아테네에 비교할 만한 도시로서 인구 1백만을 헤아렸다는데, 지금은 인구 7,8만 가량의 퇴락한 도시이다. 우리나라 경주를 닮은 사정이라고나 할까.

그런 만큼 유적이 많다. 그 유적 가운데 해안 가까운 곳에 백악의 고성(古城)이 있다. 그 고성이 서 있는 비탈을 걸어 남청색 바다로 내려갈 수가 있는데, 바다완 바위 하나를 격하고 절벽 사이에 옹달샘이 있다. 그 옹달샘의 물은 바로 이웃에 있는 해수와는 섞이지 않는다고 했다.

어째서 그런 곳에 옹달샘이 솟아날 수 있었을까. 어떠한 섭리가 그런 신비를 만들어 놓았을까. 그런데 그 옹달샘엔 전설이 있었다.

시실리의 시라큐스로 간 오빠를 찾아 알레투사란 이름을 가진 처녀가 희랍 본토를 떠났다. 이오니아해(海)를 건너는 도중 배가 파선해 버렸다. 알레투사는 바다 밑의 지각(地殼) 속을 걸었다. 이윽고 그녀는 시라큐스에 도착하긴 했는데, 인간으로서의 육신은 그냥 보전하지 못하고 그 염력(念力)이 샘이 되어 바로 그곳에 솟았다. 그래서 그 처녀의 이름 알레투사가 희랍어의 샘이란 뜻을 갖게 되었다는 것이다.

시라큐스 해변의 그 신비로운 옹달샘은 응당 그런 전설이 있을 만했는데, 나는 사실 산을 걸어 옹달샘을 만나기만 하면 가끔 이 전설을 상기하고, 무릇 어떤 옹달샘도 각기 신화 또는 전설을 끼고 있을 것이란 믿음 같은 것을 갖게 되었다.

'물의 논리'를 배우러 산으로 간다.

북한산 옹달샘 중에서 수일(秀逸)로 꼽을 것은 진달래 능선과 북한산 본능선(本稜線) 사이의 계곡에 자리잡은 소귀천(素貴泉)으로 불리는 샘이다.

산비탈의 암반 사이에서 아무리 가물 때에도 넘치지도 모자라지도 않을 정도의 양으로 솟는다. 나는 그 샘에 이르면 적어도 두 바가지 양의 물을 마신다. 그럴 때마다 생각한다.

이 샘의 근원은 어디일까. 어디서부터 시작하여 어떤 경로로 하여 여기 이렇게 솟아나고 있을까. 지구의 아주 깊은 곳에서 작열하고 있는 지구의 정열이 지구의 성분을 골고루 녹여 증기를 만들어 이윽고 그것이 냉각되어 하강을 하려는데, 그 하강에 저항한 정열이 이렇게 솟아나고 있는 것이 아닐까?

소귀천의 근원을 찾는 것은 물의 근원을 찾는 것으로 된다. 지구의 연령이 지금 20억 년이라면 그 근원을 찾으려면 20억 년을 거슬러 올라야 한다. 이를테면 우리는 영원에 가까운 20억 년의 생명을 마시고 있는 것이다.

사람의 물질생활을 지배하고 있는 것은 물과 불의 작용이다. 그런 까닭에 사람의 정신생활은 '물의 논리'와 '불의 논리'의 작용이다.

물은 지구의 체제에 충실하여 끝끝내 체제 내의 논리를 따르고 있지만, 일단 세위(勢威)를 얻기만 하면 엄청난 변혁의 의지를 발휘한다.

물은 어떤 형태를 취해도 그 본질은 변하지 않으며 꼭 같은 양으로 환원된다. 즉 부증불감(不增不減)이 물의 원칙이며, 언제나 근원으로 돌아가 다시 시작할 수 있는 까닭에 물은 불사(不死)이다. '물의 논리'는 그러니 '불사의 논리'이다.

인간이 불사이고자 할 땐 물을 배워야 한다. 보다 결정적인 변혁의 의지를 갖고자 할 땐 역시 물을 배워야 한다.

아니 인간의 애환(哀歡)은 물과 더불어 있는 것이다.

이것을 깨달은 것이 옹달샘에서였다면 산행으로 물을 배우는 것으로 된다. 그러니까 이렇게도 말할 수 있을 것이다.

물을 배우기 위해선 산으로 가라!

부처님을 찾아가는 길

북한산엔 절이 많다.

그 규모에 비해 절이 이처럼 많은 산은 아마 달리 없을 것이다.

절이 많다는 것은 무슨 뜻일까. 그만큼 한(恨)이 많다는 얘기가 아닐까.

사람이 절을 지을 땐 원(願)을 세워 절을 짓는다. 속세를 떠나고자 하는 원, 인생의 허망을 달래고자 하는 원, 슬픔을 이기고자 하는 원, 대각(大覺)에 이르고자 하는 원, 사랑을 얻고자, 자비를 구하고자, 죽은 사람의 영을 위무하고자, 사람은 갖가지 원을 세운다.

그 '원'이 바로 인생의 '에센스'라고 할 수 있다. 그러한 원과 원이 북한산에 지어 놓은 수많은 절들로 나타난다. 산행을 하게 되면 부득이 절을 지나야 하고, 절을 지나게 되면 부처님을 생각하게 되고, 그 절의 유서를 생각하게 된다.

원이 서려 있지 않은 절이 없고, 로맨스 없는 절도 없다. 원이란 드라마의 씨앗이다. 그 씨앗이 드라마로 피고 로맨스의 빛깔을 띤다.

이래서 북한산은 원의 메카이며 로맨스의 메트로폴리스, 우리의 마음을 사로잡는 곳이다.

북한산의 성을 중수한 숙종 때의 기록만 보더라도 북한산엔 퍽이나 많은 절이 있었다.

노적봉하(露積峯下) 중흥동(重興洞)에 236간으로 된 중흥사가 있었다. 지금은 간 곳이 없어 폐허만 남아 있지만, 이 절은 매월당 김시습이 소년시절 공부한 곳이라고 하여 우리들의 기억에 친숙한 곳이다.

김시습은 기골있는 천재였다. 단종의 왕위를 찬탈한 세조(世祖)가 지배하는 세상을 염리(厭離)하여 백이숙제를 닮은 생활 속에 은둔했다.

그는 세 살 때 시를 지었다. 그 시가 현재까지 남아있다.

'복사꽃은 붉고 버들은 푸르러 3월은 저물었다(桃紅柳綠三春暮 도홍류록삼춘모)'

그런데 이 '도홍유록'이란 문자는 선(禪)의 공안(公案)에 나오는 '화홍유록(花紅柳綠)'과 통하는 것이어서 깊은 감명이 있다.

그는 또 "구슬을 푸른 바늘로써 꿴 듯 솔잎이 이슬을 머금었다(珠貫靑針松葉露 주관청침송엽로)라고 했다.

신동으로 이름난 김시습을 당시의 정승 허조(許稠)가 불러

"내가 늙었으니 늙을 노(老)자로 시를 지어 보라."

고 했더니 시습은 즉석에서

"老木開花心不老 노목개화심불로"(늙은 나무에 꽃이 핀 것을 보니
마음은 늙지 않았다)

라고 지었다. 김시습이 다섯 살 때의 일이다.

나는 김시습과의 인연으로 북한산의 오솔길 하나에 '매월당의 오
솔길'이란 이름을 붙여 놓았는데, 그가 글 배우던 중흥사가 없어졌다
는 것은 천만 유감스런 일이다.

숙종조 중수기엔 중흥사 말고도 다음과 같은 절들을 기록하고
있다.

금위영하(禁衛營下)에 보국사

일출봉하에 용암사

대성문 아래에 보광사

아암봉 아래의 부왕사

수구문하엔 서암사

견봉 근처에 있는 원각사

의상봉하의 영국사

노적봉하의 상운사

태고대 아래의 태고사

노적봉하의 흥덕사

이밖에 인왕사, 금강굴, 북세암, 장의사, 향림사, 적석사, 청량사,
승가사, 삼천사, 문수사, 진관사 등이 기록에 있다.

이런 까닭으로 북한산은 한 때 산중승국(山中僧國)이라고 했다.

척불(斥佛)이 한창이었던 조선왕조 시대에 북한산이 많은 절을 가졌다는 것은 불도(佛道)의 강인함이라고나 할까.

그러나 이 가운데 흔적도 없이 사라진 절이 대부분이다. 절의 흥망에도 나라의 흥망에 버금가는 애절한 이야기가 있었을 것으로 안다.

남아 있는 절 가운데 특히 유명한 절이 진관사와 승가사이다.

진관사는 북한산 서록(西麓)에 있다. 신라시대까지 그 유래를 거슬러 오를 수가 있는데, 기록에 의하면 고려조의 제8대왕 현종(顯宗)이 12세의 어린 나이로 궁중에서 쫓겨나 중의 행세로 삼각산 신혈사(神穴寺)에서 지냈다고 되어 있다. 그 후 목종 12년(1009년) 대신들이 그를 모셔가 왕위에 앉혔다. 그 신혈사가 곧 오늘의 진관사이다.

현종이 그곳에 숨어 살 때 진관조사(津寬祖師)란 노승이 있었는데, 현종이 즉위 후 그 은공을 기념하기 위해 지은 이름인 것이다.

이성계가 등극하여 한양으로 전도하자 제일 먼저 찾은 곳이 이 진관사이다. 신덕왕후 강씨(康氏)의 위패를 이곳에 모시고 자기를 왕이 되게 한 조종들의 음덕에 보답할 양으로 이곳에 수륙도장을 지었다.

당시의 경치가 어떠했던가를 알려 주는 여말선초(麗末鮮初)의 대문장가 정이오(鄭以吾)의 시가 남아 있다.

      青青松柏擁池臺　청청송백옹지대

      地僻天深洞府開　지벽천심동부개

      溪似玉圍流屈曲　계사옥위류굴곡

      山如雲湧勢崔嵬　산여운용세최외

      汰僧元魏猶供笑　태승원위유공소

      惑佛蕭梁不滿哀　혹불소량불만애

      無是無非心自正　무시무비심자정

      孰爲緣覺孰如來　숙위연각숙여래

      푸른 송백이 연못과 누대를 둘러 싸고 있고,

      하늘과 땅이 유벽한데 신선세계 열렸네.

      개울은 옥과 같은 흐름으로 굴곡하고,

      산은 구름이 솟은 듯 그 형세가 자못 높기도 하다.

      승려를 업신여긴 북위(北魏)는 웃음거리가 되었지만

      불도에 혹한 소씨의 양나라도 슬프지 않을 까닭이 없지.

      시(是) 비(非)도 없으면 마음은 스스로 바르게 되는 것을.

      누가 깨달은 사람되고 누가 여래불이 될 것인가.

신라 진흥왕의 순수비가 있는 비봉(碑峯) 아래의 승가사(僧迦寺)
에 관해선 고려 이오(李頫)의 중수기에 이런 대목이 있다.

"최치원의 문집에 보면, 옛날 신라시대의 낭적사(狼跡寺)의 승려 수대(秀臺)가 승가 대사의 거룩한 행적을 익히 듣고 삼각산 남쪽 좋은 자리를 정하여 바위를 뚫고 굴을 만들고 돌을 쪼아 형상을 그리니 대사의 어진 모습이 더욱 우리나라에 비쳤다. 나라에서 천지의 재변과 한재(旱災)가 있으면 이곳에서 기도를 올렸는데, 그럴 때마다 즉석에서 영험이 있었다"

고려의 유원순(兪元淳)은 승가사의 경치를 다음과 같이 읊었다.

崎嶇石棧躡雲行　기구석잔답운행
華構隣天若化城　화구린천약화성
秋露輕霏千里爽　추로경비천리상
夕陽遙浸一江明　석양요침일강명
漾空嵐細連香穗　양공람세련향수
啼谷禽閑遞磬聲　제곡금한체경성
可羨高僧心上事　가선고승심상사
世途名利摠忘情　세도명리총망정

기구한 돌다리를 구름 밟고 올라가니
좋은 집이 높이 솟아 하늘에 닿은 화성과 같다.
가을 이슬 가늘게 떨어져 천리 시야가 상쾌하고,
석양이 멀리 잠겨 강물이 밝게 빛난다.

공중에 아지랭이처럼 향불 연기가 서렸고,

골짜기에 우는 한가한 새소리가 풍경소와 섞갈리네.

부러운 것은 높으신 스님의 마음이로다.

그 분의 마음엔 이 세상의 명리란 도시 없을 것이니 말이다.

승가사에 이만한 시사(詩史)가 있다는 것은 반가운 일이다.

그런데 또 감회의 재료가 이 절엔 있다. 다산 정약용(茶山 丁若鏞)

이 이곳을 즐겨 찾았다는 기록이 있다.

百曲岩蹊細不窮　백곡암혜세불궁

山腰禪閣倚丹楓　산요선각의단풍

龍師北過豊碑屹　룡사북과풍비흘

玉佛東來寶殿崇　옥불동래보전숭

萬室榱題寒雨裏　만실최제한우리

重城睥睨暮烟中　중성비예모연중

西峯日沒鍾聲起　서봉일몰종성기

獨上危樓送遠鴻　독상위루송원홍

일백굽이 바윗길 끝없이 뻗었는데

산 허리 절간 하나 단풍에 기대어 있네.

용스님의 지난 자취가 비석으로 서 있는데

옥불이 이땅에 와서 보전으로 솟았구나.

만호 민가의 추녀는 차가운 빗속이라면

겹겹의 성곽이 저녁 연기 사이로 보인다.

서쪽 봉우리에 해가 지자 종소리가 울려왔다.

높은 누상으로 혼자 올라 멀리 나는 기러기를 바라본다.

이처럼 북한산의 절을 인연으로 하여 그 옛날의 문인들의 모습을 추모해 보는 것은 기막힌 호사가 아닐 수 없다.

또 하나 빠뜨릴 수 없는 것은 문수사이다. 이 절의 경치를 읊은 것 가운데의 수일(秀逸)은 고려 이장용(李藏用)의 시이다. 그러나 너무 길기 때문에 몇 귀절만 소개한다.

城南十里平沙白 성남십리평사백

城北數朶重岑碧 성북수타중잠벽

老守疏慵放早衙 로수소용방조아

出遊浩蕩尋幽跡 출유호탕심유적

......

성남 십 리엔 모래밭이 희기도 하다.

성북에 겹겹으로 된 봉우리가 푸르다.

늙은 원님이 게으름을 피어 관청 일을 일찍 파하고

호탕하게 나다디며 좋은 경치 찾아가네.

지금 북한산에서 제일 큰 절은 도선사(道銑寺)이다. 신라의 명승 도선대사가 신통력으로써 큰 바위의 반을 잘라 한쪽 바탕에 관세음보살상을 새겼다고 되어 있는 마애불입상(磨崖佛立像)이 있다.

이 불상의 높이는 8.43미터, 머리는 소발(素髮)이고 얼굴은 방형(方形), 몸은 원통형이고 약간 비만하고 목엔 삼도(三道)가 새겨져 있다. 전문가의 말에 의하면 전설과는 달리 고려시대에 유행한 마애불상의 형태를 이어받아 조선 말기에 만들어진 것으로 되어 있다.

도선사란 명칭으로 된 것은 근래의 일이고, 전엔 도성암(道成庵)이라고 하는 작은 암자였다. 작은 암자가 큰 사찰로 발전한 것은 반가운 일이나 새로 지은 건물의 배치와 수성이 북한산의 경관과 어울리지 않는 것이 유감이다.

더욱이 대웅전에서 내려다보이는 승려의 숙사 마루에 '돌 가르는 기계'란 것이 놓여 있는 것은 미학을 파괴하는 결과를 만들었다. 아름다운 산중에 기품이 숭고한 그런 건물을 지을 수가 없었을까. 부처님 앞에 합장할 때마다 생각해 보는 일이다.

산행을 시작하기 전 또는 산행이 끝났을 무렵, 어쩌다 지나칠 무렵 절에 들러 예불하는 시간은 내게 있어서 지극히 소중한 시간이다.

누가 일러 예불을 우상숭배라고 하고 미신이라고 한다. 어림도 없는 소리다. 부처님 앞에 절을 하는 것은 부처를 상징하는 물체를 계기로 불심(佛心)을 일깨운다는 행위 이상도 이하도 아니다. 그 불심으로 해서 자기 스스로에게 예배를 드리는 것이 곧 예불이다.

부처님 앞에서의 기도도 마찬가지이다. 부처를 상징한 물체를 계기로 불심을 일으켜 그 불심으로써 하는 자기 기도(自己祈禱), 즉 자기가 자기에게 드리는 정성이 곧 기도이다.

예배도 자기 예배이며 기도도 자기 기도이다. 왜 자기 예배인가. 우리는 우리 자신을 너무나 소홀하게 하고 있다. 자기 속에 있는 최량(最良)의 부분에 예배드리고 자기 속에 있는 진심에 경건하게 기도를 올리는 것이다.

깨달음의 계기가 우상일 수 있는가. 자기 예배, 자기 기도가 미신일 수 있는가.

산행은 천지의 조화를 감상하며 걷는 인생의 걸음이다. 다시 말해서 오묘한 자연에의 참입(參入)이다. 그러니 산에 간다는 것은 부처님의 길을 찾아간다는 뜻으로 된다. 부처님을 신(神)이라고 바꿔 말해도 좋다.

북한산의 절 옆을 걷고 있으면 나는 언제나 어머니 생각을 한다.

내 어머니는 절에 가느라고 북한산을 자주 찾으셨다. 그러다가 북한산 전체를 절의 경내(境內)로 알고 애착을 가지셨다.

북한산을 절로서 이해하는 사상도 그럴 듯하다. 결국 인생은 부처님 손바닥 위에 맴도는 존재이니까.

북한산(北漢山)의 철학(哲學)과 향연(饗宴)

인류는 두 종류로 나뉜다.

산이 거기 있으니까 산에 오르는 사람들과 산이 거기 있으니까 오르지 않는 사람들과의 두 종류이다.

마찬가지로 서울 시민을 두 종류로 나눌 수가 있다.

북한산이 있으니까 북한산에 오르는 사람과 북한산이 있는데도 오르지 않는 사람으로.

북한산에 오르건 말건 같은 서울 시민이 아니겠느냐. 그 사이 무엇이 다를 게 있겠느냐. 수월하게 이렇게 말하는 사람이 있겠지만, 천만의 말씀이다.

북한산은 엄연히 하나의 세계, 하나의 코스모스이다. 그 세계의 한 사람 또는 그 코스모스에 참여하고 있는 사람과 그렇지 못한 사람과는 말로썬 설명할 수 없는 오묘한 부분에서 다르다.

오솔길을 밟고 지낸 발바닥의 감촉, 갖가지 꽃으로 채색된 눈빛, 산새들의 노래가 담긴 귓속의 기억, 언제나 같은 풍경이면서도

그시 그시 의미를 바꾸어 다가설 때의 가슴의 설레임. 높은 곳에서
가 아니고선 느껴 볼 수 없는 인생의 정회(情懷), 산간 또는 개울가
에서 펼쳐지는 조촐한 연회(宴會)에서 얻을 수 있는, 살아 있는 존재
로서의 실감은 산에 오르지 않는 인간들로선 상상도 못해보는 일종
의 특권이다.

이를테면, 우리는 북한산에 독특한 철학, 즉 형이상학을 엮을 수
가 있다.

두보(杜甫)의 〈망악(望嶽)〉이란 시에 이런 대목이 있다.
"조화종신수(造化鍾神秀)"
조물주가 영묘불가사의한 신비를 모아서 태산을 만들었다는 뜻
이다.

그런데, 어찌 '태산'뿐이랴. 우리 북한산도 신수(神秀)가 모여 만
들어진 산이다. 어느 장소라도 좋다. 오솔길에서, 바위 위에서, 개울
가에서, 또는 성문에 기대 서서 전후 좌우에 조용히 눈을 돌려 보라.

산자락 하나하나에 자상하게 다독거린 신의 손을 느낄 수가 있
다. 농담 갖가지의 목록(木綠)과 초록(草綠)에 섬세한 신의(神意)를 발
견한다. 깨알만한 꽃으로부터 대륜(大輪)의 꽃에 이르기까지 어쩌면
그처럼 정교한 배려일까.

그래서 우리의 철학은 하나의 기틀을 갖는다.

―북한산은 그 규모에 있어서 오묘한 생명의 실상(實相)이다. 즉

나 자신의 확대이다. 한편 나는 북한산이 보여준 생명의 실상을 내 한몸으로 집약한 실체이다. 즉 나는 북한산의 집중적인 형태이다. 확대와 집약의 두 계기로 하여 주객은 합일하여 내가 곧 북한산이며 북한산이 곧 나 자신이다.

이 사상은 다음과 같이 전개된다.

—내가 먼 여행에 떠나 있을 때 가는 곳마다 북한산을 내 망막 속에 내 가슴 속에 지니고 있는 것과 같이 언젠가 내가 없어져도 북한산은 이곳에 숨쉰, 내 숨소리와 이곳에 새겨 놓은 내 발자국과 더불어 이곳에서 느낀 나의 정감을 고스란히 그대로 간직할 것이다.

이 사상은 다음과 같은 신앙으로 이어진다.

—사랑은 죽음보다 강하다. 북한산에 새겨 둔 내 사랑이 사라질 까닭이 없다. 그런 뜻에서 나는 북한산과 더불어 영원하리라. 영생(永生)은 사랑을 통해서만 비로소 가능하다. 이윽고 우리는 북한산에서 영생할 수가 있다.

그런 까닭에 나는 한번 북한산을 사랑한 사람은 생사의 구별 없이, 유명(幽明)의 차이 없이 골고루 살아 있다고 생각한다.

즉, 나는 매월당과 더불어 오늘도 북한산을 걷고 있고, 사가정(四佳亭)과 더불어 북한산 오솔길에서 흐뭇한 것이다.

—영웅은 간 곳 없고, 산만 홀로 남았다는 것은 너무나 얄팍한 감상(感傷)이다.

산이 있는 한 영웅은 그대로 있다. 지금 눈에 보이지 않는다고 없는 것은 아니다. 인간은 그 사랑의 정열과 정성으로 해서 육체에 불구하고 영생할 수가 있다. 그 신앙없이 사람은 어떻게 살아갈 수 있을 것인가. 그렇지 못하다면 그 수유(須更)의 시간을 어떻게 견딜 수 있을 것인가. 너무나 허무하지 않는가. 무언가 영생의 신념을 가질 수 있다는데 인간의 위신이 있는 것이다.

북한산의 영원이 언제까지 계속될지 모르지만 천여 년 전의 유서를 간직하고 있는 이상 앞으로 수만 년의 영원은 예상할 수 있지 않겠는가. 북한산의 영원에 우리의 영생을 기탁해 볼 만하지 않는가.

그러려면 북한산을 나 자신이라고 믿고 이에 애착을 쏟아야만 한다. 즉 내가 곧 북한산이다. 북한산이 곧 나 자신이다.

내가 북한산에서 체득한 가장 고귀한 지혜는 '고소(高所)의 사상'이다.

높은 데만 가면 고소의 사상을 얻을 수 있다고 생각하면 잘못이다.

가령 해발 3,4천 미터의 고산(高山)에 갔다고 하자. 그곳은 고소가 아니고 격절(隔絶)의 장소이다. 그런 곳에선 원근법이 작용하지 못한다. 그저 높은 데 있다는 실감밖엔 없다. 그러니 고절(孤絶)의 사상, 초월의 사상만이 가능할 뿐이다. 뿐만 아니라 희박한 산소가 생리적인 압박을 주어 인간다운 생각에서 멀게 한다.

비행기를 탔다고 해도 고소의 사상에 접근할 수가 없다. 수만 피

트의 고도에선 원근법적 사고의 작용이 불가능하거니와 정신이 질
식하기 마련이다. 발판이 떨어져 나간 공간에선 부유(浮游)의 사상
이 있을 뿐이다.

그런 까닭에 '고소의 사상'과 '고절의 사상'과 '부유의 사상'은 다
를 수밖에 없다.

'고소의 사상'을 익히는데 가장 알맞은 곳이 다름 아니라 북한산
이다. 최고의 높이 836미터는 인간적인 사고를 방해할 만큼 산소가
결핍되어 있지 않다. 원근법적인 사고작용을 거절할 만큼 하계(下界)
의 풍경이 멀지도 않다. 세간(世間)이 바로 눈 아래에 있고 높은 곳
엔 구름이 있다.

자기의 존재를 고절한 장소에 두지 않고 적당한 원근법을 이용할
수 있기 때문에 그 고소의 사상은 가장 인간적인 것으로 된다.

'고소의 사상'이란 무엇인가.

어느 정도의 거리를 두고 있으면 소음이 소음처럼 들리지 않는
다는 견식이다. 시끄러운 소리라고 해서 신경질을 낼 것이 아니라
그것이 시끄럽지 않게 들리는 곳까지 물러서면 된다는 깨달음이다.

어느 거리를 두면 추한 것도 추하게 보이지 않고, 아름다운 것
도 아름답게 보이지 않게 된다. 예컨대, 절대성이 없어진다. 따라서
일상생활에 있어서의 우리들의 쟁점에서 그 예각성(銳角性)이 떨어
져 나간다.

고소의 사상은 또한 영원상하(永遠相下)란 관점에 서게 한다. 긴

안목으로 보면 아무것도 아닌 것을 갖고 악착스럽게 서둘고 있었다는 반성이 절실해진다. 그 시간만 지나 버리면 될 일을, 그 시간을 기다리지 못해 쓸데 없는 짓을 했다는 뉘우침도 소중한 것이다.

요컨대 기다릴 줄을 알아야 한다는 것이 고소의 사상이고 싸움보다는 화평이, 독선(獨善) 독주보다는 협조가 바람직하다는 뼈저린 인식이 곧 고소의 사상인 것이다.

고소의 사상을 익힌 사람들은 배신을 하지 않는다. 애정에 파탄을 가져오지 않는다. 나타난 사상(事象)을 그 진가에 따라 판단할 줄을 안다.

그러나 뭐니뭐니 해도 북한산 산행은 '호모루덴스'로서의 인간에 대한 축복이다.

우리는 주말마다 한무제(漢武帝)가 부러워할 잔치를 베푼다.

장소는 북한산장.

참나무, 단풍나무, 벚나무 등을 병풍으로 하고 사계 갖가지의 경물을 곁들인 자리에서 베풀어지는 행락(行樂)은 일품이다. 일행 7, 8명이 저마다 가지고 온 출물로서 재료는 풍성한데 L군의 주방장 솜씨는 이미 일류에 달했다. M군의 익살이 하도 유별나서 가끔 곁을 지나가는 산행인들에게

"오늘 우리는 정신병원에서 소풍나왔습니다. 내가 원장이구요. 이 사람이 수석환자지요."

하고 M군을 가리켜 놓고 변명을 해야 할 경우가 가끔 있지만, 그런

일까지를 곁들여 마냥 즐거운 것이다.

그런데다 2, 3명의 미희(美姬)가 끼이기도 하고 보면 북한산은 '에덴의 동산'이 된다.

에덴의 동산에서 천하를 논한다는 것은 또한 별격(別格)의 아취가 있다. 역사 이래의 인물들을 골고루 불러내어 증언대에 세워선 역사의 의미를 묻기도 하고, 미운 놈들을 재판정에 끌어내선 재심하여 준열한 판결을 내리기도 한다. 이젠 유명을 달리한 친구들이 다시 등장하는 것도 북한산의 잔치 자리에서고, 못다한 한을 우리가 대신 풀어주는 것이다.

잃어 버린 시간도 예외가 아니다.

모조리 찾아내선 그 시간에 의미를 부여하고, 오늘의 의미를 그 시간의 의미로서 고친다. 생과 사를 초월한 국면을 거기서 만들어 낸다.

그런 까닭에 북한산 그 자리에선 스캔들이란 없다. 그 손길 한 번 가면 모든 것을 황금으로 만들어 버리는 '미다스'처럼 북한산 그 잔치에 화제로 되면 일체의 얘기가 모두 로맨스로 화한다.

일체의 얘기를, 스캔들까지 포함해서 로맨스로 만들어 버리는 작용, 이것이 예술이 아니겠는가.

이윽고 북한산의 산행은 음악과 시와 철학의 오솔길을 통해 산정의 잔치로 예술로서 완성되는 것이다.

술은 북한산에 자생한 산사자(山査子)로 된 산사주(山査酒). 안주가 되기 위해 죄없이 잡힌 소가 그 고기를 일부 보내기도 하고, 태평양에서 놀던 물고기가 모처럼 북한산을 오르기도 한다.

이렇게 되면 이태백이 가만 있을 수가 없다.

장진주(將進酒)의 화려한 사장(詞章)이 북한산의 흥취에 꽃과 향기를 뿌린다.

君不見黃河之水天上來 군불견황하지수천상래

奔流到海不復回 분류도해불부회

임이여, 보지 않았는가.

황야의 물이 천상에서 내려 바다에 이르러선 다시 돌아오지 않는 것을!

君不見高堂明鏡悲白髮 군불견고당명경비백발

朝如靑絲暮成雪 조여청사모성설

임이여 보지 않았는가. 고당의 명경을 보고 백발을 슬퍼하는 것을.

아침엔 청사와 같은 것이 저녁엔 눈이 되지 않던가.

人生得意須盡歡 인생득의수진환

莫使金樽空對月 막사금준공대월

인생에 뜻을 얻었으면 기쁨을 다할지니라.

괜히 빈 술통을 달빛 아래 버려두지 말도록.

天生我材必有用 천생아재필유용

千金散盡還復來 천금산진환부래

하늘이 나를 낳았을 땐 반드시 무슨 보탬이 있기 때문이 아니겠
는가.

천금은 다 쓰고 나면 다시 모일 날이 있을 것을.

烹羊宰牛且爲樂 팽양재우차위락

會須一飮三百杯 회수일음삼백배

양을 삶고 소를 잡아 노는 것도 좋지.

그러나 한번 마셨다 하면 삼백 잔을 마셔야지.

岑夫子 잠부자 丹丘生 단구생

進酒君莫停 진주군막정

與君歌一曲 여군가일곡

잠부자여, 단구생이여,

술을 권할테니 멈추지 말게. 자네를 위해 내 노래를 부르마.

古來聖者皆寂莫 고래성자개적막

惟有飮者留其名 유유음자류기명

고래로 성현들은 모두가 적막했네.

다만 술 마실 줄 아는 자만이 이름을 남겼지.

五花馬　오화마　千金裘　천금구

呼兒將出換美酒　호아장출환미주

與爾同銷萬古愁　여이동소만고수

기막힌 털을 가진 명마, 천금을 호가하는 백호의 가죽,

아이야 모조리 들고 나가 술로 바꿔 오너라. 너와 더불어 만고의

수심을 풀고자 한다.

3백 잔의 술은 당치도 않고 산사주 석 잔이면 북한산의 흥취가 2,
5배로 확대된다. 그로서 우리들은 이태백의 장진주에 편승하여 만고
의 수심을 풀게 되어 있는 것이다.

일러 만고의 수심!

인생이기 때문에 가지는 수심이다.

북한산은 우리들로 하여금 그 수심을 더욱 깊게 느끼게 하곤 그
수심을 철학적으로 예술적으로 풀어주는 에덴의 동산이다.

도봉산기(道峯山記)

굴곡이 아기자기하고 난소(難所) 때문에 팔의 힘을 동원해야
산행을 할 수 있는 도봉산

만년(晚年)을 지내고 싶은 유혹

북한산에서 도봉산을 오르고, 도봉산에서 북한산을 오른다.

무슨 말인지 모른다면 딱하다. 다음과 같이 말하면 아마 납득하리라.

북한산을 걷고 있으면 군데군데에서 도봉산의 수려한 모습이 보인다. 그럴 때마다 도봉산을 걷고 있었을 때를 생각하기 마련이다. 지금쯤 도봉산 그곳에서도 철쭉이 피었을 것이다. 단풍이 들었을 것이다. 매미가 울고 있을 것이다. 이끼 낀 그 바위가 나를 기다리고 있을 것이다. 이다음 일요일엔 도봉산으로 가야지…….

마찬가지로 도봉산을 걷고 있으면 군데군데에서 북한산의 아름다운 원경(遠景)이 보인다. 그럴 때마다 북한산을 걷고 있는 기분으로 된다. 그 오솔길을 오늘도 그 친구들이 걷고 있을까…….

바로 지금 이 시간, 여기에 있으면 거기엔 있을 수 없다는 것, 거기에 있으면 여기엔 있을 수 없다는 것은 당연한 이치이긴 하면서도 슬픈 일이다. 그러나 마음이란 오묘한 작용이 있어 북한산에 있으면서도 도봉산에 있을 수 있고, 도봉산에서 북한산에 있을 수도 있는 것이다.

거기가 가깝대서가 아니라, 도봉산과 북한산은 이처럼 떼어 놓으려고 해도 떼어 놓을 수가 없다. 산행하는 자의 마음속에 도봉산과 북한산은 언제나 같이 있다. 북한산에 대한 애착은 바로 도봉산에 대한 애착인 것이다.

그렇다고 해서 도봉산과 북한산이 같다는 것은 아니다. 비슷하다는 것도 아니다. 도봉산이 일깨우는 시심(詩心)은 정년 도봉산의 것이다.

도봉산이 들려주는 노래는 도봉산 이외의 어느 곳에서도 들을 수가 없다. 도봉산에서 깨닫는 철학은 도봉산에 있는 바위와 나무와 꽃과 새소리로서 구성된다.

새소리를 들먹였으니 도봉산에 어떤 새들이 있는지를 얘기해볼 수밖에 없다. 우선 들먹여 보자.

까치, 박새, 어치, 참새, 멧비둘기, 붉은머리오목눈이, 산솔새, 꾀꼬리, 쏙독새, 두견새, 뻐꾸기, 벙어리뻐꾸기, 검은출발이뻐꾸기, 노랑지빠귀, 쇠박새, 노랑턱멧새, 유리딱새, 딱새, 되새, 흰배지빠귀, 직박구리, 오목눈이, 굴뚝새, 쇠딱다구리, 진박새, 양진이, 쇠유리새.

이제까지 알려진 새 종류는 이상과 같다는 것인데, 고마운 건 학자들이다. 우리의 도봉산에 이와 같은 새들이 있다는 사실을 알 수 있다는 것은 얼마나 다행한 일인가. 반가운 일인가.

참고로 까치의 학명은 〈피카피카(FICA FICA)〉, 참새의 학명은 〈팟세몬타누스(PASSER MONTANUS)〉라는 것만을 알려둔다.

도봉산에 있는 새들이 북한산에 없으라는 법은 없겠지만, 도봉산 까치 다르고 북한산 까치 다르다는 것은 까마귀에도 내 땅 까마귀와 남의 땅 까마귀가 있다는 것으로써 알 수가 있다.

그러나 도봉산에서 가꾸어진 시심이 북한산에서 가꾸어진 시심과 어떻게 다른 것인가. 도봉산에서 얻은 철학이 북한산에서 얻은 철학과 어떻게 다른 것인가.

그것은 산마루에 앉아 제각기 가슴 속에서 깨달아야 할 일이지, 백사장 모래도 희다고 하고, 목련꽃 빛깔도 희다고 해야 하는 인간의 언어 능력으로서 감당할 바가 아니다.

사가정 서거정(四佳亭 徐居正)은 도봉산 어느 절엔가 와서 다음과 같은 시를 남겼다.

　　山下何年佛刹開　산하하년불찰개
　　客來終日足俳佪　객래종일족배회
　　開窓雲氣排簷入　개창운기배첨입
　　欹枕溪聲捲地來　의침계성권지래
　　古塔有層空白立　고탑유층공백립
　　斷碑無字半靑堆　단비무자반청퇴

殘年盡棄人間事　잔년진기인간사

結社香山擬不回　결사향산의불회

이것을 풀이하면—

어느 해일까. 이 산 밑에 절을 지은 것이.

길손이 와서 온종일 배회할 만하구나.

창문을 여니 구름이 처마를 밀치고 들어오고

베개 베고 누웠으니 시내소리가 땅을 울리듯 들린다.

옛탑은 층층이 허망하게 서 있고

동강이 난 비의 글자는 알아볼 수 없게 반쯤 풀 사이에 묻혔다.

이제 얼마 남지 않은 인생, 모든 인간사를 다 버려 버리고

형산에 결사하여 돌아오리 않으련다.

서거정의 이 시가 내게 절실한 것은 나는 도봉산을 헤맬 때마다 이곳에서 만년을 지냈으면 하는 마음의 유혹을 느껴보곤 하기 때문이다.

도봉산에서 서거정의 마음을 읽을 수 있는 것은 뜻밖의 수확이다. 도봉산을 사랑하는 사람이면 5백 년 전의 도봉산 동호자(同好者)였던 서거정이 어떤 인물이었던가를 알아둘 만하다.

서거정은 세종 2년, 그러니까 서기 1420년에 나서 1488년(성종

19년)에 죽었다. 『연려실기술』에 의하면, 그의 자는 강중(剛中), 본관은 달성, 호는 사가(四佳), 권근(權近)의 외손이다. 19세 때 진사시(進士試)에 오르고, 이어 발영(拔英), 등준(登俊)시험에 선발되었다. 좌리공신(佐理功臣)에 책정되어 달성군에 봉한 바 되고, 벼슬은 좌찬성에 이르고 시호는 문충공(文忠公)이다.

『지봉유설』엔 "서거정은 네 번 과거에 오르고 다섯 임금을 섬겼으며, 육조(六曹)의 판서를 두루 지내고, 두 번이나 사헌부(司憲府)의 장관이 되었고, 다섯 번이나 재상이 되었다"고 했다.

그 치열한 권모술수의 난장판에서 벼슬이 인신을 극하고도 편안히 고종명을 했으니 다시 없는 행운을 타고난 사람이라고 하겠다. 그러나 그의 심정이 그다지 평온할 수 없었다는 것은 그의 나이가 성삼문보다는 두 살 아래이고, 매월당보다는 15세 연장이란 사실로써 짐작할 수가 있다.

뿐만 아니라 살아 세조(世祖)의 지우를 받은 사람으로선 그는 누구보다도 성삼문과 매월당에 가까웠던 것이다.

그가 혁명가일 수 없고, 성삼문처럼 충절에 순(殉)하고, 매월당처럼 과격둔세(過激遁世)할 수 없었던 것은 기질의 탓이다. 그런 때문에 당시 선비들 사이에 문호(文豪)로서의 성명(聲名)이 있었는데도 인기가 있었다고는 할 수가 없다. 그러나 혁명가적인 기질이 결여되어 있었다고 해서 비난하기엔 그는 너무나 훌륭한 인물이다.

『수직론(守職論)』에서 그의 신념을 밝히고 있거니와, 그는 직분을 지키겠다고 자각함으로써 단종을 둘러싼 피비린내 나는 사건을 방관하고 있었던 것인데, 그 마음은 오죽했으랴!

그는 직분으로 자기의 학문과 문학을 통해 나라에 봉사함으로써 스스로에게 충실하고 민족에게도 충실할 수 있다고 자부했을지 모른다. 이렇게 말해도 지나침이 없을 정도로 그는 문학자로서 뛰어났다.

『경국대전』, 『동국여지승람』 등을 비롯하여 『동문선』의 편저, 『동문시화』, 『동국통감』, 『필원잡기』, 『태평한화』, 『사가집』, 『오행총괄』 등 그의 업적은 경탄할 만하다.

『상촌휘언(象村彙言)』엔 다음과 같은 기록이 있다.

우리 나라 문장은 최치원으로부터 발휘되었다. 김부식(金富軾)은 풍부하지만 화려하지 못했고, 정지상(鄭知常)은 화려하였으나 떨치질 못했다. (이규보, 이인로, 이곡, 임춘, 이제현, 이숭인, 정몽주, 정도전 등의 장단점을 열거한 후) 다만 이색(李穡)의 시(詩)와 문(文)이 구비하여 함께 우수한데…… 권근(權近), 변계량(卞季良)이 비록 문병(文炳)을 잡았으나 이색에겐 미치지 못했다. 세종(世宗)이 처음으로 집현전을 설치하고 문학하는 선비를 맞이하였는데 신숙주, 최항, 이석형, 박팽년, 성삼문, 유성원, 이개, 하위지 같은 사람은 모두 한때 이름을 날렸다. 그런데, 성삼문의 문장은 호방하나 시는 모자랐고, 하위지는 대책과 소장(疏章)은 잘해도 시는 몰랐고…… 박팽년은 집대성했다고 했는데…… 그 뒤를 이은 자는 서거정, 김수온, 강희맹, 이승소, 김수녕, 성임뿐이다. 그 가운데서도 서거정은 문장이 화려하고, 시는 한유, 육유의 체를 공부하여 손을 대면 당장 글이 이루어져 그 염려(艶麗)하기가 무쌍(無雙)이다.

요컨대 고려 때엔 이색, 조선조에 들어선 서거정이 최고라는 것이다.

서거정은 대(竹)를 논하여 철리(哲理)에 이르고, 고양이를 주제로 『오원자부(烏圓子賦)』를 지어선 당시의 소인들을 풍자하고, 박쥐를 주인공으로 하여 『편복부(蝙蝠賦)』를 지어선 모략중상하는 자들을 신랄하게 비판했다. 그는 또한 풍부한 유머의 소유자이기도 했다. 다음은 그가 지은 『태평한화(太平閑話)』에 나오는 이야기다.

김선생이 친구 집을 찾아갔다. 술상이 나왔는데 안주라곤 나물뿐이었다. 주인은 가난해서라느니, 저자가 멀다느니 하며 변명했다. 그런데 주인집 뜰에서 닭이 모이를 쪼고 있었다. 그러자 김선생이 주인 보고 말했다. "내가 타고 온 저 말을 잡아 안주로 하자." 주인이 깜짝 놀라 "말을 잡다니, 갈 땐 무얼 타고 갈 거냐"고 물었다. 김선생 대답하길 '걱정없다. 돌아갈 땐 저 닭 한 마리 빌어 타고 가지.'

이만한 사람이면 도봉산행의 동행으로 할 수 있지 않는가.

거의 2킬로미터 가까운 시멘트 포장길을 걸어야 하는 것이 유감
스럽지만, 도봉의 품에 안기려면 그만한 대가는 치러야 한다는 기분
으로 견딘다.

시멘트 포장길이 끝나는 데서 우리의 도봉산은 시작한다. 바위
덩어리가 웅거하고 있는 깊은 계곡을 옆으로 보며 오른편 산비탈을
서서히 걸어 올라가 본다. 올라가는 마음엔 언제나 충족감이 있다.
상승의 심리는 상승의 논리로 화하고 심장과 폐장의 조절에 일단 신
경을 쓴다.

북한산에도 상승은 있지만 심리만 있을 뿐이고 논리는 없다. 왜,
정상이 바로 거기에 있기 때문이다. 그러나 도봉산의 이 코스에선 부
득이 논리가 필요하게 된다. 정상이 멀기 때문이고, 정상이 한두 군
데가 아니기 때문이다.

북한산의 최고 백운대는 해발 836미터이고, 도봉산의 최고 자운
봉은 717미터이지만, 그것은 각각 정점을 말할 뿐이고 산 전체의 높
이와 거리엔 상관 없는 일이다.

도봉산의 굴곡은 아기자기하다. 망월사로 오르는 길과 중복에서
헤어지고 개울을 건너면 천축사로 향하는 코스가 된다. 가파른 길이
1킬로미터나 될까. 도중에서 한번쯤 쉬고 나면 능선 위에 선다. 만장
봉을 바로 눈앞으로 한 능선이다. 노송(老松)의 가지가 몇 갈래 우아

하게 뻗은 아래 바위가 적당한 자리를 마련해 준다.

유원지 입구에서 거기까지 회고해 볼 수 있는 충분한 거리가 된다. 상승의 논리와 회고해 볼 수 있다는 그 거리가 도봉산 철학과 북한산 철학을 달리하게 하는 점이다.

그곳에서 2,3분이면 옹달샘을 만난다. 옹달샘과의 만남이 또한 도봉산 시학(詩學)과 북한산 시학을 달리하는 점이다. 도봉산엔 북한산처럼 옹달샘이 흔하지 않은 것이다.

옹달샘을 지나 또 다른 능선 위에 선다. 그 능선에서 서울의 조망이 터진다. 거기서 오른 편으로 반석 위에 기어 오른다. 반석 위에선 반석 위에서의 대화가 있다.

반석을 지나면 관음암이 감감하게 보인다. 퍽이나 먼 것처럼 느껴진다. 그러나 나뭇가지를 잡고 험한 길을 돌기도 하고 움푹 패인 듯한 산 바닥을 걷다가 헤어났다가 다시 가파른 길을 기어 올랐다가 숨을 몰아쉬었다가 쉬다가 하다 보면 어느덧 관음암이 머리 위에 와 있다.

쉬지 않고 움직이고 있다는 것, 끊임없이 움직이고 있기만 하면 아무리 먼 곳에서라도 이를 수 있다는 교훈 같은 것을 얻기고 하는 것이 이 코스의 매력이다.

관음전 부처님께 돌아가신 어머니의 명복을 빌고 뜰에 서서 포대 능선을 바라본다.

거기엔 청춘들의 빛깔이 점점으로 있다. 포대 능선을 타는 젊은

정열을 부러워하며 내 자신이 그 능선을 겁 없이 탔던 시절을 회상
하며 웃어 보기도 한다.

도봉정화(道峯情話)

극히 개인적인 이야기. 뿐만 아니라 그 이상으로 확산될 수도 승화될 수도 없는 것은 하나마나한 얘기도 되는 것이지만, 내가 〈도봉산기〉를 쓰는 바엔 빠뜨릴 수 없는 비화(悲話)가 있다.

지금은 없어졌지만, 포장도로가 끝나고 개울을 사이에 두고 등산로가 갈라지는 지점에서 망월사 방향의 길을 가다가 큰 바위가 나타나 있는 곳의 건너편에 세 동(棟)으로 된 아담한 한옥이 있었다. 일제시대의 이야기다.

1943년 12월 중순 나는 그 집을 찾아간 적이 있다. 그 집은 의정부의 갑부 양 씨의 별장이었는데, 당(唐)나라의 시인 왕유(王維)의 별장을 모방해서 만들었다는 유서가 있는 집이었다.

1943년 10월, 일본은 한국 출신의 전문학교, 대학생에게 이른바 학도지원병제도를 실시했다. 말이 지원병이지 강제징병이나 다를 바가 없었다. 물론 자진 지원한 사람도 없지 않았지만, 거의 대부분은 마지못해 지원을 했었다.

조선총독부의 공식기록에 의하면, 강제 입대된 자는 적격자 7,200여 명 중 4,358명이다. 이야기는 달라지지만 당시 2천만 인구 가운데서 전문 이상의 학교에 다닌 사람이 신입생, 재학생, 졸업생 전부 합쳐 7,200명밖에 안 되었다는 사실에 주목할 필요가 있다. 7,200명이면 오늘날 작은 지방대학 하나의 학생수와 맞먹을 정도의 숫자이다. 4,358명은 12월 초 연성(練成)이란 명목으로 소집되어 경성제국대학 동숭동 교사에서 1주일 동안 훈련을 받게 되었다. 나는 그 4,358명에 끼어 있었다. 그런데 훈련이 끝나는 전날 나에게 면회하러 온 사람이 있었다. 전연 처음 만나는 중학생이었다. 그 학생은 편지 한 통을 전해놓고 가 버렸다.

편지의 사연은 간단했다.

"이 군을 보고 싶다. 목하 훈련 중이라고 들었는데, 훈련이 끝나거든 다음에 그려 놓은 지도를 참고로 하여 찾아와 주기 바란다. Y.H.K."

나는 Y.H.K.가 누굴까 하고 생각했지만, 기억해낼 수가 없었다. Y는 '유'일 수도 있고 '예'일 수도 있고 '양'일 수도 있는데, 유 씨도 예 씨도 양 씨도 내 기억 속엔 없었던 것이다.

그러나 나는 그 간간한 사연에서 절박한 뜻을 읽었다. 찾아가 보기로 했다. 지도에 의하면 의정부로 가는 버스를 타고 창동에서 내려야만 했다.

창동에서부턴 들길이고 산길이었다. 지금은 포장된 도로가 나 있지만, 그 당시엔 비좁고 후미진 오솔길이었다. 하지만 지도가 잘 그려져 있기 때문에 수월하게 찾아갈 수가 있었다. 그곳이 바로 아까 말한 그 집이었다.

오전 11시쯤 되었을까. 소조한 겨울의 산골짜기에 그 집만이 그곳에 있었다. 대문은 굳게 닫혀져 있었다. 바깥에서 본 기분으론 사람이 살고 있는 것 같지가 않았다. 문패도 없었다. 대문을 쾅쾅 두드리며 주인을 찾았더니 대문 옆 샛문이 열렸다. 초로의 사나이가 고개를 내밀고 내 이름을 들먹이곤 그 당자이냐고 물었다. 그렇다고 하니까 들어오라고 하고, 앞장 서서 나를 안내했다.

사랑채를 끼고 돌아 별채로 갔다. 방문이 탕하고 열리더니 한복 바지저고리를 입은 사나이가 뛰어나와 축담까지 내려왔다. 양홍근이었다. 양홍근과 헤어진 지가 5년 전이었기 때문에 Y.H.K가 그라는 것을 짐작하지 못한 것이다.

양홍근과 나는 경도에서 만났다. 그때 그는 경도 동지사 대학의 예과에 다니고 있었다. 하숙이 가까웠던 관계로 외식식당(外食食堂)에서 알게 되어 가끔 상종을 했다. 그러다가 나는 경도를 떠나게 되었다. 그리고 그 후 서로 연락이 없었다. 그의 고향이 경기도란 것만 알았을 뿐 주소를 챙기지도 않았던 것이다.

"아아, 당신이었군."

하고 나는 그를 얼싸안았다.

"내가 그곳에 있다는 걸 어떻게 알았나."

"학도병 연성이 있다는 걸 신문을 보고 알았다. 그래서 총독부에 있는 친척에게 명부를 부탁했더니 가지고 왔더라. 그걸 보니 이 군의 이름이 있고, 소속구대(所屬區隊)도 밝혀져 있더라. 그래 사람을 시켜 연락을 했지."

"양 군은 학병에 지원하지 않았나?"

"나는 만성 복막염에 걸려 있어. 신체검사에서 불합격이 되었지."

"이 집은?"

"우리 집 별장이다. 이 군이 만일 학병에 가고 싶지 않으면 여기 와서 나하고 같이 살자. 이 집엔 아무도 오지 않는다. 무슨 일이 있으면 산속으로 숨어 버려도 되구."

그러나 그런 일이 가능할 까닭이 없었다.

나는 그 집에 이틀 동안 머물렀다. 양홍근을 그곳에 조용하게 살리기 위해 하인 일가가 솔권하여 살림을 하고 있었다.

양홍근의 아버지가 오면 쓰게 되어 있는 방을 구경했는데, 그 방에 왕유(王維)의 〈망천집(輞川集)〉이 병풍이 되어 둘러쳐 있었다. 왕유의 별장인 망천장(輞川莊)을 모방하여 그 집을 만들었다고도 들었다.

"양 군의 아버진 풍아(風雅)를 좋아하는 어른이군."

하고 물었다.

"아버지는 풍아인이 아니다. 집은 의정부에 있는데, 아버지는 서울 소가에서 명월관 기생하고 살고 있지. 이 집을 지은 건 할아버지다. 할아버지는 한학에 소양이 있었지. 특히 왕유를 좋아했던 모양이다."

"살아 계신가?"

"벌써 돌아가셨다."

이런 말 저런 말하는 가운데 나는 양홍근이 심한 염세증(厭世症)에 걸려 있다는 것을 발견했다. 그는 쇼펜하워를 들먹이고 키에르케고르를 들먹이기도 하며

"이 세상은 살아 볼 만한 가치가 없다"는 말을 했다.

일제의 압박을 받고 사는 지식 청년들은 대개 염세증에 걸려 있는 것이지만, 양홍근의 경우는 신병(身病)도 곁들여 그 증세가 특히 심했다.

"결혼하지 않았느냐."

고 물었더니

"청상과부를 만들 뿐인데 무엇 때문에 결혼하겠느냐."

면서 조선의 학생이 일제의 학병으로 간다는 것은 그로테스크한 넌센스일 뿐이라고, 그곳에서 같이 살자는 간청을 되풀이했다.

"길게 잡고 2년 동안만 숨어 있으면 무슨 판이 나고 말 걸세."

라고도 했다.

나는 양 군 아버지 방에 있는 병풍에 쓰인 〈망천집〉을 노트에 베껴 가지고 그 집을 떠났다. 그때 양 군은 전별금이라면서 돈 5백 원

을 내게 쥐어 주었다. 그때의 5백 원이면 지금 돈으로 약 1천만 원에 해당되는 액수이다.

"이렇게 많은 돈을."

하고 내가 사양하자,

"나는 돈만 가지고 있지 쓸 데가 없다."

며 양홍근은 이런 말을 했다.

"가능하면 금을 사 가지고 몰래 간직하고 있거라. 만주나 중국으로 갔을 경우 혹시 탈출하는데 도움이 될지 모를 일 아닌가."

양홍근이 돈을 많이 가지고 있었던 것은 부잣집 아들이란 탓만이 아니었다. 양홍근의 아버지가 서울 기생과 놀아나자 양홍근의 조부는 대부분의 재산을 손주인 양홍근에게 직접 물려주었다는 것을 창동의 버스 정거장에서 동행한 하인의 입을 통해서 들었다.

양홍근의 예언은 적중되었다. 양홍근은 한 2년쯤 기다려 보면 무슨 판이 날 것이라고 했는데, 아니나 다를까 그로부터 1년 8개월 만에 일본은 항복하고 대한민국이란 이름으로 나라가 독립하게 된 것이다.

1946년 2월 중국에서 돌아온 나는 그해 3월 도봉산으로 양홍근을 찾아갔다. 그런데 그 집은 소유주가 바뀌어 있었다. 양홍근의 소식을 알 수도 없었다. 의정부에 가서 양 부잣집을 찾아가면 혹시 소식을 알 수 있을 것이란 말을 듣고 내친걸음에 나는 의정부까지 갔다. 그러나 의정부는 생각하기보다는 넓은 곳이어서 양 부잣집을 찾지도 못하고 양홍근의 소식도 알아낼 수 없었다.

그랬던 것인데, 십수 년이 지난 뒤 동지사 대학에 다닌 사람을 통해 우연히 양홍근의 소식을 알게 되었다.

양홍근은 해방을 알지 못하고 죽었다. 신병으로 인한 자연사가 아니고 자살이었다. 경성대학 부속병원에서 치료한 보람이 있어 양홍근의 병은 완치에 가까웠는데 결혼문제가 생겼다.

양홍근은 자기의 살림을 살아주던 하인집의 딸을 사랑하고 있었다. 그런 까닭에 그 딸과 결혼하겠다고 했다. 그러자 양홍근의 아버지는 노발대발하여 달리 혼처를 구하여 강제로 결혼식을 올리려고 했다. 그러나 양홍근은 아버지의 말을 듣지 않았다.

그런 시비가 일어나 집안이 어수선하게 된 어느 날 양홍근 아버지의 명령을 받은 하인이 강제로 그의 딸을 딴 곳으로 옮기려고 했는데, 그날 밤 그 처녀는 망월사 근처의 나뭇가지에 목을 매어 죽었다.

그 사건으로 양홍근은 실성한 사람처럼 되었다. 얼마 후 그도 그 처녀가 죽은 나뭇가지에 목을 매어 죽었다. 그는 유서를 남겼는데, 자기 소유 재산의 반을 자살한 처녀의 아버지인 하인에게 주고, 나머지는 소작인들에게 나눠 주라는 내용이었다.

남의 자살을 왈가왈부할 일은 아니지만, 양홍근은 자기의 생명을 너무나 소홀히 한 것이 아닌가 싶어 애석하다.

양홍근의 별장은 자동차 길이 나는 동시에 요정으로 변했다. 2, 3

차 그 요정에서 논 일이 있다. 그 사실을 나는 내 작품 『행복어사전』에 수록하면서 '간통하기 알맞은 장소'라고 썼다가 어떤 사람으로부터 호된 야유를 받은 적이 있다.

나의 심정으로 염세자살한 철학청년(哲學青年)이 호젓하게 살던 집이 요정으로 변해 그런 장소가 되었다는 데 세월의 비정(非情)함을 깨닫는다는 뜻이었는데, 읽는 사람의 생각은 달랐던 모양이다.

국립공원으로 지정되는 바람에 그 집은 뜯기어 지금은 흔적도 없다. 그러니까 더욱 왕유의, 기왕 그 집의 병풍에 있던 시가 새삼스러운 감회로써 상기되는지 모른다.

〈망천집〉 첫 구절은 다음과 같다.

　　　新家孟城口　신가맹성구

　　　古木餘衰柳　고목여쇠류

　　　來者復爲誰　내자복위수

　　　空悲昔人有　공비석인유

　　　이번 새롭게 맹성의 어귀에 집을 지었다.

　　　그곳엔 늙어 힘없는 수양버들이 몇 그루 축 늘어져 있다.

　　　내가 죽은 후 이곳을 소유할 자가 그 누구일까.

　　　그 사람은 과거의 소유주인 나를 안타깝게 추억해 줄 것일까.

나는 이 시를 양홍근의 심정이 그대로 표현된 것처럼 느낀다. '맹성구'를 '도봉구(道峯口)로 고치면 그냥 그대로 양홍근의 감회로 되는 것이다.

힘없는 고류(古柳)가 두세 그루 있는 광경도 꼭 그대로이다.

그러나 '내가 죽은 후 이곳을 소유할 자가 누구일까' 할 것도 없다. 집 자체가 없어져 버린 것이다.

도봉산에 오를 때마다 나는 그 집터 쪽을 보며 왕유의 이 시를 마음속으로 읊어 본다.

망월사 쪽으로 갈 때이면 이곳저곳의 바위와 근처의 나무들을 보며 어느 바위, 어느 근처의 나뭇가지에 양홍근이 목을 매달았을까 하고 살피는 마음으로 된다.

이렇게 보면 도봉산은 뜻밖에도 슬픈 곳이다. 내가 모르는 숱한 비화도 있을 것이 아닌가. 그러나 무심한 산행자가 그런 데까지 신경을 쓸 필요는 없을 것이다.

다음과 같은 시도 '화자강(華子岡)'이란 이름을 도봉산으로 바꾸면 그대로 도봉산이 된다. 바야흐로 지금은 가을이 아닌가.

飛鳥去不窮　비조거불궁

連山復秋色　연산부추색

上下華子岡　상하화자강

惆悵情何極　추창정하극

나는 새는 끝간 데 모르도록 날아가고

연산은 다시 가을 빛이다.

도봉산을 오르내리고 있으면

슬픈 시름이 한이 없구나.

　그렇다 나는 도봉산을 오르내리고 있으면 양홍근으로 인하여 한
없는 시름에 젖는다.

　언젠가 〈도봉정화(道峯情話)〉란 제목으로 양홍근과 그 하인의 딸
과의 비련을 쓸 참이었는데, 이로써 내게 스스로 과한 숙제를 다한
것으로 하겠다.

순간순간이 생(生)과 사(死)

　비슷한 곳의 비슷한 산행인데도 도봉산행(道峯山行)은 북한산행
과 현저하게 다르다.

　한 마디로 북한산행은 산책(散策)으로 되고 영어로 '하이킹'이란
어감에 어울리는 것이지만, 도봉산행은 등산으로 되고 영어로 '마운
팅'이란 어감과 어울린다.

　그 까닭은 북한산행엔 난소(難所)라는 것이 없다. 오솔길을 따라
걷기만 하면 된다. 가파른 곳이 적지 않지만, 해발에 있어선 도봉산
보다 높다고 해도 그저 오르기만 하면 된다. 다리의 근육만 사용하면
되지 팔의 근육을 사용할 필요가 없다.

　그런데 도봉산엔 난소가 더러 있다. 걷는 것만으론 부족하고 팔
의 힘을 보태야만 넘을 수 있는 곳이 더러 있다. 난소가 있다, 없다의
구별은 팔의 힘을 동원해야 하느냐 팔의 힘을 동원하지 않아도 되느
냐에 있는 것이다.

　따라서 난소가 있어 팔의 힘까지 동원해야 하는 산행을 등산이

라고 하고, 팔의 힘을 동원하지 않아도 되는 산행을 산책이라고 한다. 물론 이것은 등산학(登山學)이 정립해 놓은 정의가 아니고 나의 사견에 불과하다.

한 가지 더 첨부한다면 알피니스트란 느낌을 가질 수 있는 산행이 등산이고 그 느낌까지 이르지 못하는 산행은 산책이다.

그렇다면 로프나 자일을 사용해야만 가능한 산행은 어떻게 되느냐는 질문이 예상된다. 로프나 자일을 사용해야만 가능한 산행에 대해선 이미 준비되어 있는 말이 있다. 등반이다. 영어로 말하면 '클라이밍'.

발의 힘만 쓰는 게 산책, 팔의 힘까지 합쳐야 하는 건 등산, 발의 힘과 팔의 힘은 물론 용기 있는 두뇌까지 활용해야 하는 것이 등반, 이쯤 되면 비로소 등산학에 접근한다.

말하자면 도봉산에 올라야만 등산의 초보자가 된다는 뜻이다.

내가 처음으로 도봉산에 오른 것은 수월찮은 옛날이다. 지금에 비하면 청춘시대였다고나 할까.

그땐 겨울이었다. 오솔길이 얼어붙어 있었다. 아이젠을 차야만 오르막길 내리막길을 무리없이 걸을 수 있었을 정도인데, 천신만고 관음암까지 이르러 안도의 한숨을 내쉬었다.

그런데 그 안도는 성급한 안도였다. 관음암을 떠나 남쪽 산허리를 돌아 서쪽으로 길을 잡았는데 돌연 눈앞에 암벽이 나타났다. 길은 암벽 바로 밑에서 끝나 있었다. 그 암벽을 기어 넘어야만 주능선으로 갈 수 있다고 하지 않는가.

암벽은 불과 3미터 정도였지만, 가운데 균열이 생긴 흔적이 있을 뿐 발판이 될 만한 곳은 없었다. 손톱으로 암벽에 매달려 그 균열 속에 끼어 올라가는 수밖에 없었다. 지금은 시골집 축담을 올라가듯 경쾌하게 넘나들지만 그땐 정말 난처했다.

차가운 바위는 얼음으로 반들반들해서 당최 손을 댈 만한 곳이 없었다. 그러나 그 자리에서 좌절할 수 없는 일이었다. 바위 틈서리의 돌기물을 간신히 붙들고 매달려 보았으나 어림이 없었다.

어릴 때 책에서 읽은 어느 서예가의 이야기가 생각이 났다. 못가를 지나다가 개구리 한 마리가 못 위에 드리워진 수양버들 가지에 뛰어올랐다간 떨어지고 뛰어올랐다간 떨어지곤 하는 실패를 수십 번 되풀이하다가 드디어 성공하는 것을 보고 감격하여 '내가 개구리만도 못해서 되겠는가' 발심하여, 나태한 마음에 채찍질하며 열심히 공부한 끝에 훌륭한 서예가가 되었다는 얘기이다.

'개구리만도 못해서야 되겠는가.'

마음을 다짐하고 혼신의 용기를 낸 결과, 나도 이윽고 그 바위를 넘어설 수가 있었다.

그때의 그 쾌감은 승리감과 맞먹는 것이었다. 지금 생각하면 얼굴이 붉어진다. 도봉산 바위를 넘었다고 해서 승리감에 도취할 정도의 얄팍한 인간을 어데다 써먹을 것인가. 히말라야에 등정한 여성이 있지 않은가.

그러나 개구리도 때에 따라선 교사가 될 수 있다는 건 내게 있어선 커다란 교훈이었다. 만일 그때 개구리 생각을 못했더라면 그냥 돌아서 버렸을지도 모를 일이었으니까.

인생은 가는 곳마다에서 스승을 만날 수가 있다. 배우고자 하는 마음이 스승을 만들어 내는 것이다. 배우고자 하는 마음이 없으면 아무리 훌륭한 스승이 옆에 있어도 소용이 없다.

소크라테스의 제자가 왜 모두 플라톤처럼 되지 못했는가. 어떻게 선생다운 선생을 만나지 못하고 자라 렌즈를 닦으며 생계를 유지할 수밖에 없었던 스피노자가 고고하고 위대한 철학자가 되었던가.

바위 하나를 넘어섰대서 소크라테스, 플라톤, 스피노자까지 불러 내는 것은 염치없는 노릇이지만, 실상은 개구리도 우리의 스승이 될 수 있다는 얘기를 하고 싶었을 뿐이다.

그런데 그 바위는 아무것도 아니었다. 절벽을 타고 돌아야만 하는 난소가 나타났다. 얼마 전에 내린 눈이 녹지 않고 그냥 얼음으로 굳어 있었다. 아이젠을 차고 있었지만 미끄러움을 감당하기가 힘들었다.

눈 아래에 수십 길 낭떠러지가 차갑고 험한 위협의 빛깔로 치닫고 있었다. 자칫 한 발 실수하면 황천행(黃泉行)으로 된다.

'유서도 써놓지 않았는데'

하는 마음이 회한처럼 일었다.

'유서를 써놓아야 할 만큼 가진 재산도 없으면서'

라는 서글픈 생각이 돋아났다.

설혹 그런 재산이 없다고 해서 이곳에서 추락하여 죽을 순 없다는 심정이 절박하기도 했다.

절벽의 차가운 피부를 더듬듯 하며 한 치 한 치씩 발을 떼어 놓았다. 언젠간 본 〈마운틴〉이란 영화가 회상 속에 살아났다. 스펜서 트레이시란 미남은 아니지만 멋만으로 되어 있는 것 같은 사나이가 주연한 그 영화는 난소의 집합처 같은 겨울산을 몇 번 죽을 뻔한 고비를 겪고선 겨우 넘어서는 아슬아슬한 장면으로 엮어져 있었다.

나는 내가 통과하고 있는 지점이 그 영화의 한 장면 같다고 생각했다. 그래 앞서 가는 Y군에게 말을 보냈다.

"이건 정말 마운틴이다."

"그렇습니다. 마운틴입니다."

그도 마운틴이란 영화를 보았던 모양이다.

"아닌 게 아니라 카메라의 앵글을 적당히 잡고 카메라의 사술을 약간 이용하면 이 장소에서 마운틴 같은 영화를 찍을 수가 있겠군."

"영화는 뒤에 찍기로 하고 조심해서 따라오시오."

Y의 말이 약간 퉁명스럽게 들렸다.

"꼭 입을 닫아 놓고 걸어야 할 게 뭣고."

나도 볼멘소리를 했다.

그 절벽을 어찌어찌 건너긴 했는데, 다음에 빙판으로 된 급경사가 나타났다. 아득바득 앞발까지 동원해서 사족수(四足獸)가 되어 기어오르는데, 5분의 4쯤 기어올랐을 때 잡았다고 하는 나뭇가지가 죽은 나뭇가지였다. 뚝 하며 나뭇가지가 꺾어지는 바람에 4, 5미터 밑으로 굴렀다. 아찔한 순간이었다.

요행히도 중간의 나무뿌리에 걸렸기 망정이지 싶으니 식은땀이 솟았다. 나는 일순 내가 죽었을 경우의 신문기사를 상상해 보았다. 8면의 맨 한쪽 구석에 엄지손가락으로 덮일 만한 1단짜리로 검은 줄을 이름 옆에 끼고 다음과 같은 기사가 될 것이었다.

'이 모(소설가) X월 X일 도봉산에서 조난하여 죽었다. XX세. 유족으론 X남 X녀가 있다. 장례는 X월 X일. 장지는 XXX, 연락처는 전화XXXXXXX번.'

개구리도 스승이 될 수 있다는 고매한 사상을 몇 분 전에 가꾸었다는 것도, 영화 마운틴을 상기한 왕성한 연상력을 가졌다는 것도, 바위를 넘어서선 비장한 승리감을 맛보았다는 것도 거짓말처럼 말쑥이 빠져 버리고 기껏 그런 기사밖엔 안될 것을 짐작하니 정말 억울해서도 죽어선 안될 일이다.

그런 만큼 죽지 않았다는 것이 얼마나 다행스럽게 느껴졌는지 모른다. 갑자기 행복한 기분으로 되었다. 그 가파른 빙판을 민첩하게 기어오를 수가 있었다.

그리고 나서도 난소는 몇 군데 나타났지만 죽었다가 도로 살아난 행운의 사나이에겐 아무것도 아니었다.

'침착하게 신중하게, 조심을 해서, 응 그렇지, 그렇게 걷고, 그렇게 숨을 쉬며…….'
하며 나는 착실하게 걸어 드디어 수유리로 빠지는 능선 위에 설 수가 있었다. 능선에 서니 알프스의 정상에 선 나폴레옹의 기분을 알 것 같았다.

도봉산의 능선에 서서 알프스의 정상에 선 나폴레옹의 심사를 닮아본다는 것은 아무래도 '아큐(阿Q)'적인 사고방식일 테지만, 원래 아큐식으로 되어 있는 사람인데 어떻게 하랴. 그런데 아큐를 생각하자 눈에 눈물이 핑 돌았다.

아큐는 노신(魯迅)의 「阿Q정전」에 나오는 그 아큐(阿Q)이지 다른 사람이 아니다. 온 마을 사람들의 조소를 받으면서도 그는 나름대로 우승기략(優勝紀略)을 엮으면서 산다. "누가 자기를 때리기라도 하면 나는 지금 어린애놈한테 맞고 있는 것이다" 하며 자기의 우월감을 마음속에 가꾸고, 심한 박해를 받으면 "사람이 살아가노라면 이런 일도 당하기 마련이다" 하고 자족하며, 심지어는 사형장으로 끌려가면서도 이런 때일수록 사형수답게 처신해야 한다며 엉뚱한 허영심에 사로잡힌다. 이 얼마나 불쌍한 인간인가.

그런데 나는 정녕 그 아큐를 닮은 것이다. 바위 하나 넘었다고 으쓱하고, 거리 5미터도 안되는 절벽을 지나면서 영화 마운틴을 연상

하고, 마른 나뭇가지를 잡았다가 굴러떨어져선 자기의 사망기사를
예상하고, 해발 5백 미터 안팎의 능선에 올라서선 알프스에 선 나폴
레옹의 심사를 모방하려고 하고…… 아아.

　그러면서도 반성의 보람이 없는 것은, 나는 지금 이런 생각을 하
고 있기 때문이다.

　언젠가 도봉산의 포대능선을 탔을 때, 그 능선은 정말 생과 사가
순간순간 접해 있는 위험한 코스인데, 급각도로 하강한 자리에서 급
각도로 상승하여 마지막 순간 나는 바운스를 이용해서 목적하는 절
벽 위로 뛰어올랐다.

　그때 길이 틔워지길 기다리고 섰던 사람들이 절벽을 뛰어오른 나
를 향해 일제히 박수를 쳤다. 그 박수를 친 사람 가운데 세 사람의 미
국인이 있었다. 하나는 묘령의 미국 여인이었다.

　가만 생각하니 내가 미국인 남녀로부터 박수를 받은 것은 그때
가 나고 처음 있는 일이었다. 그리고 앞으론 있을 수 없는 일일 것이
었다. 이를테면 전무후무한 일이다.

　올림픽대회에 나가 내가 무슨 재주로 금메달을 따겠는가. 미국인
아닌 내가 언제 퓰리처상을 타기라도 하겠는가. 노벨상은 물론 어림
도 없고. 돈이라도 많으면 미국의 어느 대학에 기부라도 하여 명예박
사 학위를 받는 자리에서 박수라도 받으련만, 만일 그런 돈이 있다면
우리의 대학도 수두룩한데 미국대학에 가지고 갈 까닭이 있겠는가.

그리고 보니 그때의 그 박수가 미국 남녀로부터 내가 받은 박수의 유일한 것으로 되었고, 앞으로도 그렇게 될 것이었다.

말하자면 이런 상념을 되씹고 있는 것도 아큐적 심성인 것이다.

그러나 이러한 반성이 성찰로 바뀌려면 부득이 산행이 있어야 한다.

더욱이 도봉산은 나에게 산행의 어려움을 가르친 산이다. 그런데 이상하게도 그 어려움이 나의 산에 대한 동경과 애착을 북돋아 주었을망정 나의 의지를 저상케 하진 않는다. 그 이유는 도봉산이 가진 특유의 매력 때문인 줄로 안다. 어느덧 나는 도봉산이 되었고, 나는 도봉산의 일부로 되어 있는 것이다.

북한산이 역사의 산이라면 도봉산은 시(詩)의 산이다. 다음에 서툰 자작시 하나를 적어둔다.

우리 은밀한 얘기를 하려면 도봉산으로 가자.

우리 청량한 침묵을 지키려면 도봉산으로 가자.

도봉산에서의 이야기는 도봉산의 향기로서 꽃처럼 피고

도봉산에서의 침묵은 웅변 이상의 뜻을 가지게 된다.

잠자코 있어도 새가 우리의 노래를 대신하고

이야기를 할지면 도봉산이 귀를 기울여 준다.

어디보다도 포근한 곳이 도봉산의 품속이다.

그 품속에서 우리는 다시 어린애가 되어 천사처럼 꿈꿀 수가 있다.

우리 사랑을 하려면 도봉산으로 가자.

이별의 슬픔을 달래려면 우리 도봉산으로 가자.

이제 도봉산은 가을에 든다.

오솔길은 남고 사람은 가고……

산행은 곧 시행(詩行)이다.

산행을 행동으로 표현된 시라고도 말할 수 있을까.

고래로 산은 많은 명시의 원천이었다. 도봉산도 그 예외일 수가 없다. 여조(麗朝) 이래 수많은 명시가 이곳에서 탄생했다. 유감스러운 것은 그것들이 모두 산일되어 한 군데 모여 있지 않다는 사실이다. 어떤 독지가(篤志家)가 도봉산 시를 한 아름에 안을 수 있도록 해줄 수가 없을까.

도봉산을 읊은 것으로서 서거정의 작품이 압도적으로 많고, 그다음은 이색(李穡)인데 이색의 시엔 신운(神韻)이 서려 있다.

예컨대

截然三嶺揷青天 절연삼령삽청천
岐路長水馬不前 기로장수마부전

절연히 세 봉우리가 푸른 하늘에 꽂혔다고 하는 것은 도봉, 자운 봉, 만장봉을 말하는 것이고, 기로 장수에 마부전이란 것은 길이 갈 라지고 물이 흐르고 있기 때문에 말이 앞으로 나아가지 않는다고 풀 이하는 것보다 다양한 경치 앞에 말조차 넋을 잃었다고 읽어야 할 것이다.

어찌 도봉산뿐이랴만 도봉산엔 군데군데 사람이 넋을 잃게 하 는 경관이 있다.

수유리로 뻗은 주능선의 중간쯤에 서서 동남서북을 둘러보고 있 으면 두보(杜甫)의 '오초(吳楚)가 동남으로 열리고 건곤(乾坤)이 일야 부(日夜浮)라'는 감회가 뭉클하게 솟아오른다.

길을 의정부 쪽으로 잡고 망월사(望月寺)로 오르는 계곡은 구도 자의 진지한 심정을 닮아볼 수 있는 길이다.

아직 내가 산행에 익숙하지 않았을 무렵엔 그 가파른 길을 세 번 쯤 쉬어야만 망월사까지 갈 수 있었던 것인데, 그 무렵 중년의 여자 둘이 고무신을 신은 채 평지를 걷는 것보다 더 가벼운 발놀림으로 한 번도 쉬지 않고 올라가는 것을 보고 놀란 적이 있다.

"어떻게 그처럼 가볍게 걸을 수가 있느냐."

고 물었더니

"부처님 찾아가는 마음인데 어찌 몸이 가볍지 않을 수 있겠느냐."

는 대답이 돌아와 다시 한 번 놀랐다.

구도의 심정엔 가파른 길일수록 좋을지 모른다는 생각을 해보았다. 진리는 높은 데 있으니까 더욱 고귀하다. 고귀하니까 아무리 고생스러워도 보람이 있다. 아니 구도의 정신엔 고생이 없을지 모른다.

인도의 고행자들을 우리는 이해하지 못한다. 어떻게 저처럼 자기 신체를 혹사하고 상처를 입어가면서까지 견딜 수가 있을까 해서. 그러나 고행자는 고행 그 자체에 일종의 도취감을 가지고 있는 것 같다. 극기, 즉 자기 자신과 싸워 이긴다는 것처럼 참된 승리감은 있을 수 없다는 뜻이다.

의정부 쪽에서 가는 망월사에로의 길에 고행을 들먹일 필요는 없다. 이미 나에게도 쾌적한 산행길이 되어 있으니까. 다만 말하고 싶은 것은 "부처님을 찾아가는 마음인데 어찌 몸이 가볍지 않겠느냐"는 그 여자의 말이 지닌 교훈의 뜻이 뜻밖에도 소중하다는 것이다.

이렇게 보면 산행은 구도의 정신에 통하는 것이 아닌가. 의식하고 있건 의식하고 있지 않건 낮은 데서 높은 데로 오르고 내리는 그 동작 자체가 구도의 과정인 것이다.

높은 산을 등반한 사람들의 얼굴을 자세히 보면 모두 철인(哲人)의 면모를 지니고 있다. 그 눈빛엔 성스러운 것이 깃들어 있다. 보통 사람은 절대 볼 수 없는 것을 보았으니 그럴 수밖에 없는 것이다. 그 피부는 또한 신비로운 빛깔로 물들어 있다. 보통 사람은 절대 겪어보지 못한 기온과 풍설을 겪었기 때문이다. 크건 작건 다부진 몸집인 그들의 몸집은 일종의 후광(後光)을 띠고 빛난다. 보통 인간은 가져 보지 못한 철의 의지로서 관철된 몸짓이기 때문이다. 이를테면 그들 최고의 등반자들은 등반 자체가 구도의 정열로 화해 있는 것이다.

지구 위의 가장 높은 곳에 섰다는 것은 물리적으로 높은 곳에 섰다는 단순한 의미만이 아니다. 그 높은 곳으로 밀어 올린 정신과 능력으로 해서 인간적으로 세계에서 가장 높은 곳에 섰다는 얘기도 된다.

그런 까닭에 그들은 철학을 말하지 않아도 그 자체가 철학이며, 시를 쓰지 않아도 그 자체가 시이며 예술인 것이다. 구도의 정신을 말하지 않아도 그 자체가 구도의 체현자인 것이다.

등반가에 또 하나의 의미가 있다. 만사가 편리주의로 나가고, 기계주의로 나가는 풍조 속에서 끝내 의지력과 체력에 의존하여 무상(無償)의 시련을 스스로에게 과한다는 것은 반인간적인 조류 속에서 마지막까지 인간적이고자 하는 반속(反俗)의 의지이다.

도봉산은 이러한 것을 생각하게 하는 경관과 분위기를 가지고 있는 산이다.

그런데 나는 최근에 도봉산에 관한 기막힌 시를 읽었다. 장호(章湖)라는 이름을 가진 이 시인은 빼어난 등산가라는 바로 그 사실로서 훌륭한 시인이 아닐 수 없는데, 최근의 그 시엔 정말 감동을 금할 수 없었다. 사전 양해를 구하지 않고 인용하는 것은 실례가 되는 일이지만, 내가 받은 감동을 가상히 여겨 양해해 주길 바란다. 시의 제목은 〈산과 나〉이고, 글 가운데 도봉산이란 언급은 없지만, 읽어 보면 도봉산의 이미지가 결정적인 것을 알 수 있을 것이다.

산과 나(I)

어쩌면 그렇게도 닮았을까 너와 나. 크고 작다뿐, 턱에서부터 서서히 올려치는 아찔한 직벽(直壁)하며, 가끔은 입을 벌리는 화산구와 성긴 초원을 거슬러 두 개의 굴뚝을 팔다리를 큰 대자로 벌려가며 올라붙으면, 거기 콧마루에서 별안간 치닫는 하늘길 능선, 구름자락을 실은 옹달샘에 목을 축이고 양옆으로 떠벌리는 귀바위에 서서 쳐다보면 반석으로 퍼지는 처마 바위 위의 숲.

어쩌면 그렇게도 닮았을까 너와 나. 살아 있다뿐. 길짐승, 날짐승은커녕 벌레 한 마리 깃을 치지 못할 내 상판 가지고 너를 바라면 허공인가 저승인가. 휘저어도 휘저어도 이승힘 가지고는 끝내 손에 잡히지 않을 네 품에 빠져들어 내 몰골을 돌아봐도 골짜기에 묻히는 잎새 한 잎.

우러러서 숲이요, 굽어서 발 아래 나뒹구는 잎새라 치면, 전생 후생 도는 새에 어느 날, 숲이 잎이 되고 잎이 숲을 이루듯, 네가 내가 되고 내가 환생하여 네가 되지 못하랴만

산, 너

헐떡이는 숨결로

네 발치에서부터 땀으로 범벅되어 쳐다보기만 하는 나날,

이승 저승 연분되면 너를 만날까. 인두겁을 벗고서야

너를 만날까.

산과 나(Ⅱ)

나는 방에서 쉬는데

너는 한데서 잠을 잔다.

나는 차를 타고 여행을 즐기는데

너는 한자리 눌러앉아 움쭉을 못한다.

여름철 내가 옷을 벗을 때

성장을 하더니

내가 옷을 껴입는 겨울날에

너는 오히려 헐벗는다.

그래서 내 몸 속에는 탁한 피가 흐르는데

네 덩치 안에서는 무색투명의 약수가 솟는다.

나는 책을 읽고도 깨친 것이 없는데
너는 글을 읽지 않고서 모를 것이 없다.

나는 아는 체 이 세상을 사는데
너는 알고 모르고도 없으면서 이승 저승을 다 안다.

그러나 나는 안다.
내가 네 발치에서 맴돌다 내려와 땀을 씻고 손가락으로
젖은 머리카락을 휘젓듯이
내가 소나기 뒤에 숲을 흔들고,

내가 남모를 외로움에 떨지 않을 때가 없듯이
네 정수리에 바람 잘 날이 없고,

내가 이 시대 아픔에 몸부림칠 때
네가 짐승소리를 내며 돌아눕는 것을.

이렇게 산행은 산과 나와의 대화이기도 하다.
무언의 대화이기도 하다는 것은 오랫동안 친숙한 사이가 되고 보면, 내 사정 그대 사정을 골고루 다 아는 처지이니, 침묵만으로도 충분한 대화가 된다.

새살이 있는 대화이기도 하다는 것은 매일매일이 같을 수가 없고, 계절 따라 생각이 달라질 수가 있기 때문이다.

한쪽만의 푸념으로 된 대화도 있을 수 있다는 건 산이 지니고 있는 부동성(不動性) 항구성(恒久性)에 대해 나 자신의 부동성 찰나성(刹那性)이 너무나 안타깝기 때문이다.

이런 대화이건 저런 대화이건 위안은 언제나 산으로부터 나온다. 산속의 옹달샘이 마르지 않는 것처럼, 산에서 나오는 위안의 속삭임이 마를 날이 없다.

필요한 건 산의 위안을 명료하게 바르게 들을 줄 아는 우리의 마음이고, 우리의 눈이고, 우리의 귀다.

장호(章湖) 시인이 말하듯, 우리가 남모를 외로움에 떨지 않을 수가 없듯이 산의 정수리에선 바람 잘 날이 없고, 우리가 이 시대의 아픔에 몸부림 칠 때 산은 짐승소리를 내며 돌아눕는다.

도봉산 오솔길을 걸으며 간혹 생각할 때가 있다.

'내가 앞으로 이 길을 몇 번이나 걸을 수 있을까' 하고.

가끔 만나고 스쳐 지나간 얼굴이 어느 날엔가 돌연 보이지 않을 때가 있다. 물어보면 "아주아주 먼 곳으로 떠났다"는 것이다.

'오솔길은 남고 사람은 갔다.'

산을 걷고 있으면 부득이 전생과 현생과 내생을 생각하게 된다.

왜? 전생에도 산이 있었듯이 내생에도 산은 있을 것이기 때문이다. 이렇게 쓰고 있으니 왕유(王維)의 시가 심상 위에 떠오른다. 〈곡은요(哭殷遙)〉라는 시이다.

대저 인생은 얼마를 살 수 있는 것일까. 결국 인생은 무형으로 돌아가기 마련이다. 이제 네가 죽었다고 생각하니 세상사 슬프구나. 돌아가신 어머니의 장례가 끝나지 않고 열 살 난 딸만 남겨 놓고 가다니 차가운 들판에 슬픈 곡성이 들려온다.

뜬 구름도 그 죽음을 슬퍼하여 빛을 잃고 나는 새도 울지를 않는다. 길가는 문상객도 소리를 죽였다. 태양마저도 빛을 잃고 차갑다. 회고컨대 네가 이 세상에 있었을 때 불도를 배우길 권했건만 그 충고가 너무 늦어 너의 깨달음이 미완(未完)으로 끝났다는 것이 안타깝다. 많은 친구들이 선물을 보내왔지만, 살아 있는 동안에 네 손에 들어가지 못했다. 친구로서 못다한 일들이 너무 많아 후회가 된다. 그래 소리 내어 울며 나는 나의 움막으로 돌아간다.

人生能幾何 畢竟歸無形　인생능기하 필경귀무형

念君等爲死 萬事傷人情　염군등위사 만사상인정

慈母未及葬 一女纔十齡　자모미급장 일녀재십령

泱漭寒郊外 簫條聞哭聲　앙망한교외 소조문곡성

浮雲爲蒼茫 飛鳥不能鳴　부운위창망 비조불능명

行人何寂寞 白日自凄淸 행인하적막 백일자처청

億昔君在時 問我學無生 억석군재시 문아학무생

勸君苦不早 令君無所成 권군고불조 령군무소성

故人各有贈 又不及生平 고인각유증 우불급생평

負爾非一途 痛哭返柴荊 부이비일도 통곡반시형

산을 걸으며 죽음을 생각하는 건 밀실에서 죽음을 생각하는데 비하면 훨씬 건강하다.

산과의 대화 속에서 죽음은 돌아갈 곳을 상상해 보는 정회의 빛깔로 되기 때문이다.

시대의 아픔을 잊기 위해서라기보다 시대의 아픔을 건강하게 견디기 위해서 산과의 대화가 필요하지 않을까.

소연한 세사(世事) 속에 앉아 나는 이렇게 생각해 보는 것이다.

운길산 (雲吉山)

1459년 조선 세조(世祖)가 명령하여 짓게 한 운길산의 수종사

조망이 수려한 독보적 존재

한치(一寸)의 벌레에도 오푼(五分)의 밸(魂)이 있다.

사람의 가치는 몸의 대소(大小)와는 무관하다. 마찬가지로 작은 산은 나름대로의 경관과 위신과 의미를 가지고 있다. 자그마한 야산에 올라가 보면 안다. 그런 산이 아니고선 느낄 수 없는 독특한 분위기란 것이 있다.

장 자크 루소는 그러한 야산에서 심산유곡에서도 어림이 없는 깊은 사상을 가꾸었다. 그 성과가 고독한 산책자(散策者)의 몽상이다.

야산은 사람을 압도하지 않는다. 높은 산에 올랐을 때 으쓱해지는 그런 오만이 깃들 까닭도 없다. 적당한 높이의 자리에서 사상은 넓고 깊게 뻗어나갈 수가 있다.

공자(孔子)의 심원한 사상도 태산(泰山)에서가 아니고 무우산(舞雩山)이란 조그마한 산에서였다. 일세의 천재 두보(杜甫)도 거대한 산에선 제대로 시상(詩想)을 가꾸지 못하고 기껏 해발 2,3백 미터 되는 산에서

風急天高遠嘯哀 풍급천고원소애

萬里悲秋常作客 만리비추상작객

이란 명시를 얻었다.

이렇게 서두가 거창하게 되었지만 결국 나는 경기도 남양주군 와부읍 송촌리를 행정구역으로 하는 곳에 있는 운길산(雲吉山)에 관한 얘기를 하고 싶은 것이다.

운길산은 두 가지 이유로서 한 번은 꼭 가봐야 할 곳으로 꼽고 있었다.

하나의 이유는, 내겐 산행을 가르치는 인도역(引導役)까지 맡아준 R씨가 어느 날

"운길산에 가보십시오."

하고 세밀한 지도까지 그려주며

"그 산에 가면 또 다른 감회가 있을 것이오."

라고 했다.

또 하나의 이유는 내가 쓰고 있는 〈소설 허균〉의 주인공 허균(許筠)이 임진왜란 당시 자기 형 허성(許筬)의 가솔과 자신의 가솔을 운길산 수종사에 피난시켰을 뿐만 아니라, 허균 본인도 일시 운길산에 머문 사실이 있다는 것을 알았기 때문에 소설가의 도의상 한 번은 그곳을 답사해야겠다고 마음먹고 있었던 것이다.

그런데 나의 산행 동무들은 하나 같이 사대주의와 보수주의 기질

이 있어, 설악산이나 지리산, 소백산, 치악산 등 이름난 명산이면 모르되 그렇지 않은 경우엔 북한산, 도봉산에 인이 박혀 운길산이라고 들곤 아무도 거동할 눈치조차 보이지 않았다.

그것도 그럴 것이었다.

북한산 도봉산엔 정이 들대로 들어 있는 것이다. 진정으로 사랑하는 애인에게선 만날수록 새로운 매력을 발견하듯이 북한산 도봉산은 마를 줄 모르는 매력의 샘이다. 보다도 이미 자기들의 뜰처럼 되어 있었다. 천하의 명원(名園)을 자기의 뜰로 하고서 한 주일 동안 팽개쳐 둔다는 것은 가슴 아픈 일이니 주말만 되면 그리로 쏠리는 마음은 당연하다. 나 자신도 예외가 아닌 것이어서 북한산 도봉산을 제쳐놓고 운길산으로 갈 순 없었던 것이다.

그런 상황이었는데 뜻밖에도 운길산에 갈 기회가 생겼다.

〈한강의 사계〉라는 다큐멘터리를 기획하고 있는 MBC TV의 취재팀이 그 다큐멘터리의 최종 장면에 나와의 인터뷰를 넣겠다고 하고 그 장소를 운길산 정상으로 하자는 제안을 해왔다.

'건너갈 참인데 배편이 생겼다'는 말은 '나무에 오르고 싶은데 새 다리가 생겼다'는 말과 같이 요행을 뜻한다. 나는 언하에 그 제안을 받아들였다.

아침 해 돋을 때 촬영을 하고 싶다는 프로듀서의 의견이었다. 그러자면 오후에 운길산에 올라 정상 바로 밑에 있는 수종사(水鍾寺)에서 하룻밤을 묵어야만 한다.

약속대로 나는 10월 하순의 어느 월요일 오후 3시쯤에 용산 원효로를 나서선 남양주군 쪽으로 빠졌다. 덕소를 지나 팔당댐을 오른편으로 끼고 20킬로미터쯤을 달렸다. 그 길 도중엔 다산 정약용(茶山丁若鏞) 선생의 고향이 있고 무덤이 있다. 묘소 참배나 하고 갈까 했으나 교통 혼잡으로 시간이 지체되어 과문불입할 밖에 없었다. 은사집을 그저 지나치는 것 같아 마음이 꺼림칙했다. 센티멘털리즘은 때론 마음의 부담이 되기도 하는 것이다.

양평으로 건너가는 다리 이쪽에 있는 검문소 근처에서 MBC의 취재팀을 만났다. 거기서 취재팀의 봉고를 따라 10킬로미터쯤을 더 갔다. 포장도로를 벗어나 비포장도로를 따라 운길산 아래쪽에 있는 마을에 도착했다. 어느 집 앞에 섰다. 자동차는 그 이상 가지 못한다고 했다. 등산복 차림으로 복장과 구두를 바꿨다.

어떤 산이건 산에 오를 때면 나는 양말을 다섯 켤레 끼어 신고 두툼한 등산화를 신는다. 그 옛날 운동화를 신고 제주도 한라산에 올랐다가 발바닥이 부어올라 호되게 고생한 경험이 있었기 때문이다.

그 마을을 출발한 것이 오후 5시 반.

"해가 지기 전에 수종사에 도착할 수 있을까?"

했더니

"30분이면 갈 수 있습니다. 걱정 없어요."

하는 지극히 낙관적인 대답이었다.

젊은 사람의 30분이면 내겐 45분쯤 필요하겠다고 짐작하고 천천히 발을 떼어 놓았다.

큰 나무라곤 없는, 일대가 관목림인 사이로 길은 완곡도 굴곡도 없이 50도쯤의 구배로 단조롭게 뻗어 있었다. 그런 길이 의외로 고되다는 것을 나는 경험으로써 알고 있다. 감상할 만한 나무도 꽃도 없고 기암(奇岩)과 괴석(怪石)도 없이 그저 가파르기만 한 길이어서 자칫 페이스를 잘못 취하면 숨이 가빠질 위험이 있었다. 보도(步度)를 늦출 수밖에 없었다.

젊다는 것은 실로 대단한 특권이다. 그 무거운 기재를 들고도 젊은 카메라맨들은 어느새 시야에서 사라지고 프로듀서와 조연출자는 나의 속도에 맞추느라고 절제한 걸음을 걷고 있었다.

뒤돌아보아야만 풍경이 있고 전면은 그저 단조롭기만 한 오르막길, 손해를 보는 것 같은 기분이 들었다. 흥취를 돋울 만한 경색이나 추억 또는 연상의 모티브가 없고 보면 사람의 마음도 삭막해지기 마련이다.

어느새 주변을 어둠이 감싸고 있었다. 완곡부에 이르러 한숨 돌렸다. 앉지도 않고 서서 기다리고 있는 프로듀서에게 부끄러운 생각이 들었다. 그 정도 걷고 쉬는가 하고 경멸을 당하지 않을까 해서다. 그러니까 생소한 사람들과는 산행을 같이 해선 안되는 것이다.

시야는 완전히 막혀 버렸고 쳐다보이는 어둠의 저편에 희미한

별빛이 있었다.

"구름이 끼었군."

내가 혼잣말을 하자

"내일 아침 비가 오면 야단인데."

하는 프로듀서의 걱정이 있었다.

"그런 걱정은 말라."

고 하고 나는 역시 MBC의 다른 취재팀과 작년 가을 지리산에 갔던 이야기를 했다.

"계속 비가 뿌리는 바람에 천왕봉에서 촬영을 못하고 있었는데, 내가 천왕봉에 올라가니 구름 한 점 없이 맑게 개었더라."

얘기를 해놓고 생각했다. 이게 자랑하는 말로 되는 것인가, 씨알 머리 없는 말로 되는 것인가 하고.

거기서 10분쯤 더 올라간 데서 서쪽으로 짐작되는 오솔길로 들어섰다. 얼마 지나지 않아 밤 눈으로도 거창한 나무가 나타났다.

"520년이나 된 은행나무입니다."

묻기도 전에 프로듀서의 설명이었다.

그 은행나무를 지나친 곳에서 불빛이 보였다. 수종사였다.

발을 씻고 옛날 주막의 봉놋방 같은 데서 시골 장돌뱅이 몰골로 앉아 있었더니 주지 스님이 들어왔다. 수인사가 끝났을 때 중년쯤 되어 보이는 주지 스님이

"선생님의 책은 꽤 많이 읽었습니다. 선생님을 모시게 되어 반갑

습니다."

하는 말을 했다.

"속인이 쓴 것을 읽으면 정진에 지장이 있지 않겠소."

했더니

"불심을 갖고 있으면 모든 책이 경문입니다."

하는 선풍(禪風)의 대답이 있었다.

아침이 되어서야 운길산의 의미를 알았다. 해발 600미터 가량의 높이인데도 거기서 전개된 조망은 비유를 절(絶)할 만큼 수려한 절경이었다. 그런데 운길산은 그 자체의 경관으로서 아름다운 것이 아니고 조망의 시점을 제공한 위치로서 아름다웠다. 그리고 그 가치로서 운길산은 독보적인 존재이다.

그 감동에 겨워 운길산 정상에서 텔레비전 카메라 옆에 서서 다음과 같이 나는 말했던 것이다.

"나는 지금 운길산 정상에서 한강을 바라보고 있습니다. 장엄하고도 섬세한 풍광입니다. 인류에게 있어서 강(江)이란 무엇인가, 산이란 무엇인가를 새삼스럽게 생각하게 됩니다. 모든 역사가의 일치된 의견이 강은 문화, 또는 문명의 원류라고 되어 있습니다. 예컨대 황하, 갠지즈강, 티그리스강, 유프라테스강, 나일강. 어디 이뿐이겠습니까. 인체에 있어서의 동맥, 정맥, 모세관처럼 지구상에 분포되어 있는 그 무수한 강들! 그 강들은 모두가 영특한 섭리를 지니고 섭리에 따라 흐르고 있습니다. 그 가운데서도 우리가 애착하는 이 한강, 조국의 역사와 더불어 유구하고, 조국의 운명과 더불어 영원한 한강은 분명 우리의 문화가 발상한 곳이며, 민족의 애환(哀歡)을 엮어 흐르는 조국의 모든 강과 더불어 우리의 생명의 흐름 그 자체입니다.

한강은 또한 인간의 역사에 못지 않게 자연의 생태가 다채로운 교향시를 연주하고 있는 생명의 드라마, 그 현장이기도 합니다. 한강을 사랑한다는 것은 한강이 그 일부가 되어 있는 모든 경관과, 그곳에 서식하고 있는 일체의 생물을 사랑한다는 것이며 곧 조국을 사랑한다는 뜻입니다.

누가 한강을 사랑하지 않겠습니까만 사랑은 그저 사랑한다는 마음만으론 부족한 것입니다. 사랑하는 방법을 탐구하고 그것을 실천해야만 비로소 사랑하는 보람이 있게 되는 것입니다. 한강을 오염하지 않도록 그 주변의 산의 경관을 손상하지 않도록, 경건한 마음으로 한강을 사랑합시다.

지금 내가 서 있는 이 운길산! 금강산에서 시작한 북한강과 태백산에서 시작한 남한강이 곳곳마다에서 각기 지류를 모아 흐르다가 이윽고 서로 만나는 곳이 이 운길산 아래의 양수리입니다. 운길산 없이 어떻게 이처럼 오묘한 경관을 우리에게 보여주겠습니까. 한강 없이 운길산 없고, 운길산 없이 한강의 이곳에서의 오묘함이 있을 수 없다고 생각할 때 운길산은 더욱 귀중한 존재로 되는 것입니다……."

운길산의 의미 가운덴 수종사가 큰 몫을 차지하고 있다.

1459년 조선 세조(世祖) 5년, 세조가 배를 타고 양평에서 돌아오는 도중 밤중에 어디선가 은은히 들려오는 범종 소리를 들었다. 이튿날 신하들을 시켜 탐색한 결과 운길산 바위굴에 18나한상(羅漢像)이 있는 것을 발견했다. 세조는 팔도의 방백(方伯)들에게 명령하여 절을 짓게 했다. 그것이 수종사이다.

현재의 건물은 고종 27년(1890년)에 중수한 것이라고 했다.

남쪽으로 팔당의 조망을 눈 아래로 하고 절 화단엔 가을꽃, 특히 국화꽃이 만발해 있었다.

그 풍광 속에 서서 제일 먼저 생각한 것은 어머니였다. 어머니가 살아 계셨으면 모시고 올 것인데 싶은 생각이 일자, 나는 주지 스님을 찾아가서 10만 원을 내어 놓고 어머니를 위한 불공을 부탁했다.

쑥스러운 얘기지만, 나는 MBC가 내게 10만 원쯤 줄 것이라고 짐작하고 그 돈 전액을 낸 셈이었는데 하산한 후 MBC가 건네준 돈은 뜻밖에도 5만 원이었다.

그렇다고 해서 섭섭한 것도 아니고 후회한 일도 아닌데, 이렇게 적어 보는 것은 어머니에게 대한 나의 어리광이다.

어머니가 만일 살아계셨더라면 나는 틀림없이 그 경위를 알리곤

"어머니 때문에 내 5만 원 손해 봤다."

고 부러 투덜대 보였을 것이었기 때문이다.

설악산송（雪嶽山頌）

조물주가 만들어 놓고 얼마나 기뻐했는가를 짐작할 수 있는 곳이 설악산

예술로서의 산(山), 산(山)으로서의 예술

조물주가 한반도를 제작한 연대는 알 길이 없다. 그러나 다음과 같은 신화(神話)는 상상이 가능하다.

백두산을 만들고 남하하다가 조물주는 문득 반성을 했다. 백두산을 너무 험하고 심오하게만 만들어 버린 것이 아닌가 하고.

그래서 기교를 다하여 만든 것이 금강산이었다. 자그만치 1만 2천 봉을 만들었는데 그 봉우리마다가 기암이고 절벽이니 무척이나 애를 쓴 것만은 사실이다. 그런데 만들어 놓고 보니 또 반성이 생겼다. 너무나 기교가 지나쳤다는 반성이었다. 아닌 게 아니라 산 하나에 지나친 기교를 투입한 것이다.

이런 반성의 결과가 설악산이 되었다.

첫째, '교이불교(巧而不巧)'해야만 했다. 기교를 부리어 금강산에서처럼 지나친 기교는 삼가야겠다는 것이다. 기암과 절벽을 배치하되 금강산에서처럼 기교(奇巧)를 노릴 것이 아니라 예술성에 중점을 두어야겠다고 생각한 것이다. 그리고 그 의도는 성공했다.

둘째, '험이불험(險而不險)'해야만 했다. 명산이고 보니 산으로서의 위엄을 갖추기 위해서 다소의 험소(險所)를 만들지 않을 순 없겠으나 사람이 근접할 수 없을 만큼 험해선 안되겠다는 것이다. 이것도 예술성에의 배려이다.

셋째, '고이불고(高而不高)'라야만 했다. 산일 바엔 일정한 높이를 가져야 하고, 명산이면 보통 이상의 높이를 가져야 하겠지만 천축산(天竺山), 곤륜산(昆崙山)처럼 되어 버려선 안 되겠다는 것이다. 그래 해발 2,000미터 이내로 낮추어 전체 윤곽을 예술적 시야 속에 들게 했다.

넷째는 '웅이불웅(雄而不雄)'이라야만 했다. 웅장하긴 하되 그 웅장함이 사람을 너무나 압도하여 예술적인 감상력을 상실케 해선 안되겠다는 것이다.

다섯째는 '수이려(秀而麗)'해야만 했다. 봉우리마다가 빼어나고 그 전체적인 풍경이 아름다워야겠다는 것이다. 아닌 게 아니라 능선의 굴곡, 계곡의 운치로 하여 수(秀)하고 려(麗)하게 되었다.

설악산을 만들어 놓고 조물주가 얼마나 기뻐했을까를 짐작할 수 있는 것은 설악산에 가보면 안다. 그 이상의 설명은 필요가 없다.

설악산은 그야말로 '교이불교' 하고 '험이불험' 하고 '고이불고' 하고 '웅이불웅' 하고 수려하기 이를 데 없는 산이다.

옛날 중국의 시인이 "원컨대 고려 땅에 태어나서 금강산을 구경

했으면……" 하는 한탄을 했다지만 금강산은 기산(奇山)으로서 전시효과가 요란하다 뿐이고 산의 은일(隱逸)과 산의 숭고와 산의 아취와 산의 심상, 산의 기쁨을 만끽하기 위해선 설악산이 수일하다.

설악산은 예술로서의 산이며 산으로서의 예술이다.

그런데 『동국여지승람』은 설악산에 대해 속절이 없다. 〈양양도호부(襄陽都護府)〉 조에 산천의 하나로 설악이라고 들먹여 놓고 그 설명은 간단하다.

'在府西北五十里 鎭山 極高峻 仲秋始雪 至夏而消故名(재부서북오십리 진산 극고준 중추시설 지하이소고명)'

(부의 서북쪽 50리에 있다. 진산이다. 산세는 고준하고 중추에 눈이 오기 시작해선 여름에라야 녹는다. 그런 까닭에 이런 이름이 붙었다)

웬만한 산이면 관련된 시편을 곁들어 상세하게 설명하는 『여지승람』이 어떻게 설악에 대해선 이처럼 속절한지 알 수가 없다.

지금은 한계령이라고 하고 내설악으로 치고 있는 한계산에 관해서 『여지승람』은 다음과 같이 기록하고 있다.

한계산, 인제현의 동쪽 50리에 있다. 산 위에 성이 있다. 시내가 성안으로부터 흘러나와 폭포를 이루어 내려가니 흐름이 수백 척의 높이에 달려 있으므로 바라보면 흰 무지개가 하늘에 드리워진 것 같다.

원통역(圓通驛)에서 동쪽으로 좌우쪽은 다 큰 산이어서 동부는 깊숙하고 산골 물은 가로 세로 흘러서 건너는 곳이 무려 36군데나 된다. 갈대자리를 말아 세운 듯한 나무들이 하늘로 솟고 옆으로 뻗은 가지는 드물다. 소나무와 잣나무가 더욱 높아서 그 꼭대기를 볼 수 없다. 그 남쪽엔 봉우리가 절벽을 이루었는데 그 높이가 천길이나 되어서 기괴하기가 형언할 수 없다. 너무 높아서 새도 날아가지 못하며 행인들은 절벽이 떨어져 내리지나 않을까 의심한다. 그 아래엔 맑은 물이 바위에 부딪쳐 못을 이루었는데 반석이 앉을 만하다. 동쪽의 수리(數里)는 동구(洞口)가 매우 좁고 가느다란 작은 길이 벼랑에 걸려 있다. 빈 구멍은 입을 벌리고 높은 봉우리들은 높이 빼어나서 용(龍)이 마주 당기고 범(虎)이 움켜잡을 것 같으며 층대(層臺)를 여러 층 겹쳐 놓은 것 같은 것이 수없이 많아서 그 좋은 경치는 영서(嶺西)의 으뜸이 된다."

『여지승람』이 설악을 대수롭게 치지 않은 탓인지 백두산 등반기를 쓰고 금강산 예찬을 쓴 최남선의 설악에 대한 언급은 너무나 간략하다.

그러나 나는 알고 있다.

이곳 설악은 매월당 김시습을 비롯한 무수한 문인묵객이 즐겨 찾은 선경이란 것을.

다음의 시는 김탁영(金濯纓)이 설악산으로 떠나는 매월당을 서울 양화도에서 전송하며 지은 시이다.

三月楊花冽水灣 삼월양화열수만

片雲孤鶴送君還 편운고학송군환

芝蘭風入秋江室 지란풍입추강실

薇蕨春生雪嶽山 미궐춘생설악산

五歲神童猶靖節 오세신동유정절

百年淸士可廉頑 백년청사가렴완

聯節他日金剛去 련공타일금강거

鳳頂源頭叩石關 봉정원두고석관

3월의 버들꽃이 열수만에 피었다.

조각 구름을 탄 외로운 학인 군을 보내고 돌아오니

지란의 바람이 추강의 방에 불어오는구나.

지금쯤 설악산엔 고사리가 돋아나고 있겠지.

5세 때의 신동이 아직도 절의를 다하고 있으니

백 년이 가도 청사의 염완함을 지킬 것이다.

타일에 지팡이 나란히 하여 금강에 갈 적에

봉정원두에서 당신이 숨어 사는 석관을 두드리리라.

  설악으로 들어간 매월당은 그곳의 산수에 심취하여 적잖은 시편
을 남겼다. 그 가운데의 하나

  昭陽江上春風起 소양강상춘풍기

穀紋細蹙江之水　곡문세축강지수

江水悠悠日夜流　강수유유일야류

遙向神洲二百里　요향신주이백리

소양강상에 춘풍이 부니

비단결 같은 강물은 가볍게 출렁거린다.

강물은 유유히 밤낮을 흘러

아득히 신주 200리를 누빈다.

　설악의 어떤 봉우리에 서서 매월당이 소양강을 보았을 때의 감회이다. 지금은 그 소양강이 댐으로 되어 옛날 그 언저리를 걸은 매월당의 발자취와 함께 인공호수에 묻혀 버렸다. 설악은 그 경관 속에 이처럼 무사한 역사를 영원히 묻어버린 것으로 된다.

　산을 말하여 설악에 이르려면 이만한 프롤로그는 있어야 한다고 시작한 새살이지만 사실은 아득한 느낌이다.

　수삼 년 전의 일이다. 몇 친구들과 미국의 '그랜드캐년' 이야기를 하고 있으려니까 R씨가 말을 걸어왔다.

　"한계령에 가보았느냐."

　"가본 일이 없다."

고 했더니 R씨의 말은 이렇게 나왔다.

　"자기 나라의 절경인 한계령을 모르는 사람들이 남의 나라의 명승을 논한다는 건 부질없는 일이다."

우리는 그 말에 느낀 바 있었다. 여름의 어느 날을 택하여 자동차로 한계령을 향했다. 홍천을 지나 인제를 지나 원통을 지나 한계령 고개를 섰을 때 거기에 펼쳐진 경관, 거기까지 이르는 사이에 본 경관들이 겹쳐 한폭의 그림을 엮어내는데 정말 탄복하지 않을 수 없었다.

일행 중의 하나가 말했다.

"우리나라의 산수가 이처럼 아름다운 줄은 미처 몰랐다."

그러자 다른 하나가 말했다.

"나는 정말 지금부터 애국자가 될 것 같다"며

"설악을 충심으로 사랑하는 것도 애국하는 것중에 들 게 아니냐?" 라고 반문했다.

씨알머리 없는 말들도 설악산에서 하면 시정(詩情)에 유사할 수 있다는 것을 나는 그때야 깨달았다.

그땐 한계령의 굴곡을 돌아 오색약수터에 가서 하룻밤을 지내고 이튿날 양양을 들러 속초로 빠져 외설악에서 다시 일박하고 서울로 돌아왔는데 마음 속에 하나의 계획이 있었다.

자동차를 타고 설악산을 돌아보는 것은 스크린 위의 미인을 보는 것이나 다를 바가 없다.

즉 미인을 안아 보려면 자기 발로 걸어 설악에 올라야 하는 것이다.

그런데 그 계획은 3년 후에야 첫 실현을 보았다. 그때의 간단한 메모를 이 프롤로그 속에 끼워 두기로 한다.

<u>1986년 8월 8일</u>

8시 1분 망우리 출발

9시 19분 용두 휴게소

9시 41분 며느리 고개

9시 49분 홍천 도착

10시 40분 38선 경계표 통과

11시 00분 인제 도착

11시 10분 원통 도착

12시 25분 백담사 관리소

12시 56분 백담사 도착

14시 5분 백담사 출발

15시 44분 수렴동 갈림길

17시 26분 깔딱 고개

17시 30분 망경대 도착17시 50분 오세암 도착

<u>1986년 8월 9일</u>

5시 기상

5시 43분 오세암 출발

7시 40분 마등령 도착

8시 15분 하산 시작

8시 30분 샘터 도착

10시 25분 샘터 출발

14시 00분 비선대 도착

14시 50분 비선대 출발

15시 40분 신흥사 도착

15시 50분 설악동 공원

16시 10분 설악호텔

이 메모는 뒤에 백담사로 해서 마등령으로 갈 초보 등산자를 위해 참고 삼아 적어본 것이지만 이 단순한 기록만으로도 본인에겐 무량한 감회의 원천이 되는 것이다.

다음에 가는 곳마다에서의 감회의 풍경을 적겠지만 미리 이곳에서 적어 두고 싶은 것은 8월 8일 밤 오세암의 뜰에서 본 성좌(星座)의 장관이다.

나는 일찍이 그러한 천체의 호화를 보지 못했다. 짙은 감색의 바탕에 크게는 주먹 크기만 하고 작게는 모래알 같은 별이 찬란한 다이아몬드 빛깔로 하늘 가득히 깔려 있는 광경은 영원히 잊지 못할 호사였다.

그래서 비로소 알았다. 설악산에 간다는 것은 설악산만을 보러 가는 것이 아니고 설악산을 중심으로 한 우주의 신비에 참입(參入)하기 위해 가는 것이란 사실을.

사람이 살아 수유라고 하지만 그 장엄한 신비에 참입하고 나면 영혼의 빛깔이 달라질 것이란 사실이 나의 솔직한 감회이다.

확실히 우주엔 신비란 것이 있고, 뜻만 있으면 그 신비에 참여할 수 있는 것이다. 그런 뜻에서 설악산은 신비의 문(門)이며, 신비의 성(城)이며, 신비, 바로 그것이다.

뿐만 아니라 설악산엘 다녀온 사람들끼리 설악산을 얘기하는 것은 한량없는 기쁨이기도 하다.

설악산은 또한 그곳을 다녀온 사람에게 설악산이란 고향을 안겨주는 특전을 베푼다.

나는 오세암 뜰에서 성두찬란한 하늘을 보며 설악산이 내게 한 말을 들었다. 그 오묘한 신탁(神託)을 인간의 말로 번역하면 다음과 같이 된다.

"네가 이곳에 온 것이 늦었구나. 청춘이 만발할 때 왔더라면 더욱 좋았을 것을, 그러나 늦게라도 왔으니 반갑다. 내가 잃어 버린 청춘을 돌려 주리라! 앞으로도 자주 나를 찾아라. 그리고 내 품에 안겨라! 그렇다고 해서 너무 자주 오란 말은 아니다. 봄 여름 가을 겨울 한철에 한 번씩만 오너라! 나를 통해 너의 청춘은 만발하리라."

오세암의 슬픈 이야기

히말라야의 이야기다.

에베레스트와 그 다음의 고봉(高峯)까지는 런던에서 로마까지의 거리와 비슷하고, 히말라야의 전장(全長)은 그 두 배라는 것이며, 어떤 부분에선 7마일을 가는데 1주일이 걸린다고 한다.

유명한 등산가 에릭 십톤이 인도의 캐시미르에서 중국 신강성의 카슈갈까지의, 직선거리로 치면 370마일의 노정을 두 달 걸려 갔다고 하면 짐작할 수 있는 일이다. 그러니 나는 이렇게 엄청난 히말라야와 우리 설악산을 비교해 볼 마음은 조금도 없다.

그러나 에릭 십톤의 에베레스트에 관한 다음과 같은 글은 설악을 등반하는 우리의 가슴에도 와 닿는다. 십톤은 이렇게 말했다.

왜 에베레스트에 오르려고 했던 것일까. 왜 확실히 쓸데없는 짓이라고 할 수도 있는 이런 기획에 많은 금전과 시간을 낭비했어야만 했을까. 실제적인 이득도 없을 텐데 이런 위험과 곤란을 무릅써야 했을까.

두말할 필요없이 이 질문은 결국 왜 사람은 산에 오르려고 하는 것일까 하고 묻는 거나 마찬가지다. 이에 대답하긴 어렵다. 그건 표현하는 것 자체가 거북한 탓도 있지만, 사람에 따라 각각 다르기 때문이다. 그것은 '미(美)'나 취향을 설명하려고 드는 것과 비슷하기도 하다.

어떤 부류의 사람들은 산을 이에 도전하여 극복해야 할 대상으로 친다. 산에 오름으로써 개인적인 승리감을 맛본다. 그런 까닭에 산이 높고 곤란이 증가할수록 그 승리감은 커진다. 어떤 부류의 사람들은 다른 어떤 곳에서도 발견할 수 없는 평화와 청징을 산에서 발견한다. 이런 사람들에겐 산에 도전한다는 것은 제2의 동기가 될 뿐이고, 산을 탐험하고, 산에 등반하고, 산에서 자유롭게 행동할 수 있는 기술을 익히는 것. 그로써 자기들이 사랑하는 산에 보다 가까워질 수가 있고, 산을 보다 깊게 이해할 수가 있다는 것으로 된다. 요컨대 이 사람들에겐 산에서 비롯되는 기쁨이 문제인 것이다.

우리에게 있어서 설악은 무엇일까.

산에서만이 찾을 수 있는 평화와 청징이 있다. 산에서가 아니면 맛볼 수 없는 감동과 희열이 있다. 그런데 그 평화와 청징, 감동과 희열은 그것을 얻기 위해 바쳐지는 정열과 노력 없인 무망한 것이다.

설악은 그 규모와 경관과 위용으로서 그곳에 있다. 그런데 그곳에 있다는 것만으로 우리에게 의미가 있는 것이 아니다. 한 발 한 발 자기 발로 걸어 그곳에 이르러야 하고, 자기 손으로 만져야 하고, 자기 눈으로 보아야 하고, 가뿐 숨을 몰아쉬어야 하고, 구슬땀을 닦아야만 한다. 요컨대 이편의 성의와 정열과 지식과 노력에 따라 설악은 그 신비를 비로소 우리에게 개전해 보인다.

그런 뜻에서 설악은 우리의 인생 그것이다. 인생은 안이하겐 살아갈 수 없는, 아니 안이하겐 그 보람을 찾을 수 없는 것이다. 결코 안이하게 오묘한 의미를 나타내지 않는다. 결국 우리는 산에 오름으로써 인생의 참된 뜻을 배우게 된다. 이렇게도 말할 수가 있다. 그곳에 설악산을 두고 오르지 않는다면 그 인생에서 설악산이 제외되는 것이다.

이 나라에 살면서 설악산을 제외해 버린 인생을 우리는 어떻게 평가해야 옳을까. 손에 잡히는 곳에 은총(恩寵)을 두고도 외면하는 사람에겐 할 말이 없다.

이런 생각을 하면서 나는 오세암에서 하룻밤을 지냈다. 그 밤에 성두찬란한 하늘의 조화에 넋을 잃었다는 얘기는 이미 한 적이 있다.

백담사에서 망경대 고개를 거쳐 약 10킬로미터 지점에 있는 오세암은 산행자에겐 일종의 오아시스이다. 후미지고 가파른 길을 걸어 첩첩산중에서 절을 만나는 것처럼 반가운 일은 없다.

그러한 절의 존재만으로 우리는 부처님의 고마움을 안다. 진실로 불도(佛道)는 적적산중의 그 암자와 같은 것이 아닐까. 천상천하에 미만해 있는 부처님의 은총도 그러한 존재와 형태로서가 아니면 느낄 수가 없는 것이 범인의 안타까움이다.

어떤 절에고 인연이 없을까만, 이 오세암은 슬픈 이야기를 간직하고 있다.

신라 선덕여왕 12년(643년) 자장율사(慈藏律師)가 창건하여 관음암(觀音庵)이라고 했던 것을 조선조에 들어 인조 21년(1643년)에 설정조사(雪淨祖師)가 중건하여 오세암(五歲庵)으로 개명하게 된 연유이다.

설정조사는 고아가 된 다섯 살짜리 조카를 데리고 이곳에서 수도하고 있었다. 그러던 중 영동에 볼 일이 생겨 일시 절을 떠나야만 했다.

3일 동안을 예정하고 떠난 것이니 그동안 먹을 것은 준비해 두었을 것이었다. 설정조사는 무서움을 타는 조카에게 다음과 같이 일렀다고 한다.

"일심으로 관세음보살을 염하라. 그럼 무서움이 가실 것이다."

그런데 폭설에 길이 막히는 바람에 설정조사는 곧 돌아올 수가 없었다. 이듬해 3월에야 겨우 길이 뚫렸다. 설정조사가 돌아와 보니 조카는 관세음보살의 젖을 먹고 살아 있었다고 전설은 전하지만, 사실은 죽어 있었을 것이다. 설정조사는 그것을 성불이라고 보았다. 그래 그 애통한 마음을 곁들여 암자의 이름을 '오세암'이라고 했다. 오세암이란 이름으로 보아 그 얘기는 진실이라고 느껴진다. 눈이 많다는 뜻으로 설악인이 산중에 적설기엔 어떻게 되겠는가를 상상하면 그 다섯 살 난 동자의 애화(哀話)가 가슴에 스민다.

매월당 김시습, 만해 한용운(萬海 韓龍雲)이 한때 이곳에 머물렀다고 하는데 그분들이 이곳에서 무슨 문장을 남겼는지 소상하게 알 수 없는 것이 유감이다.

새벽 5시 43분에 출발하여 7시 40분 마등령 정상에 섰다. 내 걸음으로 두 시간이 걸린 셈이다.

마등령에서 바로 눈앞으로 공룡능선을 볼 수가 있었다. 각기 다른 모습으로 의장(意匠)을 다해 깎아 세운 듯한 수십이 넘는 연봉의 기관(奇觀)은 말로 할 것이 아니라 눈으로 보아야만 한다. 더욱이 천불동을 향해 흘러내리듯 한 형상의 오묘함이여!

"저 공룡능선을 타보실 생각 없으십니까?"

넋을 잃고 있는 내게 안내역을 맡은 박영래 기자가 한 말이다.

"마음이야 간절하지만……."

하고 나는 한숨을 쉬었다.

"도봉산의 포대능선을 타셨다니 공룡능선을 못 타실 까닭이 있습니까?"

박 기자는 예사로 이런 말을 한다.

"박 군, 말을 그렇게 쉽게 하면 쓰나. 도방산의 포대능선은 산술문제이다. 그런데 저 공룡능선은 고등수학 문제이다."

"미리 겁부터 먹을 것이 있습니까?"

"겁 없이 덤비는 것보다야 낫지 않겠는가?"

하자 박 기자는

"여기까지 와서 공룡능선을 타지 않는 것은 극장 앞까지 갔다가 연극을 안 보고 도로 돌아가는 거나 마찬가진데요."

하고 아쉬운 표정이었다.

"그렇진 않아. 마등령에서 공룡능선을 보는 것만으로도 위대한 감동이다. 산에 오른다는 것은 오른다는 행동 자체도 중요하지만 오른 곳에서 주위를 조망하는 것도 중요한 거요."

이렇게 말하면서 나는 살큼 슬펐다.

청춘의 의미를 공룡능선을 보며 새삼스럽게 느낀 기분이었다.

기암으로 짜여진 저 연봉을 손으로 만지고, 뺨으로 비벼대고, 발을 버티어 기어오르고 기어내리며 스스로의 육체를 시험해 볼 수 있으면 얼마나 좋을까. 세상에 마음만 갖곤 되지 못하는 일이 있다는 것은 당연하기도 하면서 그 당연하다는 사실 자체가 견디기 어려운 슬픔으로 되기도 하는 것이다.

마등령 근처의 기류의 변화는 분망하기만 했다. 말쑥히 개어 공룡능선이 천불동에 이르기까지 선명한 윤곽으로 나타나고 대청, 중청, 소청이 손에 잡힐 듯 시야에 들어오기도 하다가, 어느덧 안개가 일어 조망이 토막나기도 하고, 모든 조망이 안개의 바닷속으로 숨어 버리기도 한다. 그건 부동하고 숙연한 라이트 모티브를 감고 도는 선율을 방불케도 하는데, 설악산의 웅장한 심포니는 그 변환자재(變幻自在)인 안개의 흐름으로 하여 섬세하고 정치한 가락을 이룬다.

그 도도하고, 장엄하고, 섬세하고, 우아하고, 다시 장중한 대음악이 울려 퍼지는 감동을 수습할 길은 없다. 나는 다시 청춘을 찾은 기분으로 마등령을 기념할 사상을 모색하기 시작했다. 그러나 사상이 무슨 소용인가. 마등령을 포함한 설악산 전체가 넓고, 깊고, 높은 사상인 것을.

마등령에서 비선대로 내려가는 길은 숨도 돌릴 수 없을 만큼 가파른 급경사이다. 나는 오를 때엔 심장의 운동이며 내릴 때엔 신경의 운동이란 것을 깨달았다.

오전 8시 30분쯤에 마등령과 비선대 사이에 있는 샘터에 도착하여 아침 식사를 하게 되었다. 등산의 명수는 갖가지 기량을 갖고 있어야 한다는 것을 나는 박영래 기자를 통해서 알았다.

그는 륙색에서 산행에 필요한 필요불가결한 모든 물건을 꺼냈다. 연료에서 식량에서 집기에 이르기까지. 그는 그 물건들을 다음 다음으로 꺼내선 적당하게 배열해 놓곤 취사 준비를 하는데 한 동작 한 동작이 과학적이며 민첩했다. 우선 없는 것이 없게 갖추어 있는 게 놀라왔다.

언젠가 지리산에서 만난 어느 산행자를 회상했다. 지나치게 짐이 커보여 내가 "무슨 짐을 그렇게 많이 가지고 다니느냐"고 했더니, 그 사람은 농담끼란 한 군데도 없이 "여편내 빼놓곤 이 속에 다들어 있다"고 했던 것이다.

천왕봉 정상에서 또 내가 놀란 것은 그는 그 짐 속에 지리산 산신에게 제사 드리기 위한 제수까지 준비해온 데 대해서였다. 그는 1년에 7~8차례 지리산을 등반하곤 하는데 올 때마다 그렇게 제수를 준비해 온다고 했다.

각설하고, 박 기자는 지나치지도 않고 모자라지도 않게 준비한, 그야말로 필요불가결한 최소한의 기구와 재료로써 최대한의 성찬을 만들어 놓았다. 요기를 할 정도의 식사가 아니라 잔치를 하기 위한 성찬이 준비된 것이다.

아침엔 술을 안하는 버릇이지만 그 성찬을 그저 지나칠 순 없는 일이다. 다행히 마등령 갈림길에서 사온 소주 두 병과 어젯밤 마시다 남은 양주 얼만가가 있었다. 산중의 향연이 시작되었다.

박 기자는 산에 미쳤을 정도로 산을 좋아한다며 그 자리에서 설악산총설(雪嶽山總說)을 설하기 시작했다.

'사랑하는 것은 아는 것이다' 하는 격언이 실감이 나도록 그의 설악산에 대한 지식은 정태적(靜態的)인 것이 아니고 생동력이 넘치는 동태적(動態的)인 지식이었다.

뿐만 아니라 나를 격려하길 잊지 않았다.

"북한산 도봉산에서 훈련하여 설악산에 오르는 겁니다. 설악산에서 훈련하면 히말라야, 알프스, 안데스에도 오를 수 있는 것입니다. 이 선생님 어떻습니까. 내년쯤 히말라야에 가 보실 생각 없으십니까?"

박 기자는 전연 나의 나이 같은 덴 관심을 두지 않았다. 그게 얼마나 고마운지 몰랐다. 그래 나는 돌연 기우(氣宇)가 장대하게 되어

"좋소. 명년쯤엔 히말라야에 갑시다. 후명년엔 알프스에 가고, 그 다음해엔 안데스에 가고."

하며 흥분했다.

그랬더니 박영래 기자의 엄숙한 말이 있었다.

"그럴 마음이시면 그러기 전에 공룡능선을 타고 대청, 중청, 소청의 대종주를 몇 번쯤하고, 설중(雪中)에 비선대-마등령-공룡릉-희운각-대청-오색의 코스를 너끈히 마스터해야 합니다."

박 기자의 요지는, 결국 설악산이 '등산학' '등반학'의 기초 교과서가 된다는 것이었다.

어느 일본인의 감동

누가 뭐라고 하건 우리에게 좋으면 그만인 것이지만 외국인으로부터 칭찬을 들으면 과히 나쁘지 않은 기분으로 되는 것이 인지상정이다.

우연히 알게 된 일본인 친구에 타키자와 마코토(瀧澤誠)라고 하는 역사가가 있다. 그런데 이 사람은 이른바 강단파(講壇派) 즉 직업적인 역사학자가 아니고 직업은 달리 가지고 있으면서 순수한 학구심만으로 역사를 공부하고 있는 사람이다.

이 사람의 전공 분야는 한말사(韓末史)이다. 주로 한일합방 전후의 사정을 탐색하는 작업인데, 그는 이 작업을 위해 남한 일대를 거의 섭렵하다시피 했다. 광고대행업사에 근무하면서 거기에서 얻은 수입의 태반을 역사공부에 투입하여 촌가(寸暇)를 아껴 노력하고 있는 것을 보면, 그 탐색의 성과는 고사하고라도 일단 경의를 갖지 않을 수 없다. 일본인 사이엔 이런 종류의 소인학자(素人學者)가 많다. 각박한 세상에서 아득바득 돈벌이에만 열중하는 경제동물들 가운데 순수한 학구심만으로 무상의 정열을 불태우고 있는 사람들이 의외로 많다는 사실을 발견할 때 나는 새삼스럽게 일본에 대한 두려움을 느낀다.

솔직한 얘기로, 나는 일본의 수출 실적이 우리나라의 몇 배가 된다고 해도 부럽지 않다. GNP가 우리보다 월등히 높다고 해도 부럽지 않다. 그들이 얼마나 잘산다고 해도 부럽지 않다. 그러나 그들의 지적 정열엔 부러움을 느끼지 않을 수가 없다. 그들의 지적 능력, 지적 노력에 부러움을 느끼며 우리의 낙후를 슬프게 생각한다. 우리가 오늘 못살아도, 우리가 오늘 뒤떨어져 있어도 지적 정열에 있어서 그들에게 뒤지지 않으면 언젠가는 그들을 넘어설 수 있을 것이지만, 지적 정열의 도(度)에 있어서 낙후된 상황에 있는 이상 밝은 전망을 가질 수 없는 것이다.

이런 감회를 갖게 하는 인물 가운데의 하나가 그 타키자와이다. 그는 금년 들어 45세의 나이로 그의 전공 관계의 저서 4권을 출간하고 있다. 최근에 낸 책으로 『근대일본 우파사회사상연구』란 것이 있다. 이 가운데는 한말에 관계되는 부분이 있다.

사전 설명이 장황하게 되었는데 이 사나이가 금년 초 돌연 나를 찾아왔다. 그는 한국에 올 때마다 으레 나를 찾는 것이니까 그 돌연한 방문에 놀란 것은 아니었다. 그가 지난 연말 설악산에 등반했다는 사실을 듣고 놀란 것이다.

다음은 그때 나와 그 사이에 있었던 대화이다.

"어떻게 설악산에 오를 작정을 했는가?"

"한국을 알려면 산수를 알아야 하겠다고 생각했지요. 그래서 한국의 명산대천을 시간 나는 대로 찾아볼 참입니다. 그 첫 과업으로 설악산에 오른 겁니다."

"설악산의 겨울 등반은 위험이 따르는데 대단한 모험을 했군……."

"설악은 문자 그대로 눈이 많다고 해서 설악이 아닙니까. 설악산 등반은 눈 속의 등반이라야 하지 않습니까. 아니 겨울 등반이라야만 에센셜한 설악등반이라고 생각한 겁니다."

"등산에 자신이 있었구면."

"전 대학시절에 산악부원이었습니다. 일본의 이렇다 할 산엔 안 올라가 본 데가 없습니다."

"그럼 일본 알프스에도 갔겠구나."

"물론이죠. 그러나 일본 알프스를 비롯하여 일본의 산들은 뭐랄까 오늘날 대중가요처럼 되어 버려 흥미가 반감입니다."

"대중가요란 뜻은?"

"자동차 길을 낼 수 있는 데까지 내어 버렸어요. 해발 2천 미터 이상에까지 자동차가 올라갑니다. 그리고 보니 등산가의 정열과 의욕이 있는 사람만이 향유할 수 있었던 기쁨이 대중들에게 횡령되어 버린 것 같은 기분입니다."

"그래도 여전히 등산가가 아니고선 오를 수 없는 난소와 험소는 남아 있을 것 아닌가."

"물론이죠."

"그렇다면 별문제 아니지 않는가. 국토는 개발할 수 있는 데까지 개발하는 것이 산업적으로나 관광적으로나 필요한 것 아닌가."

"정치적으론 혹시 그럴는지 모르죠. 그러나 필요 이상의 개발은 국토가 가진 신비성을 말살하는 결과가 되니 되레 마이너스가 될 수 있다는 것이 제 생각입니다."

"구체적으로 말해봐요."

"해발 2천 미터까지 자동차가 올라간다고 해서 그게 산업적으로 보람이 될 까닭이 없습니다. 그 근처에서 벌목을 할 것도 아니고 그 근처를 일궈 논밭을 만들 것도 아니니까요. 게으른 인간을 높은 데로 끌어 올려 관광 사업해서 돈 벌자는 얘기밖에 안 됩니다. 높은 데 오를 수 없는 사람들에겐 산이 높이 솟아 구름이나 안갯속에 숨어 있어야 하는 겁니다. 그 신비감이라도 간직되어야죠. 그런 점 한국은 좋습니다. 한국의 산에 신비감이 있으니까요."

"자동차로 오르나, 걸어서 오르나 정상에 서는 건 마찬가지 아닐까?"

"알고 하시는 말씀인지, 모르고 하시는 말씀인지 분간 못하겠습니다. 자동차를 타고 이른 정상에선 높은 데 왔다는 센티멘털리즘만 있을 뿐이지 신비감에 이르지 못합니다. 신비감은 없어집니다. 산의 신비는 걸어서 올랐을 때에만 느낄 수 있는 겁니다. 걸어서 얻은 정상 감이 곧 신비감이니까요."

신비감에 관한 토론이 잠시 있은 후 내가 물었다.

"어떤 코스로 갔는가."

"백담사, 봉정암, 대청봉으로 해서 설악동 코스였습니다."

"혼자서?"

"일행이 6명이었죠."

"미리 서울에서 팀을 만들었나?"

"아닙니다. 서울에선 혼자 출발했지요. 대강의 교통로만을 알아 두고서요."

"대담하군. 그래서 어쩔 참으로."

"덮어 놓고 산장을 찾을 작정이었지요. 그 틈에 끼이면 되겠지 하는 생각이었습니다."

"한국말이 서툰 일본인을 팀에 끼워 줄 것이라고 생각했어?"

"잘은 못해도 의사를 통할 만큼의 한국말은 배워 두었으니까요. 그리고 등산가들은 인터내셔널입니다. 특별한 경쟁 의식이 없는 한 등산가는 인종차별 안 합니다. 등산가들은 모두 순수하니까요. 무작정 등산가들의 기질을 믿은 거지요. 더구나 겨울등반을 나선 사람들은 대개 전문적인 등산가이거나 익숙한 등산가들일 것이니 등산가 기질이 한결 더 강할 것이라고 보았지요."

그가 서울을 출발한 것은 오후 1시였다고 했다. 원통을 지나 외가

평에 이르렀을 땐 해가 저물기 시작했고 외가평에서 백담사까지의 10킬로미터의 거리를 걷고 보니 완전히 밤이 되어 있었다

"백담사까지의 길이 비교적 좋아서 다행이었지만, 어두워가는 숲 속의 눈길을 미끄러지지 않도록 조심하며 걷고 있으니 별의별 생각 이 다 났어요. 고독한 하나의 일본인이 한국의 첩첩산중을 걷고 있다 싶으니 짙은 외로움에 묘한 자부심이 겹쳐지기도 하고, 이번 산행에 조난이라도 하면 내가 일본인이란 점으로 해서 당혹하기도 할 테니 까 산장에 도착하면 아무에게도 누가 끼치지 않도록 유서를 써두어 야겠다는 심정이 되기도 하구요. 나름대로 한국을 이해하기 위해 노 력하다가 설악산에서 죽으면 일종의 순교가 되지 않겠느냐는 비상 한 각오가 고이기도 하구요……."

백담사의 불빛이 보였을 때의 반가움이란 이루 형언할 수 없었다 는 것인데 법당 앞에 선 눈 위에 무릎을 꿇고 빌었다고 한다.

"전 원래 불교 신자입니다만 부처님 앞에서 그처럼 경건하게 빌 어본 적은 없었습니다. 정말 부처님은 설악산에 계시는 것 같아요."

절에서 길을 물어 백담산장에 들었다. 산장에 벌써 십수 명의 등 산객이 있었다.

"서툰 한국말로 자기 소개를 하고 설악산에 온 목적을 말했더니 모두들 환영의 환성을 올렸습니다. 제가 짐작한 그대로였어요. 일본 말을 이해하는 사람이 있기도 해서 백년지기처럼 되었습니다. 산에 서 과음하는 건 원래 금물이지만 어디 기분이 그렇게 됩니까. 그곳에

서 구할 수 있는 소주에 제가 가지고 간 양주를 곁들여 실컷 마셨지요. 제 건강에 자신이 있기도 했지요……."

그렇게 술을 마셨는데도 이튿날 새벽 다섯 시에 일어나 밀크커피와 샌드위치로 요기를 하고 그곳을 출발, 익숙한 안내자의 안내를 받고 한 시간쯤 올라가니 회명(晦明)이었다. 누군가가 그곳이 영시암(永矢庵) 터라고 했다.

"영시암 터라고만 하고 영시암이 무엇인질 아는 사람이 일행 가운데선 없었습니다. 선생님 혹시 알고 계십니까."
하고 타키자와가 물었다.

영시암을 설명하려면 부득이 1689년, 즉 숙종 15년에 있었던 기사사화(己巳士禍), 또는 기사환국(己巳換局)에까지 거슬러 올라야 한다. 그런데 이 기사 환국을 설명하려면 멀게는 동인 서인의 대립, 가깝게는 서인과 남인의 대립에까지 거슬러 올라야 한다. 아무튼 조선의 당쟁이 절정이었던 시기의 이야기다. 그러니 그 설명이 용이할 까닭이 없다. 그래 그 대강을 말했다.

"숙종의 비(妃) 민씨는 아이를 낳지 못했다. 그런데 총애를 받던 후궁 가운데서 장소의(張昭儀)가 아이를 낳았다. 숙종은 그 아이를 세자를 삼을 작정이었는데, 당시 정권을 잡고 있던 서인이 반대할 것을 짐작하고 남인을 등용하기 시작했다. 세자 책봉의 문제가 나타나자 서인(=노론)의 영수 송시열이 반대의 소를 올렸다. 당시 숙종의 나이는 29세, 민비의 나이는 23세이니 후궁에서 낳은 아이를 세자 책봉하는 것은 시기상조라는 것이다. 남인은 숙종의 의견에 찬성했다. 숙종은 남인의 힘을 입고 서인들을 숙청하고 남인의 정권을 형성케 했다. 이때 숙청된 사람 가운데 전 영의정 김수항(金壽恒)이 있었다. 김수항의 아들 김창흡이 속세와 인연을 끊을 셈으로 그곳에 지은 것이 영시암인데 지은 지 6년 후 하녀가 호랑이에게 물려 죽어 김창흡이 그곳을 떠났다는 얘기가 있다."

"뜻밖에도 슬픈 곳이로군요."

"설악산에 슬픈 곳이 어디 그곳뿐이겠는가."

"가서(歌書)보다 군서(軍書)에 더 슬픈 요시노야마(吉野山)란 산이 일본에 있는데, 설악산은 정서(政書)로서 슬픈 산이군요."

하고 그는 역사벽(歷史癖)을 나타냈다.

"설악산에 비롯된 역사, 설악산을 무대로 한 역사를 챙겨 보는 것도 흥미있는 일이겠네요."

"보다도 등반 얘기나 하게."

"정말 기가 막혔어요."

이렇게 타키자와는 시작했다.

"수렴동 대피소까지를 수렴동 계곡이라고 하는 모양인데 눈에 덮인 숲, 기암 절벽들이 있었으나 어두워서 잘 보지 못했고 쌍룡폭포로 이어지는 곳에서 동이 텄습니다. 어느 골짜기로 들어서도 절경일 것 같았는데, 그 중에서 한 군데만을 선택하려니까 퍽이나 아쉬웠습니다."

"욕심이 많군."

"욕심이 많을 수밖에요. 얼마나 벼르던 설악산 등반이라구요. 백운동 입구를 지나 봉정암을 향해 올라가니 쌍룡폭포가 나타났는데 전부 얼어붙어 폭포라고 하기보단 빙벽이었어요. 왜 양폭이냐고 물었더니 남폭 여폭이 있다는 겁니다. 우리가 가는 길쪽에 있는 것이 자폭(雌瀑), 즉 여폭이라고 하는데 높이가 약 25미터나 된다나요. 그 저편의 폭포가 이른바 웅폭(雄瀑), 높이는 50미터라는데 그게 어울려 떨어지는 모양은 꽤나 장관이겠는데, 그 얼어붙은 장관이 또한 장관이었지요."

"봉정암에 도착한 것은 몇시였소?"

"오전 11쯤."

"수렴동 휴게소를 출발한 것이 5시였다니까 꽤나 빨랐군."

"눈길이 아니었으면 더욱 빨랐을 겁니다. 그런데 봉정암은 참으로 좋은 사찰이었습니다. 일본에선 도저히 찾아볼 수 없는 입지 조건과 경관을 갖추고 있어요. 암자를 중심으로 독성나한봉(獨聖羅漢峯), 지장봉, 석가봉, 기린봉, 할미봉, 범바위봉이 병풍처럼 둘러쳐 있는데 필설난진(筆舌難盡)은 그런 경우를 두고 생긴 말이 아닌가 해요."

타키자와가 대청봉 정상에 오른 것은 1986년 크리스마스 이브를 사흘 앞둔 날의 오후 1시라고 했다. 그는 이날을 그가 생을 얻어 보람을 느낀 며칠 안 되는 날의 하루로서 영원히 기념할 것이라며, 줄잡아 앞으로 다섯 번은 설악산을 찾아야겠다고 다짐하는 것이었다.

그 내면에 새겨진 의미(意味)

최 군은 나와 같은 나이의 사나이다.

최근 설악산의 공룡능선을 타고 돌아왔다며 주름잡힌 얼굴에 득의의 미소를 띠었다.

그럴 만했다. 7순 가까운 나이에 공룡능선이라니. 그는 비선대에서 마등령으로 올라, 거기서 공룡능선으로 옮아 뛰어 오색으로 내려오는 코스를 택했다고 하니 아낌없는 박수를 보낼 만도 하다.

공룡능선은 가까이에 가 본 사람이나 알까. 사진을 보아서도 설명을 들어서도 알 수 있을 까닭이 없다. 기암과 괴석으로 십수 개의 봉우리를 만들어 교치(巧緻)를 다한 굴곡을 이루고 있다. 그 굴곡을 하나하나 오르내려야 한다.

이때 육체는 오로지 의지로 화한다. 즉 육체가 정신으로 되며, 정신은 비로소 스스로의 육체를 인식하게 된다. 육체와 정신의 이원론(二元論)은 성립될 수가 없다. 정신과 육체는 혼연한 일체가 된다. 정신의 승리가 곧 육체의 승리이며, 육체의 승리가 곧 정신의 승리가 되는 인생 최고의 경험을 제시하는 계기가 곧 공룡능선이라고 할 수가 있다. 이 철학은 또한 헬레니즘과 헤브라이즘의 조화에까지 확대된다.

진정한 철학은 산행자에게만 있을 수 있다는 건 인간에 있어서의 절실한 사상은 정신을 이끄는 육체와 육체를 이끄는 정신의 교차에서만 스파크하는 것이기 때문이다.

칸트의 철학이 공소(空疎)하고, 마르크스의 철학이 달갑지 않는 것은 그 사상이 육체를 무시한 정신의 추상(抽象)에서만 비롯되었기 때문이다. 육체의 생물적인 고통에서 먼 곳에 있는 사상은 그 논리가 비록 정밀하다고 하더라도 생물체인 인간의 심정에 전적으로 호소할 순 없다.

바꿔 말하면 정신은 육체를 가진 자로서 생각해야 하고, 육체는 스스로를 지탱하는 의지로서 정신을 발현해야만 한다. 즉 육체로서 생각한 것, 그것이 곧 인생 또는 인간의 철학이다. 그런 뜻에서 진실한 철학은 산행자의 독점이다. 설혹 그것이 언어로서 표현되지 않았다고 하더라도 산행으로서 산행자는 철학을 체현(體現)하고 있는 것이다.

그런 뜻에서 설악산은 그 규모와 풍경의 특이함을 특징으로 가진 철학의 도장이다. 내면의 의미를 살펴보고자 하는 충동이 생겨나는 까닭이다.

20수 년 전의 일이다. 나는 「줠부채」란 중편소설을 쓴 적이 있다. 이 소설은 두 개의 주제를 가진 것인데 그 가운데 하나가 설악산이다. 설악산 자체가 주제로 되어 있다기보다는 그 무렵 발생한 조난사고가 주제로 되어 있다. 다음에 그 몇 토막을 옮겨 본다.

동식은 영천 고개를 넘어 그 부채가 떨어져 있는 곳까지 눈을 밟고 오면서 줄곧 설악산의 조난사고만을 생각하고 있었다. 간밤, 라디오를 통해 그 조난사고의 소식을 듣고, 동식은 자기 나름으로 충격을 받았었다. 아침 눈을 뜨자마자 곧 라디오의 스위치를 틀었지만 그 몇 시간 동안에 진전된 소식이 있을 리도 없었고 사실 있지도 않았다. 동식이 받은 충격은 의연 꼬리를 물고 있었다.

설악산에서 조난한 10명 가운데 동식의 친구가 섞여 있는 것도 아니고 아는 사람이 끼어 있는 것도 아니다. 감수성이 강한 탓으로 조난한 사람들에게 유별난 동정을 느낀 때문도 아니었다. 어쩐지…… 그렇다. 어쩐지 그 조난사고에 마음에 휘말려들고 있을 뿐이다.

방학인데도 서울을 뜨지 않고 거리의 먼지처럼 굴러다니고 있는 동식에겐 난데없이 이목(耳目) 앞에 솟아난 설악산이란 그 이름이 우선 거창한 충격이었고, 겨울의 설악산을 등반하려다 조난한 비장함이 신선한 놀람이었고, 그 충격과 놀람이 불러일으킨 감정이 상승작용을 하며 퍼져가는 심상(心象)의 파문을 뚫고 설악산이 다시 신비로운 모습으로 다가서곤 했다.

동식은 설악산에서 조난한 사람들에게 일종의 질투 비슷한 감정 조차 느끼고 있는 스스로의 마음을 발견했을 때 얼굴을 붉혔다. 그러면서도 질투의 연유를 깨달을 수는 없었다. 며칠 전 읽었던 어떤 글에서 얻은 감동과 무슨 관련이 있는 것인지도 몰랐다. 그 글은-

'산으로 가라'로 시작되어 있었다.

산으로 가라. 해발 1만 척 산 위에선 에덴 동산의 샘물과 같은 맑은 공기를 마실 수 있다. 내 육과 마음을 감싼 공기엔 아무런 압력도 없다. 아무런 빛깔도 없다. 그 공기를 마신 나의 폐장엔 달콤한 꿀 방울 같은 육과 마음의 영양만이 남는다. 나는 소생한다.

아니다, 하는 내심의 소리가 있었다. 동식은 사직터널 안을 걸으면서 '사자는 영원히 젊다'는 사상을 익혀 보았다. (그럴 수밖에. 죽은 사람은 영원히 젊다)

만일 그들이 설악산에서 죽었다면 그들은 설악에서 영생을 얻은 셈이다. 이렇게 생각하다가 동식은 지금 이 순간 죽음과 격투하고 있을지도 모르는 그들을 죽은 사람으로 가정하고 있는 스스로에게 죄스러움을 느꼈다. 그 조난자 10명의 가족들과 애인들의 모습이 아무런 구체성도 띠지 않으면서 가끔 추상화에서 받은 것 같은 강렬한 인상의 더미가 되어 눈앞을 스치기도 했다. 그러나 생각은 자꾸만 죽음의 방향으로 기울어 들었다.

수천 년 동안 젊음을 냉동할 수 있는 얼음, 자욱이 쌓인 눈, 설악!

그들은 죽음으로써 영원한 젊음을 설악에서 얻었다. 다가선 죽음을 그들은 어떻게 맞이했을까. 프로메테우스처럼 비장한 얼굴이었을까. 헤라클레스처럼 단호한 표정이었을까. 아마 고통은 없었을 게다. 냉정하고 슬기로운 정신을 담은 채 육체가 그대로 동상(銅像)처럼 빙화(氷化)했을 것이니 말이다.

축축이 젖어 오는 습기와 더불어 육체가 얼어 가면 의식은 잠들 듯 조용해지고 완전히 얼어 버린 순간 가냘픈 생명은 촛불처럼 꺼지고, 눈은 쉴새없이 내리고 쌓여 순백의 무덤을 만든다. 이집트 황제의 무덤보다 거대하고, 페르시아의 궁전보다 찬란한 무덤. 설악산은 이제 막 젊은 영웅들의 죽음을 안고도 움직이지 않고 슬퍼하지 않는다.

동식은 돌연 자기가 설악의 무덤 속에 동상처럼 빙화하고 있는 모습을 상상했다. 설악산에서 빙화한 그의 모습은 그를 버리고 미국으로 떠난, 변절한 애인의 가슴 속에 평생토록 녹지 않을 빙상으로서 남을 것이다. 해와 더불어 그 연인의 머리칼에 백발이 붙어 가고 그 얼굴에 주름이 더해가는 그 가슴팍에 얼어붙은 동식의 젊음은, 그 젊은 눈동자는 언제나 차갑게 눈을 뜨고 있을 것이었다.

그런데도 동식은 설악에서 얼음의 동상이 되지 못하고, 설악의 조난자들에게 대한 터무니없는 질투를 반추하면서 먼지처럼 지금 어두운 터널을 굴러가고 있는 것이다.

동식은 혼자 덕수궁 담을 끼고 걸었다. 사람들의 그림자가 드문 호젓한 길, 담벼락 위로 자욱이 쌓인 눈, 그 위로 넘실거리는 가지마다 꽃 핀 눈! 위트릴로의 설경도 이처럼 아름답진 못하리라고 생각했다. 설악산의 조난자들이 다시 뇌리를 스쳤다.

그들은 아무도 기다리는 사람이 없는 설악산으로 갔다. 영화관도, 다방도, 대폿집도, 도서관도 없는 험준한 산으로, 산이 거기 있다는 이유만으로 부모의 곁을 떠나 애인과 하직하고 거기에 갔다.

건강한 마음이 쫓는 허망(虛妄)이란, 병든 마음이 키우는 허망보다 더 허망하다.

태양처럼 찬란한 허망, 대양(大洋)처럼 넓은 허망 속에 그들의 건강과 의욕과 젊음은 수정처럼 결정(結晶) 할 수 있을까. 일체의 정열과 포부와 염원을 압축해서 한 알의 수정이 되리라는 사상엔 감동이 있다…….

신문으로 보는 설악산의 상황은 오늘도 비관적이었다. 우선 구조대가 현장에 도착하질 못한다니 딱한 일이다. 그러나 비정한 신문 기사를 통해서도 한 가닥의 기적을 비는 마음이 안타깝게 나타나 있다는 사실만이 위안이라고 할 수 있었다. 기적이 있을 수 있다면 얼마나 신나는 일일까. 파헤친 눈속에서 눈을 말똥말똥 뜨고 조난자들이 무사히 기어나올 수 있다면, 얼마나 반가운 일일까. 얼어붙은 육체에 서서히 온기가 돌고, 다시 숨을 쉬게 되는 기적이 나타날 수 있다면 얼마나 기쁜 일일까. 기적이 있기에 비는 마음이 있는 것이 아닌가. 기적이 없다면 기도하는 마음처럼 허무한 건 없다…….

설악산 조난자들의 시체가 전부 발견되었다는 소식이 있은 그 이튿날 동식은 설악산에 갔다 왔다는 어떤 산악회원을 찾아갔다. 가만 있을 수 없는 심정이라기보다 자신도 뭐가 뭔지 알 수 없는 감정에 솟구친 행동이었다.

그 산악회원은 조난현장을 소상하게 설명했다. 그런데, 그 설명 가운데 조난자들의 얼굴이 죄다 망가져 있더라는 말이 나오고, 정면에서 닥친 얼음 바위 때문에 순식간에 만사가 끝난 것 같더라는 얘기를 듣고 동식은 총총히 물러나 버렸다.

얼음의 동상이 되어 고귀하게 숨진 젊은이의 이미지가 일시에 무너지는 듯하면서 동식은 그 설명자를 미워했다. 그처럼 구체적으로 설명할 필요가 없지 않는가. 영원히 젊을 조난자들의 이미지를 그처럼 산문적으로 깨뜨릴 권리가 없지 않는가. 그러한 설명은 영웅적인 죽음을 일상적인 죽음의 비참으로 격하시켜 버리는 노릇이다. 누가 실질적인 설명을 하라고 요구라도 했던가. 누가 과학적인 설명을 원하기라도 했던가. 영웅을 이해하기 위해선 영웅적인 표현이 필요하다…….

나는 「줄부채」란 작품을 조난자들에게 대한 진혼의 뜻을 곁들여 쓴 것이지만, 그 이후 설악산을 생각할 땐 으레 그 조난사건을 상기하곤 했다. 나를 애당초 설악산과 결부시킨 것은 그 조난사건이었던 것이다.

그렇다고 해서 설악을 탓할 수 없는 것은 설악에 아무런 책임도 죄도 없기 때문이다.

설악의 마음은 그 규모만큼 크고, 동시에 그 경관만큼이나 아름답다. 그 큰 마음과, 그 아름다운 마음에서 인생의 철리(哲理)를 얻고자 할 땐 경건한 예의를 미리 갖추어야 하는 것이다.

경건한 예의란 무엇인가. 그 규모의 위대함과 경관의 아름다움과 그 변화무쌍한 매력을 향수(亨受)할 수 있기 위해선 사람으로서의 도리를 다해야 한다는 뜻이다.

그 조난사고가 있고 10년 여의 세월이 흘렀을 어느 봄철의 일이다. 어떤 부인 단체에서의 강연이 끝났을 때인데, 어느 부인이 「쥘부채」가 수록되어 있는 책을 내밀고 서명을 해달라고 했다.

"특별한 이유라도 있습니까."

하고 물었더니

"조난 사고를 당한 사람 가운데 제가 잘 아는 사람이 있어서요."

라고 하고, 그 즉시 나를 찾으려고 했으나 쑥스러워 그만두었다고 했다.

긴 얘기를 할 수 없었지만, 나는 그 여인을 그때 조난한 사람들 중의 하나의 애인이라고 짐작했다. 죽은 사람이 살아 있는 사람의 운명을 어떻게 할 순 없다. 그 여인은 애인의 죽음을 가슴 깊은 곳에 묻어

두고 결혼을 했을 것이었다.

나는 지금도 설악을 생각하면 그 조난사고와 그 여인의 모습을 상기한다.

설악은 그 외관의 신비로움으로서도 감동적이거니와 그것이 설악을 기리는 사람의 마음 내면에도 깊이 새겨져 있는 경관으로서도 의미가 깊다.

자연은 엄부(嚴父)처럼 엄하고 자모(慈母)처럼 자상한 성품으로 하여 인생에 있어서의 기막힌 은총이다.

그 조난사고 말고라도 설악산의 스토리는 숱한 비화(悲話)로서 엮을 수도 있다. 그러나 그 비화는 설악의 비화가 아니고 인간에 의한 인간의 비화라는 것을 명심할 필요가 있을 것으로 안다.

지리산학(智異山學)

지리산의 최고봉인 천왕봉 정상에 오른 필자와 MBC 카메라맨

웅장함과 슬픔 지닌 삼신산(三神山)

　'지이산(智異山)이라 쓰고 지리산이라고 읽는다'는 부제를 달고 『지리산(智異山)』이란 소설을 썼다. 지리산에 있어서의 자연과 인생을 쓸 작정이었지만, 이 작품 속의 인생은 파르티잔이라고 하는 인생 가운데서도 이례(異例)에 속하는 기이한 인생의 일부에 불과하고 자연이라고 했자 그 만분의 1에도 접근하지 못했다. 내가 『지리산』을 쓰기 위해 수집한 지식으로 쳐도 그 천분의 1이 활용되었을까 말까한 정도이다.

　다음에 공개되는 것은 어느 특지가의 도움으로 수집한 것이다. 산행에 따른 일체의 감상을 제외하고 지리산에 관한 사실만을 적어, 이른바 〈지리산학〉이 성립될 수 있는 것인지를 시험해보고 싶다. 아울러 지리산을 사랑하는 사람들에게 다소나마 기여하는 바가 있지 않을까도 한다.

　차례는 다음과 같다.

지리산 총론

산의 명칭

삼신산의 전설

지리산신 마야부인

위치

면적

공원구역 토지 소유별

행정구역

능선, 하천, 산정(山頂)

계곡, 재(嶺), 고원, 초원지

기후와 지질

산림

산약(山藥), 산채(山菜)

새, 짐승

산정(山井), 약수정(藥水井)

폭포와 소(沼)

사찰(寺刹), 고적, 사지(寺址), 국보, 보물

천연기념물, 절경과 명지(名池)

특산물

청학동(靑鶴洞)

주민의 생활

교통, 산장, 주차장 등

총론

지리산은 자연으로선 웅장 숭엄한 아름다움을 가지고, 역사에 있어선 한량없는 슬픔을 지닌 산이다.

내륙에서 해안까지 뻗은 험준한 수많은 능선 가운덴 해발 1천 미터가 넘는 봉우리만으로도 30여 개를 헤아린다. 수십 리나 되는 무인의 계곡이 그 수만큼이나 있다.

광대한 지역을 차지하고 있는 이 산은 태고의 원시림과 몇 개의 고원을 이루었는데 산죽(山竹)과 산과(山果)들의 덩굴이 얽혀 맹수들의 서식처일 수가 있고 산새들의 낙원이 되어 있다.

옥처럼 흐르는 계류는 수많은 폭포와 소(沼)를 엮고 갖가지 산화(山花)가 철따라 화려한 그림을 펼친다. 산채, 약초가 그윽한 향기를 풍기고 고사목과 괴암들이 대자연의 신비를 아로새겼다.

골짜기의 찬 바람과 산마루의 흰구름이 상화(相和)하는 가운데 첩첩 영봉들은 구름 위에 의연하여 산행자의 심금을 무아선경(無我仙境)으로 이끌고, 약한 자들의 의지를 당혹하게도 한다.

신라시대엔 이곳에 2천여의 사찰과 암자가 있었다고 전한다. 바로 불도의 화원이었던 것이다. 일찍이 중국사람들은 영주산, 봉래산과 더불어 이 산을 동방의 삼신산이라고 불러 장생불사케하는 불로

초가 있는 곳으로 믿었다.

고운 최치원(孤雲 崔致遠)을 비롯하여 수많은 문인묵객이 이 산을 즐기고 도심(道心)과 시상(詩想)을 가꾸었다고 전한다.

산의 명칭

- 두류산(頭流山)=백두산맥이 순하게 흘러내려 천왕봉을 이루었 다는 뜻에서 비롯된 이름이다.
- 방장산(方丈山)=불도의 마음으로 불려진 두류산의 별명이다.
- 지리산(智異山)=일찍이 이성계가 왕위를 찬탈할 야심을 품고 기도를 올렸더니 백두산, 금강산은 승락을 하였는데 지리산의 산신만은 이에 응하지 않았다고 하여 '지혜와 다르다'는 뜻으 로 이렇게 불렀다고 한다.
- 삼신산(三神山)=일찍이 중국인이 영주산 봉래산과 더불어 이 산을 동방의 삼신산이라고 불렀다. 그 유래는 알 수가 없다. 부 정한 사람이 오르면 정상은 구름에 덮이고 바람이 불고 비가 내린다. 목욕재계하고 올라야 할 산으로 되어 있다. 그런데 이 상한 것은 내가 오를 때마다 천왕봉은 맑았다. 지난 1985년 10 월 〈지리산의 사계〉를 촬영하기 위한 MBC의 취재 팀과 같이 천왕봉을 올랐는데 그때도 날씨는 쾌청이었다. 내가 가기 전 MBC 팀은 네 번이나 천왕봉에 올랐는데도 그때마다 비바람

이 심해 제대로 촬영을 못했다면서 그날의 쾌청을 내 덕분이
라고 해서 으쓱했다.

삼신산과 전설

진시황이 6국을 통일하고 그 권세가 절정에 이르렀을 때 장생불
사할 방도를 찾게 되었다. 이때 제인(齊人)서불(徐市)이라고 하는 자
가 해중(海中)에 삼신산이 있는데 그 이름이 영주, 봉래, 방장산이라
고 하고 그곳에 가면 불사약을 구할 수 있을 것이라고 아뢰었다. 진
시황은 동남녀(童男女) 수천 명을 데리고 가서 불사약을 구해오라고
했다. 그런데 서불은 끝내 방장산, 즉 지리산을 찾지 못하고 일본까
지 가서 그곳에서 죽었다. 수행한 동남녀는 그에게 신무천황(神武天
皇)이라는 존호를 올려 장사지냈다고 한다.

지리산 신

태고에 옥황상제가 마야부인(麻耶夫人)으로 하여금 지리산을 수
호하라고 일렀다. 마야부인은 곧 지리산의 주신(主神)이다. 신라의 어
느 왕 때인가 꿈에 마야부인이 나타나 지리산 천왕봉에 사당을 지어
경주의 옥석으로 자기의 상을 조각하여 그 사당에 모시라고 했다. 그
리고 철마 2기와 역시 철로 만든 사자상 두 마리를 진열하여 지리산

일대의 잡신들을 통솔하게 했다.

마야부인 상을 만들고 난 즉시, 자궁병으로 아이를 낳지 못했던 왕후가 곧 아기를 낳았다고 하여, 그 후 마야부인은 아기를 갖고자 하는 여인들의 숭앙 대상이 되었다.

30년 전의 일이다. 경남 산청군 삼장면에 사는 최기조(崔基祚)란 사람이 내원사(內源寺)를 중수하고 마야부인 상을 법당에 모시고자 운반하는 도중 석상의 허리를 다쳤다. 인근 주민들의 원성이 높아지자 최 씨는 다친 부분을 시멘트로 보수하고 다시 제자리에 갖다 놓았다. 얼마 후 최 씨는 횡사했다.

현재 사당은 없어졌으나 마야부인의 석상은 천왕봉 부근에 안치되어 있다.

위치

한반도의 남쪽 소백산맥의 종단에 위치하고 있으며 경남의 서부, 전북의 동부, 전남의 북동부를 점한다.

지리산 전역＝동경 127°22′ ~128° 북위 35°5′ ~35°30′

공원지역＝동경 127°28′ ~127°50′ 북위 35°13′ ~35°27′

경남지역＝동경 127°36′ ~127°50′ 북위 35°13′ ~35°25′

면적

지리산 전역의 면적 1,500㎢

공원면적

경남 하동군 84.28㎢   전북 남원군 107.78㎢

경남 산청군 94.74㎢   전남 구례군 87.28㎢

경남 함양군 64.84㎢

공원구역 토지 소유별(경남)

국유림 196㎢   사(私)유림 35㎢

사(寺)유림 13㎢

공원지역 행정구역

3개 도, 5개 군, 15개 면.

경상남도

• 하동군 화개면=대성리, 범왕리, 운수리, 용강리 등 4개 리.

　　　청암면=묵계리 1개 리.

• 산청군 금서면=오봉리, 수철리 등 2개 리.

　　　삼장면=대포리, 유평리, 내원리, 석남리, 평촌리 등 5개 리.

　　　시천면=중산리, 내대리, 동당리, 신천리, 우천리 등 5개 리.

• 함양군 마천면=추성리, 강청리, 덕전리, 삼정리, 군자리 등 5개 리.

　　　휴천면=송전리, 운서리 등 2개 리.

전라북도

• 남원군 주천면=덕치리, 호경리, 고기리 등 3개 리.

　　　산내면=입석리, 덕동리, 내령리, 부운리 등 4개 리.

　　　동면=인월리, 중군리 등 2개 리.

　　　운봉면=주촌리, 공안리, 산덕리, 용산리, 화수리 등 5개 리.

전라남도

• 구례군 토지면=문수리, 내서리, 구산리, 파도리, 내동리 등 5개 리.

　　　광의면=방광리 1개 리.

　　　산동면=관산리, 좌사리, 위안리, 수기리 등 4개 리.

　　　마산면=마산리, 황전리 등 2개 리.

(지리산 전역은 6개 군 20개 면)

능선

동

구곡능선=세리봉-국사봉-구곡산

조개능선=세리봉-조개산-대암산

성불능선=하산봉-독바위봉-성불산-깃대봉-도토리봉

달뜨기능선=기산-웅석봉-임골용-감투봉-후산.

서

서일능선=노고단-차일봉(종석대)-서일봉

간미불능선=차일봉-지초봉

덕두능선=차일봉-만복대-세계산-덕두봉. 만복대에서 소백산맥.

남

삼신능선=영신봉-삼신봉-오봉산-주산-삼신봉-시루봉 또는
　　　　　형제봉

팔백능선=토끼봉-팔백고지

불부장등능선=반야봉-삼동봉-황장산

왕시루능선=노고단-왕시루봉

형제능선=노고단-형제봉.

북

상투능선=독바위봉-상투봉

백무능선=제석봉-창암산

삼정능선=삼각고지-삼정산.

(지리산맥 해발 1,350미터 이상을 동서로 약 50킬로미터, 북쪽은 가파른 급경사를 이루고, 동남서는 수많은 능선과 깊은 계곡을 이룬다)

하천

• 남강=임천강 경호강
　　　　덕천강　　〉진양호-남강-낙동강

• 섬진강=횡천강(청암, 횡천), 화개천(화개), 연곡천(토지면, 피아골),

마곡천(화엄사곡), 서시천(광의면, 산동면).

임천강은 남강 상류의 명칭이다. 지리산 일대의 하천 가운데 제일 가는 협곡을 이루며, 이 유역을 '동구마천'이라 부른다. 경남 제일의 산골이라고 일컫는다. 지그재그형의 협소한 계곡을 흐르는 계류는 맑고 차갑다.

경호강은 남강의 상류인 임천강이 산청에 이르면 맑고 부드러운 물결로 변한다. 왕산과 웅석봉의 기슭을 굽이도는 경호강은 거울같은 물결과 백설같은 흰 모래로서 아름답기만 하다.

덕천강은 시천면 삼장면의 두 골 물이 합하여 이 덕문 좁은 계곡으로 빠져 진양호로 들어가는 이 강물이 화살처럼 빠르다고 하여 시천(矢川)이라고도 한다.

지리산의 주봉인 천왕봉, 중봉, 하봉, 써리봉, 제석봉, 삼신봉, 촛대봉을 발원으로 하는 덕천강을 두고 조식(曺植) 선생이 지은 시가 있다.

화개천은 지리산맥을 북으로 병풍처럼 둘러 남쪽으로 향해 섬진강으로 들어가는 이 강은 십 리에 걸쳐 벚꽃으로 장식된 청류이다. 덕천강 임천강과 더불어 맑은 강으로 이름이 높다. 이 강을 중심으로 많은 약수정이 있고 쌍계사가 있다.

하동포구 팔 십리에 물결이 맑고

하동포구 팔 십리에 인정이 곱소.

쌍계사 종소리를 들어보면 알께요.

개나리도 정답게 피어납니다.

하동의 노래는 쌍계사의 정서로서 정답다.

다음은 지리산 정상, 해발 1,500미터 이상의 봉우리 18개를 소
개하겠다.

높은 봉우리와 재

1,500m 이상 산정(山頂)

* 천왕봉(天王峯)=해발 1,915m. 산청군 시천면과 함양군 마천면
  의 경계에 있는 봉우리. 지리산의 최고봉.

* 중봉(中峯)=해발 1,885m. 산청군 시천면 삼장면과 함양군 마
  천면의 어우름에 있는 봉이다. 지리산 제 2봉. 형제봉이라고
  도 부른다.

* 제석봉(帝釋峯)=해발 1,806m. 산청군 시천면과 함양군 마천면
  의 경계. 천왕봉에서 서쪽으로 3m의 상거에 있다.

* 하봉(下峯)=해발 1,780m. 산청군 삼장면, 함양군 마천면의 경
  계.

* 반야봉(般若峯)=해발 1,728m. 전북 남원군 산내면, 전남 산동
  면의 경계. 지리산 전라 지구에서의 최고봉.

* 삼신봉(三神峯)=해발 1,720m. 산청군 시천면, 함양군 마천면의
  경계에 있다. 천왕봉에서 서쪽으로 4m의 상거.

- 촛대봉=해발 1,682m. 산청군 시천면, 함양군 마천면 경계. 세석고원(細石高原)에서의 최고봉.

- 연하봉=해발 1,667m. 산청군 시천면, 함양군 마천면 경계. 촛대봉에서 동으로 1km의 상거.

- 서리봉=해발 1,640m. 산청군 시천면과 삼장면의 경계. 지리금강(智異金剛)이라고도 한다. 경관이 절승이다.

- 영신대(靈神臺)=해발 1,625m. 함양군, 산청군, 하동군 등 3군의 경계에 있다. 세석 고원의 서북봉(西北峯)이다.

- 두리봉=도리봉이라고도 한다. 해발 1,616m. 함양군 마천면 추성리. 하봉으로 북쪽으로 1km의 상거.

- 삼각고지(三角高地)=해발 1,586m. 남원군 산내면, 함양군 마천면, 하동군 화개면의 경계.

- 칠성봉(七星峯)=해발 1,556m. 함양군 마천면, 하동군 화개면 경계.

- 시리봉=해발 1,546m. 산청군 시천면 내대리. 세석고원의 동쪽 고원.

- 토끼봉=해발 1,522m. 하동군 화개면, 남원군 산내면 경계.

- 삼도봉=해발 1,512m. 전북, 전남, 경남의 삼도 경계봉.

- 덕평봉=해발 1,510m. 하동군 화개면, 함양군 마천면 경계.

- 노고단(老姑壇)=해발 1,507m. 전남 구례군 토지면, 마산면, 산동면의 경계. 지리산 서부의 최고봉.

이상 18개 봉.

1,000m 이상 산정(山頂)

- 조개봉=해발 1,470m. 산청군 삼장면 유평리 조개골.

- 형기봉=해발 1,463m. 화개면, 산내면 경계.

- 촛대봉=해발 1,446m. 함양군 마천면 추서일 칠선계곡.

- 꽃대봉=해발 1,442m. 함양군 마천면, 하동군 화개면 경계.

- 불무장등(不無長登)=해발 1,425m. 구례군 토지면, 하동군 화
  개면 경계.

- 만복대(萬福臺)=해발 1,424m. 남원군 산내면, 구례군 산동면
  경계.

- 내판봉=해발 1,423m. 구례군 토지면, 산동면 경계.

- 차일봉=해발 1,357m. 구례군 마산면, 광의면, 산동면 경계.

- 문창대(文昌臺)=해발 1,355m. 산청군 시천면 중산리 법계사
  앞.

- 삼신봉(三神峯)=해발 1,355m. 하동군 화개면, 청암면의 경계.

- 세걸산(世傑山)=해발 1,344m. 남원군 산내면, 운봉면 경계.

- 독바위봉=해발 1,328m. 함양군 마천면, 산청군 금서면, 삼장면
  경계.

- 고리봉=해발 1,304m. 남원군 주천면, 산동면 경계.

- 삼정산=해발 1,245m. 남원군 산동면, 함양군 마천면 경계.

- 왕시루산=해발 1,214m. 구례군 토지면 남산, 문수리 경계.

- 바래봉=해발 1,165m. 남원군 운봉면, 산내면 경계.

- 덕두봉(德頭峯)=해발 1,156m. 남원군 운봉면, 산내면, 동면 경계.

- 형제봉(兄弟峯)=해발 1,115m. 하동군 화개면, 악양면 경계.

- 웅석봉(熊石峯)=해발 1,099m. 산청군 금서면, 삼장면, 단성면 경계.

- 국사봉=해발 1,038m. 시천면, 삼장면 경계.

- 대암산(大岩山)=해발 1,035m. 산청군 삼장면 유평리.

- 성불산(城佛山)=해발 1,024m. 산청군 삼장면, 금서면 경계.

이상 22개 봉

1,000m 이하의 주요 산정(山頂)

- 대뱅이산=해발 996m. 하동군 청암면.

- 시루봉=해발 991m. 하동군 악양면.

- 구곡산(九谷山)=해발 961m. 산청군 시천면.

- 8백고지=해발 959m. 하동군 화개면.

- 황장산(黃張山)=해발 942m. 하동군 화개면, 구례군 토지면 경계.

- 깃대봉=해발 936m. 산청군 삼장면.

- 왕산(王山)=해발 924m. 산청군 금서면.

- 창암산(窓岩山)=해발 923m. 함양군 마천면.

- 임골용=해발 918m. 산청군 단성, 삼장, 시천 3면 경계.

- 감투봉=해발 910m. 삼장면, 시천면 경계,

- 오송산(蜈蚣山)=해발 916m. 함양군 마천면 삼정리.

- 오봉산=해발 미상. 산청군 시천면, 하동군 청암면 경계.

- 도토리봉=해발 미상. 산청군 삼장면.

- 주지암산=해발 미상. 남원군 운봉면,

- 기초봉=해발 미상. 구례군 광의면.

- 서일봉=해발 미상. 구례군 광의면.

- 법화산=해발 미상. 함양군 마천면, 휴천면 경계.

- 필봉산(筆峯山)=해발 미상. 산청군 금서면.

- 형제봉(兄弟峯)=해발 908m. 구례군 마산면, 토지면 경계.

재(嶺)

- 장터목재=해발 1,640m. 산청군 시천면 중산리와 함양군 마천면 백무동을 이은다. 연장 20km.

- 벽소령=해발 1,320m. 하동군 화개면 신흥리와 함양군 마천면 덕전리를 이은다. 연장 20km.

- 임걸령=해발 1,310m. 구례군 토지면과 구례군 산동면 심원을 이은다. 연장 18km.

• 천막재=해발 1,310m. 하동군 화개면 신흥리와 남원군 산내면 반선리를 이은다. 연장 22km.

• 박단재=해발 1,280m. 하동군 화개면 대성리와 산청군 시천면 내대리를 이은다. 연장 14km.

• 쑥밭재=해발 1,250m. 산청군 삼장면 유평리와 함양군 마천면 추성리를 이은다. 연장 20km.

• 코재=해발 1,240m. 구례군 마산면 화엄사와 구례군 산동면 심원을 이은다. 연장 13km.

• 정령재=해발 1,180m. 남원군 주천면 고사리와 구례군 산동면 심원을 이은다. 연장 12km.

• 바다재=해발 1,120m. 구례군 산동면 위안리와 구례군 산동면 심원을 이은다. 연장 8km.

• 물갈림재=해발 1,110m. 산청군 시천면 중산리와 산청군 삼장 면 고산평지를 이은다. 연장 12km.

• 섬삼재=해발 1,100m. 구례군 광의면 천은사와 구례군 산동면 심원을 이은다. 연장 15km.

• 질매재=해발 1,090m. 구례군 토지면 문수리와 구례군 토지면 피아골을 이은다. 연장 10km.

• 영원재=해발 1,080m. 남원군 운봉면 산덕리와 남원군 산내면 외령을 이은다. 연장 10km.

• 팔랑재=해발 1,020m. 함양군 마천면 양전동과 남원군 사내면

의분을 이은다. 연장 8km.

• 내원재=해발 990m. 하동군 화개면 석문리와 하동군 청암면 묵계리를 이은다. 연장 14km.

• 성불재=해발 980m. 산청군 금서면 지막리와 산청군 삼장면 유평리를 이은다. 연장 10km.

• 원강재=해발 950m. 하동군 화개면 신촌리와 하동군 악양면 평촌리를 이은다. 연장 14km.

• 느진목재=해발 960m. 구례군 토지면 문수리와 구례군 토지면 남산리를 이은다. 연장 12km.

• 왕릉재=해발 930m. 산청군 금서면 지막리와 산청군 삼장면 대원사를 이은다. 연장 10km.

• 묵계재=해발 825m. 산청군 시천면 내대리와 하동군 청암면 묵계리를 이은다. 연장 8km.

• 외고개=해발 825m. 산청군 금서면 오봉리와 산청군 삼장면 유평리를 이은다. 연장 10km.

• 회남재=해발 750m. 하동군 악양면 평촌리와 하동군 청암면 묵계리를 이은다. 연장 9km.

• 밤재=해발 790m. 구례군 마산면 화엄사와 구례군 토지면 문수리를 이은다. 연장 7km.

• 오강재=해발 980m. 구례군 산동면 위안리와 남원군 주천면 고사리를 이은다. 연장 10km.

- 수락재=해발 800m. 구례군 산동면 수기리와 남원군 주천면 용궁리를 이은다. 연장 8km.

- 톱지재=해발 400m. 산청군 금서면 지리와 산청군 금서면 화개리를 이은다. 연장 6km.

- 당재=해발 620m. 하동군 화개면 범왕리와 구례군 토지면 평도를 이은다. 연장 6km.

- 새깨미재=해발 650m. 하동군 화개면 용강리와 구례군 토지면 중기를 이은다. 연장 6km.

- 쌍재=해발 520m. 산청군 금서면 지막리와 산청군 금서면 오봉리를 이은다. 연장 8km.

- 밤머리재=해발 500m. 산청군 금서면 평촌리와 산청군 삼장면 법계리를 이은다. 연장 7km.

- 갈티재=해발 440m. 산청군 시천면 내공리와 하동군 청암면 갈티를 이은다. 연장 6km.

- 길마재=해발 484m. 하동군 청암면 궁항리와 하동군 청암면 장재터를 이은다. 연장 6km.

- 버드내재=해발 1,300m. 하동군 청암면 묵계리와 하동군 화개면 사리암을 이은다. 연장 10km.

지리산의 기후

해발 1,350m이상의 높은 봉우리가 약 50km에 걸쳐 연결되고 있는 지리산맥이 동서를 준엄하게 가로막고 있으므로 우리나라의 주계절풍(主季節風)인 여름철의 동남풍과 겨울철의 북서풍의 기세가 다소 꺾이지 않을 수가 없다.

남부지방인 산청, 하동, 구례 등지엔 여름에 강우량이 많고 북부지방인 남원, 함양 등지엔 겨울철의 적설량(積雪量)이 많다.

북부지방과 남부지방의 기온 차이는 20일 가량이 된다. 남쪽에선 꽃이 일찍 피고, 북쪽에선 단풍이 일찍 든다. 남쪽의 따뜻한 양지쪽엔 파란 풀이 돋아나 있는데, 북쪽은 아직 눈과 얼음에 덮여 있는 대조를 보이는 것이다. 특히 칠선계곡과 한신계곡은 4월 말, 5월 초가 되어야 얼음이 녹는다.

천왕봉, 중봉, 하봉, 제석봉은 항상 구름에 덮여 있다. 맑은 날씨에도 계곡의 기류가 상승하여 곧 구름으로 변하기 때문에 청명한 지리산의 모습을 보기는 쉽지 않은 일이다.

천왕봉의 최고 기온은 섭씨 25도, 최저 기온이 섭씨 영하 30도이다.

최고 풍속은 초속 50m.

최고 적설은 1,500mm.

천왕봉 북부의 최고 기온은 섭씨 37도. 최저가 섭씨 영하 8도.

최고 적설은 500mm.

연평균 강우량은 1,000mm.

천왕봉 남부의 최고 기온은 섭씨 38도. 최저 기온은 섭씨 영하 14도.

최고 적설 100mm.

연평균 강우량 1,600mm.

지리산의 기온 변화에 따라 대강을 적어보면

눈 오는 시기는 10월 초순, 눈 녹는 시기는 3월 말.

얼음 녹는 시기는 4월 말~5월 초.

잎이 피는 시기는 남부가 4월 초순, 북부가 4월 중순.

단풍이 드는 시기는 북쪽이면 10월 중순, 남쪽이면 10월 말.

아름다운 73개의 계곡

봉우리와 재가 지리산의 위신이라고 하면 계곡은 지리산의 실질 (實質)이다. 더러는 취락이 있는 계곡, 더러는 무인(無人)의 계곡. 숱한 애화(哀話)와 정담(情談)을 묻어 두고 대소 73개의 계곡이 아름답다.

- 법계(法界)골=웅석봉, 도토리봉을 발원으로 하여 산청군 삼장 면 명산으로 빠진다. 연장은 9킬로미터. 지곡(支谷)은 딱밭실 골, 딱대실골, 악대실골, 도장골.
- 유평(油坪)골=유돌골. 중봉, 하봉, 독바위봉에서 발원, 산청군 삼장면 평촌리로 빠진다. 연장 24킬로미터, 지류의 계곡은 조 개골, 신밭골, 밤밭골, 소마골.
- 내원골=써리봉, 국사봉을 발원으로 하여 산청군 삼장면 대포 리로 빠진다. 연장 6킬로미터. 지곡은 남수골, 물방아골, 외탕 골, 장다리골.
- 막은담골=임공용에서 발원, 시천면 사리로 빠진다. 연장 8킬

로미터. 지곡은 절골.

- 반천(反川)골=주산, 오봉산에서 발원, 산청군 시천면 외공리로 빠진다. 연장 8킬로미터. 지곡은 고운동, 배바위골, 자산골.

- 백운골=임골용에서 발원, 단성면 백운으로 빠진다. 연장 7킬로미터.

- 내대골=세석평전, 연하봉, 삼신봉에서 발원, 산청군 시천면 신천리 곡점으로 빠진다. 연장 17킬로미터. 지곡 도장골, 거림골, 청내골, 고동골.

- 중태골=깃대봉에서 발원, 시천면 사리로 빠진다. 연장 6킬로미터.

- 중산골=천왕봉, 제석봉, 중봉, 써리봉에서 발원하여 산청군 시천면 곡점으로 빠진다. 연장 20킬로미터. 지곡은 용수골, 칼바위골, 통신골, 천자암골.

  이 가운데 통신골은 '죽음의 골'이라고도 불린다. 천왕봉에서 남쪽으로 험준하게 파인 골짜구니의 푸른 암석 위로 명주폭 같은 물이 떨어지는 특유의 폭포이며 계곡이다.

- 금서골=성불산, 깃대봉을 발원으로 하여 산청군 금서면 매촌리로 빠진다. 연장 14킬로미터. 지곡은 밤미리골, 뱀골, 절골, 대밭골.

- 오봉골=독바위봉, 성불산에서 발원하여 금서면 임천강으로 빠진다. 연장 12킬로미터. 지곡은 절안골, 가현골, 쌍재골.

- 청암골=삼신봉에서 발원, 하동군 횡천면으로 빠진다. 연장 30킬로미터. 지곡은 학동골, 회동골.
- 추성골=천왕봉, 중봉, 하봉, 제석봉에서 발원하여 함양군 마천면 의탄리로 빠진다. 연장 16킬로미터. 지곡은 광점골, 국골, 칠선계곡(칠선계곡).
- 악양골=시루봉에서 발원, 섬진강으로 빠진다. 연장 12킬로미터. 지곡 청학이골.
- 백무동골=촛대봉, 연하봉, 삼신봉에서 발원, 함양군 마천면 강청리로 빠진다. 연장 14킬로미터. 지곡은 바른재골, 곧은재골, 가장이골, 한신골.
- 광대골=벽소령에서 발원, 함양군 마천면으로 빠진다. 연장 14킬로미터. 지곡은 삼정골, 영원사골.
- 화개골=영신대, 칠성봉, 벽소령, 덕평봉, 삼각고지, 토끼봉, 삼도봉을 발원으로 하여 하동군 화개면에서 섬진강으로 빠진다. 연장 28킬로미터. 지곡은 세계골, 대성골, 삼정골, 빗점골, 영동골, 범왕골, 수곡골, 단천골, 내원골, 고사골.
- 산내골=삼각고지, 토끼봉, 삼도봉, 반야봉, 노고단, 만복대, 세걸산을 발원으로 하여 남원군 산내면 임천강으로 빠진다. 연장 28킬로미터. 지곡은 외운골, 내령골, 부운골, 덕동골, 외야골, 심원골, 뱀사골.
- 피아골=노고단, 삼도동(날날이봉)을 발원으로 하여 구례군 토

지면 섬진강으로 빠진다. 연장 24킬로미터. 지곡은 피아골, 당재골, 내서골.

- 화엄사골=노고단에서 발원, 구례군 마산면으로 빠진다. 연장 10킬로미터.
- 천은사골=종석대에서 발원, 구례군 광의면으로 빠진다. 연장 10킬로미터.
- 문수골=노고단에서 발원, 구례군 토지면의 섬진강으로 빠진다. 연장 14킬로미터. 지곡은 중매골, 문수골.
- 주천골=정령재에서 발원, 남원시로 빠진다. 연장 20킬로미터. 지곡 고사골.
- 산동골=만복대에서 발원하여 구례군 산동면으로 빠진다. 연장 10킬로미터. 지곡은 위안골, 좌사골, 수락골.

다음 중요한 골짜기에 대한 설명을 붙여둔다.

유돌골

유평계곡은 삼장면 평촌리에서 내원사골로 들어가는 곳을 말한다. 평촌에서 3킬로미터쯤 서북으로 한길을 따라 올라가면 노루목에서부터 울창한 송림이 시작된다. 이 숲길을 대원사를 지나 2킬로미터쯤 거슬러 오르면 유평 즉 유돌골 부락이 옹기종기 나타난다. 이 부락에서 등산로를 3킬로미터 오르면 유명한 '성불의 고개 평원'이 있다.

여기서 다시 계곡을 좌측으로 굽어들어, 개울을 넘나들며 깊은 숲을 따라 오르면 새재에 이른다. 이곳에서 쑥밭재로 오르는 길이 있다.

계곡을 다시 서남쪽으로 굽어 오르면 중봉을 향하게 된다. 이곳부터가 조개골이란 무인지경이다. 무슨 까닭인지 이곳엔 조개껍질이 많다. 잘못하면 동서남북의 방향 감각을 잃어 버린다.

용수골

시천면 중산리에서 2킬로미터쯤 오르면 좌측이 칼바위골, 우측은 순두류로 가는 길이다. 다시 3킬로미터를 가면 순두류 평원이 나오고 신선너덜이 있다. 계곡은 깊은 숲속에 덮여 있다. 써리봉을 향해서 오르는 계곡이 용수골이다. 좁은 절벽에 용추폭포가 걸려 있다. 얼마 가지 않아 작은 용소(龍沼)를 보게 된다. 이것을 '마야 독녀탕'이라고 한다. 또 얼마를 오르면 낙차 5미터 가량의 무명폭포가 있다. 여기에서 써리봉의 기슭을 따라 중봉, 천왕봉 사이로 비집고 들어선다.

칼바위골

산청군 시천면 중산리에서 법계사로 오르는 계곡을 말한다. 법천폭포(法川瀑布)를 비롯하여 두 개의 웅장한 폭포가 있다. 마지막의 유암폭포에서 통신골로 접어든다.

반천골

시천면 외공리에서 반천리로 들어가는 계곡이다. 중간에 전설적인 '최고운(崔孤雲)바위'가 있고, '고운동(孤雲洞)'이 있다. 고운동엔 청학동의 비결을 지키는 사람들이 옛날부터 몇 세대인가 살고 있다.

도장골

시천면 곡점에서 좌측으로 접어들면 내대골이다. 세석평전으로 오르는 유일한 길이다. 내대리 거림까진 마을이 있고, 그곳에서 좌측으로 세석을 향한 계곡이 거림골이다. 이곳에서 우측 삼신봉으로 오르는 골이 도장골이다. 무인지경의 계곡이다. 두 개의 용소와 반석 위로 흐르는 옥류(玉流)가 가관이다.

청암골

하동군 횡천면에서 횡천강을 따라 청암면 묵계리에 이르는 계곡이다. 강물 따라 굴곡이 심한 심심유곡이다. 이곳에 사는 사람이 있을까 싶지만 삼신봉 아래까지 마을이 연해 있다. 학동이란 부락에서 삼신봉의 수림지대가 시작된다. 청학동이란 전설을 지키고 산다. 사내아이들이 머리를 땋아 늘이고 있다. 어른들은 상투를 틀고 부녀들은 전통적인 낭자를 하고 있다. 이곳에선 시간의 흐름이 정지된 느낌을 갖게 된다.

칠선계곡(七仙溪谷)

이 나라 삼대미곡(三大美谷)의 하나로 꼽힌다. 함양군 마천면 추성골을 접어들어 천왕봉으로 오르는 깊은 계곡이다. 칠선녀가 하늘에서 내려와 목욕을 했다는 전설이 방불하게 느껴질 만큼 연이어진 폭포와 용소가 옥류를 이루고 있는 것이 신비롭다. 하늘을 덮은 숲, 계곡의 굴곡을 이룬 기암과 괴석 등으로 칠선계곡은 절승(絶勝)의 이름이 아깝지 않다.

국골

추성리에서 오른쪽으로 치닫는 골이 칠선계곡이며, 좌측으로 하봉까지 이르는 골이 국골이다. 가락국이 망할 때 왕이 이 골에 와서 피난했다고 하여 '국골'이란 이름이 붙었다. 그 당시의 토성(土城)이 군데군데 남아 있고, 석막(石幕)과 동굴의 흔적이 있다. 두리봉, 하봉, 촛대봉 등의 험준한 절벽이 말굽형으로 둘러쳐져 있어 천연의 요새라고 할 만하다.

한신계곡

한없이 넓고 깊다는 뜻에서 이 이름이 생겨났다고 한다. 가내소 폭포를 비롯하여 12폭포, 못사막 등의 절경으로 계곡의 심부는 무인지경이다.

뱀사골

남원군 산내면에서 남서(南西)로 접어든 곳에 있는 골짜기가 산내골이다. 이 계곡이 뱀처럼 돌아 8킬로미터쯤 들어가면 좌측이 뱀사골, 우측이 심원골이다. 두 골은 반야봉에서 발원된 것인데, 이 계곡엔 폭포는 없지만 맑은 물이 숲을 누비고 흐르는 경관이 기막히다. 이곳 역시 무인지경으로 전북 지구의 수일의 명승이다.

피아골

구례군 토지면 연곡에서 삼도봉(날날이봉)에 이르는 계곡을 말한다. 평도 부락에서 약 4킬로미터의 임산도를 오르면 피아골에 들어서게 된다. 지리산 일대에선 이 계곡의 산림이 제일이다. 예부터 이 골엔 도적이 많다고 되어 있었다. 어찌 이 골뿐이랴만, 피아골은 6 · 25 때 파르티잔의 근거지로서 또는 격전지로서 알려져 있다.

화개골

하동군 화개면에서 북으로 화개천을 따라 벽소령으로 접어드는 계곡이다. 화개골은 수십 개의 계곡이 부챗살 모양으로 퍼진 무인지경 골짜기를 많이 갖고 있는데, 옛날부터 도적들이 근거지로 하고 있었던 것이다.

화개면 신흥에서 좌로 영동골, 우로는 단천골, 수곡골, 세계골, 빗점골 등의 깊고 험한 계곡이 있다. 특히 세계골, 빗점골, 영동골 등은 유명하다. 세석평전, 벽소령, 반야봉 등을 오를 수 있는 길이다. 십 리 벚꽃길 따라 개울에 오르면 맑은 흐름이 구슬과 같다. 쌍계사, 불일폭포, 칠불암 등의 명승고적도 이 근처에 있다.

화엄사골

구례읍에서 노고단으로 오르는 계곡이다. 단풍의 계절엔 특히 이 계곡의 풍광이 아름답다.

천은사골

구례군 광의면에서 천은사에 이르면 종석대(차일봉)를 향하여 오르는 계곡이 있다. 이곳이 천은사골이다. 사계를 통해 풍광이 아름답지만 특히 단풍의 계절엔 차일봉이 타오르는 불꽃처럼 황홀한 아름다움이다. 구례에서 산동면 심원리까지의 도로가 개통되어 있고, 노고단까지의 도로도 개통되어 있다.

심원골

노고단과 반야봉 사이에 광활한 수림지대가 곧 심원골이다. 이 골은 북동으로 굽어 산내면 반선까지의 계곡을 말한다. 심원골 깊은 곳에 가면 화전민(火田民)을 만날 수가 있다. 6 · 25 때에도 그 화전민들은 살아 남았다고 하니 강인한 생활력이다.

문수골

노고단에서 섬진강에 이르는 남쪽 계곡을 말한다. 왕시루봉과 형제봉을 누비는 계곡이다.

오봉골

산청군 금서면 임천강에서 독바위봉으로 거슬러 오르는 계곡이다.

광댓골

함양군 마천에서 남으로 태양을 가리고 동서를 가로막고 있는 벽소령으로 오르는 계곡이다. 지금은 화개까지 도로가 개통되어 있다.

활목이골

하동군 옥종면에서 갈티골로 들어가 오봉산까지 오르는 계곡을 말한다. 그곳에서 고개를 넘으면 청암 묵계골이다. (내 조부님의 무덤이 활목이 골에 있다. 활목이를 한자로 쓰면, '弓項'으로 된다)

위안골

구례군 산동면에서 성삼재를 뚫은 계곡. 노고단의 물을 성삼재에

굴을 뚫어 이 골로 넘기고 있는 것이 특색.

주천골

남원군 주천면 호경리에서 정령재에 이르는 계곡이다. 구룡폭
포까지 가파른 산세이다. 폭포를 지내면 운봉고원 지대가 나타난다.

입석골

산청군 단성면 남사리에서 서북으로 웅석봉으로 오르는 계곡
이다.

(이 밖의 계곡은 생략)

호사스러운 고원(高原)

세석고원

산청군 시천면 내대리 거림골 상단(上端) 촛대봉과 영신대(靈神臺) 사이에 위치한다.

해발 1,500미터에서 1,600미터, 경사 15도, 면적은 2평방 킬로미터, 지리산 제1의 고원이다.

준열한 봉우리, 깊은 계곡과 아울러 어떻게 이러한 고원을 배치할 배려까지 있었을까 하고 생각하면 새삼스럽게 조화의 섭리가 얼마나 영특한지를 느끼게 된다.

고원은 지리산이라고 하는 교향시에 있어서 명상의 부분을 차지한다. 가파른 비탈길을 올라와 이곳에서 잠시의 소요(消遙)를 갖게 된다는 뜻만으로서가 아니라 스스로를 찾게 하는 그 무엇 때문이다.

지리산의 중앙을 이룬 세석고원은 철쭉꽃을 비롯하여 다종 다양한 산화(山花)로써 철 따라 그윽한 화원을 이룬다.

뿐만이 아니다. 북으로 한신계곡, 남으로 화개골, 거림골을 굽어

보는 경관이 그럴 수가 없다. 병풍처럼 한 세계골의 절벽, 석각봉, 시리봉도 이곳에서 보면 독특한 운치이다.

전나무, 떡갈나무가 우거진 숲과 초원의 조화를 이루어, 현세를 초월하고 싶은, 또는 염리(厭離)하고 싶은 사람들이 이곳에 다소곳한 생활공간을 꾸며보고 싶은 충동을 자극하기도 한다. 그런 까닭이 있을 것이다. 반세기 전 서양인들은 이곳의 경관을 절찬했다.

어떤 사람들은 이곳을 지리산의 청학동(靑鶴洞)이라고 믿고 있다. 신라시대엔 이곳에 못이 있어 청학이 노닐었다는 얘기가 있다. 아닌 게 아니라, 이곳에 푸른 물로 고인 큰 못이라도 있었더라면 그냥 그대로 선경(仙境)이 되었을 것이다.

매년 5월 하순경이면 세석의 철쭉꽃은 만발한다. 흰 철쭉꽃, 분홍빛 철쭉꽃, 자주 또는 노랑 빛의 철쭉꽃이 소리없이 합창을 할 무렵 지리산은 그 신운(神韻)의 화려함으로써 절정을 이룬다.

십수 년 전, 그 화려한 화원에서 자살자가 생겼다. 그가 남긴 유물엔 다음과 같이 기록한 쪽지가 있었다.

"지리산아!

꽃으로 치장하고

너만 이처럼 호화스러울 수 있느냐!"

살아 남은 파르티잔의 한스러운 자살일 것이라고 했지만, 나는 그렇게 생각하진 않는다. 철쭉이 필 때의 지리산은 정말 사람의 가슴을 설레게 하는 것이 있다. 그 숱한 비극을 삼키고도 이처럼 호사스러울 수 있는가 하고.

자연과 인생의 비리(秘理)를 너무나 민감하게, 또는 서툴게 감득(感得)하면 파르티잔의 생존자가 아니라도 자살의 유혹에 사로잡힐 찰나가 있으리라.

세석고원, 혹은 세석평전이라고도 하는데 그곳엔 산장이 있다. 내가 찾았을 무렵의 산장지기는 이름을 허우천(許宇天) 씨라고 하여, 지리산 신령의 화신임을 자처하고 있었는데 지금도 건재하고 있는지.

그 산장이 있기 전 바로 그 터에 움막집이 있었다. 학생시절 그 움막집에서 하룻밤 잔 적이 있다. 낯 전체가 수염에 덮여 나이는 알 수가 없었지만 그때 움막집 주인은 초로의 사나이가 아니었던가 한다.

우연히 읽게 된 어느 파르티잔의 수기에 의하면, 그 움막집 주인은 파르티잔과 국군과의 전투가 치열하게 전개되고 있었을 무렵에는 그곳에서 살고 있었던 모양이다. 수기를 쓴 파르티잔이 거림골로부터 한신계곡으로 넘어갈 땐 하룻밤을 그 움막에 묵으면서 얘기를 듣기도 했는데, 두 달 후 그곳을 지나니 움막은 불타 간 곳이 없고 움막집 주인은 동사체(凍死體)가 되어 있었다고 했다.

"파르티잔이 움막을 불태우고 그 사람을 죽였는지, 국군이 그렇게 했는지 분간할 수 없었지만, 수많은 시체를 보고 시체에 익숙한 나도 그 움막집 주인의 시체를 보곤 눈물을 흘리지 않을 수 없었다." 고 파르티잔의 수기는 되어 있었다.

노고단고원

구례군 산동면 심원의 노고단 산정에서 서쪽으로 경사 17도~18도로 전개된 고원이다. 해발 1,350~1,500미터. 화엄사에서 북으로 8킬로미터쯤의 지점.

서편으로 차일봉이 있고, 동편으로 피아골, 심원골의 수림지대이다. 멀리 서해의 일몰과 전라남북도의 크고 작은 산들, 그리고 섬진강의 굴곡하는 흐름을 한 눈에 모을 수가 있다.

반세기 전 서양인들이 이곳을 휴양지로 삼았다. 전성 시대엔 40여 호의 서양인 별장이 있었다. 그 집터엔 벽돌 굴뚝이 여기저기 남아 있다. 이곳에 별장을 가진 서양인들은 한국 국내에 거주하는 사람들뿐만 아니라 동남아 일대에 살고 있었던 사람들이라고 하니 그들의 안목으로서도 이곳은 별장지대로서 최적지였던 모양이다.

만복대고원

구례군 산동면 심원골 만복대 남쪽에 위치하여 해발 900~1,200미터, 면적 약 3평방 킬로미터. 지리산 천연기념물인 사향노루가 서식하는 곳이다.

임골용고원

산청군 단성면 백운리 웅석봉이 남으로 약 6킬로미터 달린 능선에 위치. 해발 900미터. 면적 1.5평방 킬로미터의 광활한 초원지. 토질은 비옥하나 바람이 세어 농경지에 적당치 않다.

성불고원

산청군 삼장면 유평리 외고개 남방에 있는 고원. 면적 2평방 킬로미터, 해발 700~800미터, 약초재배의 적지. 오래전부터 화전민이 살고 있다. 경사는 15도.

고운고원

산청군 시천면 반천리 고운동에 있다. 해발 700미터. 면적 1.5평방 킬로미터. 분지(盆地)고원으로 된 이곳은 지리산 청학동으로 알려진 곳이며, 고운 최치원 선생이 다녀간 곳이라고 하여 고운동이라고 한다. 동서남북이 산으로 둘러싸여 기온이 따뜻하여 곡식이 잘 된다. 경사 12도.

외탑고원

산청군 삼장면 내원리 물방아골에 위치한다. 해발 700미터. 면적 1평방 킬로미터. 분지형의 고원이지만 동, 서, 북이 산이며, 토질이 비옥하지 못하고 기후가 차서 농목(農牧)의 적지가 아니다. 경사 10도.

광점고원

함양군 마천면 추성리 광점동 상투봉에 위치한다. 해발 900미터. 면적 0.7평방 킬로미터. 북, 동, 남이 산이다. 기후가 차다. 돌이 많아 쓸모없는 불모지이다. 화전민 5~6세대가 십수 년 전까지 살고 있었는데 지금도 그대로 있는지.

순두류고원

산청군 시천면 중산리 순두류에 위치한다. 해발 900미터. 면적 1평방 킬로미터. 북동으로 산이 막아 기온이 따뜻한 지역이다. 그러나 돌이 많고 초원이 작아 농사와 목축에 적지가 아니다. 경사는 10도.

기타

해발 500미터의 운봉고원에 한국 제일의 목장이 있다.

고산평지=산청군 삼장면 장다리골.

정령재=남원군 산내면 정령재.

웅석봉=산청군 단성면.

등을 비롯하여 크고 작은 고지초원(高地草原)이 있다.

고원을 주제로 한 지리산의 편력도 독특한 흥취가 있을 것이다.

산림(山林), 산정(山井) 그리고
절경초(絶景抄)

산림(山林)

다음은 식물(植物)에 관심이 있는 사람들을 위해 적는다.

해발 500미터 이하의 지대

- 교목=개서나무, 저나무, 굴참나무, 왕개서나무, 졸참나무, 갈졸
  참나무, 상수리, 느티, 굴피, 참오리, 참단풍, 올벚나무, 산개서
  나무, 고로쇠, 물푸레, 떡갈.
- 관목=노린재나무, 생강나무, 때죽나무, 함박꽃나무, 야산층층
  나무, 쑥백나무, 산초나무, 조록싸리, 고추나무, 참회나무.
- 초목(草木)=우산나물, 국스레나물, 금낭화, 애기똥풀, 짚신나무,
  은필애다리, 나비나물, 시호, 서만나물, 나도바랭이, 털제비꽃,
  뱀딸기, 비늘고사리, 개고사리, 장구채나물, 참나물, 족두리풀,
  꿩비름, 신칼기, 옥잠화, 섬국화, 큰박쥐나물, 개쑥부쟁이, 능

조취.

- 만성식물(蔓性植物)=밀꿀, 칡덩굴, 개머루, 노박덩굴, 다래, 개다래, 담쟁이덩굴.

해발 600미터에서 1,200미터까지

- 교목=신갈나무, 곰의말채, 층층나무, 소나무, 노간주나무, 박달나무, 극이대, 물푸레.
- 관목=좀풀싸리, 참개암나무, 노린재나무, 고광나무.
- 초목=구실사리, 산작약, 큰앵초, 바위떡풀, 개현삼, 두메갈퀴, 큰잎원추리.
- 만성식물=다래, 칡덩굴, 개다리.

1,300미터 이상

- 교목=신갈, 사스레, 찰피나무, 소나무, 잣나무, 물오리나무, 엄나무, 참단풍나무, 구상나무, 가문비, 고채목, 층층나무, 주목, 오리나무, 자작나무, 전나무.
- 관목=종종조팝나무, 참개암나무, 두릅나무, 철쭉, 털진달래, 붉은병꽃나무, 만병초, 좀쪽동백나무, 개화나무, 청시닥, 시닥나무, 산겨릅, 부게꽃나무, 흰정향나무.
- 초목=지리산투구꽃, 금마타리, 메역취, 애기바늘사초, 가재무릇, 풀고비, 지리산고추나물, 말냉이, 흰참꽃, 새발고사리, 웅이나물, 됫박새, 산새물이, 바위구절초, 성양이지꽃, 범포리, 방울새란, 내쥐쓴풀.

- 만성식물=개다래, 누른종덩굴, 미역순나물, 개화수오, 송이풀, 물참새, 명자순, 큰팽이밥.

천왕봉 일대

- 교목=분비, 가문비, 사스레나무.
- 관목=꽃개회나무, 털진달래, 철쭉, 마가목, 부게꽃나무, 신나무.
- 초목=김이털, 선초나물, 산구절초, 돌양지꽃, 꽃며느리, 밤풀, 다북고추나물, 개시호, 산냉이사초, 두메사초.
- 만성식물=누른종덩굴.

이상과 같은 식물을 안은 지리산의 임상(林相)은 피아골의 숲, 법계사 주변의 숲, 하세석(下細石)에 우거진 잡목숲, 중봉의 전나무 숲 등 경관으로서의 의미와 더불어 식물학, 임학(林學)의 좋은 교장(敎場)이다.

일초일목(一草一木), 특별한 예외는 있겠지만, 저마다 이름을 가지고 있다는 것은 반가운 일이다. 그런 만큼 이름 모르고 그 나무와 그 풀과 그 꽃을 스쳐 지나갈 땐 왠지 나는 죄스러움을 느끼곤 한다. 그건 그렇고, 누가 그 이름을 지었는지, 물론 이러한 나무와 풀은 속명(俗名) 외에 학명(學名)을 가지고 있다. 산과 들을 헤매 새로운 식물을 발견하는 족족 이름을 지어나간 식물 학자들에게 경의를 표한다.

지리산의 산림은 6·25 동란 당시 거의 망쳐 버렸다. 그 후 10년 동안은 남벌로 거림(巨林)들은 전멸 상태가 되었다. 이제 겨우 산림으로서 소생하는 상태이다. 그러나 써리봉 바위 틈에 말라 죽은 나무들, 이를테면 고사목(枯死木) 등은 산림에도 역사가 있다는 감회를 안겨준다.

지리산의 임산물을 용도별로 적어 보면 다음과 같다.

정원수종 200종, 관상용 38종, 과수용 12종, 용재용 51종, 약용 174종, 식용 250종, 연료용 107종, 경제수종 16종, 목본 245종, 미이용식물 423종.

특히 지리산약(智異山藥)에 관해 진주 경상대학이 조사 분석한 바에 의하면 70과(科), 135속(屬), 200종(種)이라고 한다.

산약(山藥)의 종류를 대강 간추리면

산삼, 하수오, 지평, 당귀, 국백지, 세신, 황기, 남성, 현삼, 시용, 천마, 참목, 복령, 백목, 평조, 우슬, 진범, 오미자, 복분자, 구기자, 차전자, 상귀, 오가피, 구객목, 해동피, 상기생, 유기생, 사삼, 만삼 등.

산채(山菜)의 종류를 간추리면

두릅, 고사리, 도라지, 메역취, 취나물, 창초, 깨춤, 더덕, 건달비, 병풍나물, 기새, 머구초, 쑥갈, 산미나리, 꽃나물, 호미치, 딱주, 삿갓대가리, 제부, 움복구, 뚝갈, 다래몽뎅이, 게발딱주, 피나물, 개미초, 덜미순, 현잎, 구멍이, 엉개두루, 철순잎, 다래순.

산에 짐승이 없을 까닭이 없다.

지리산엔 호랑이, 표범 등이 있었다고 하는데 옛이야기이다. 멸

종이 되었는지 사람들끼리의 싸움에 지쳐 살 곳이 못 된다고 하여 다른 곳으로 옮겨 갔는지 알 길이 없다.

지금 지리산에 있는 짐승은 곰, 산돼지, 노루 삵괭이, 너구리, 족제비, 담비, 다람쥐, 고슴도치 등이다. 수달이 있는 것은 확실하지만 찾기가 힘들다. 사향노루는 우리나라에선 지리산에만 있는 것이라고 했는데, 6·25 동란 후에 볼 수가 없다고 한다.

새는 흔하게 있다. 예컨대 뻐꾸기, 구루새, 뱁새, 물방아새, 수레기, 우훙이, 벽개쵀서새, 비이, 매새저리, 비둘기, 부엉이, 까막수리, 올빼미, 꿩, 물새, 딱깐치, 꾀꼬리, 맹맹이, 소쩍새, 벤치새, 두견새, 꿍꿍이, 풀국새, 쑥스러기, 씹죽씹죽구루새.

지리산은 또한 곤충의 낙원이기도 하지만 그 이름들은 생략한다.

산정(山井)

지리산에 무수한 샘이 있다. 다음은 그 대표적인 샘이다.

- 음양수(陰陽水)=세석고원의 아래쪽에 있다. 큰 바위에 두 개의 물구멍이 있는데, 하나는 양지 쪽에 있어 양수(陽水)라고 하고, 하나는 음지 쪽에 있어 음수(陰水)라고 한다.
- 산희샘(山姬井)=장터목 산장 앞에 위치한다. 방울방울 떨어지는 물방울이다. 일 년 내내 한결같다.
- 천왕봉샘=천왕봉 남쪽에 있다. 천왕봉을 쳐다보는 절벽 아래

바위틈에서 물이 나온다.

- 중봉샘=천왕봉에서 중봉으로 치닫는 목에 있다. 길에서 80미
  터쯤 용수골 쪽으로 내려간 곳에 있다.
- 치밭목샘=치밭목 산장에서 무재치기 폭포로 내려가는 길 옆
  에 있다.
- 간들샘=세석 산장 앞에 있다. 수량이 풍부하다.
- 선비샘=벽소령 근처의 덕평봉에 있다. 수량은 적으나 마르진
  않는다.
- 총각샘=삼각고지에서 토끼봉으로 나가는 능선인 연하천이라
  고 부르는 곳에 있다. 일명 연하천이다.
- 임걸령샘=노고단에서 반야봉으로 가는 도중의 임걸령에 있
  다. 수량이 많고 물이 차다. 이곳에 피아골로 빠지는 갈림길
  이 있다.
- 뱁실샘=벽소령에 있다. 예부터 벽소령을 넘나드는 사람들의
  목을 축이는 유일한 샘이다.
- 선도샘=노고단 산장 앞에 있다. 일 년 내내 마르지 않는다. 산
  희샘과 같이 방울방울 떨어져 괴는 샘이다.

지리산 절경초(絶景抄)

- 천왕봉(天王峯)=해발 1,915미터의 정상이다. 동쪽으로 써리봉

과 웅석봉을 거느리고, 서쪽으로 웅장한 연봉을 거느리고, 북
으로 중봉 · 하봉 · 독바위봉을 거느리고, 남으로 수없는 지맥
을 뻗어 다도해에 이른다. 조망은 건곤(乾坤)을 극해, 동해의 일
출, 서해의 일몰을 일모(一眸)에 모은 선경(仙境)이다.

• 써리봉=천왕봉의 북동(北東), 중봉에서 동쪽으로 마치 톱날처
럼 봉우리가 하늘을 찌를 듯이 솟아 있다. 9봉으로 된 이 암석
봉(岩石峯)이 논갈이 하는 써리 모양을 닮았다고 해서 써리봉인
데, 지리금강(智異金剛)이란 이름도 연유가 없는 바는 아니다.
특히 기암괴석 사이의 고사목(枯死木)의 경관이 인상적이다.

• 세석평전=지리산역(智異山域)의 중앙이다. 북으로 촛대봉과 영
신봉이 북풍을 가리고, 동으로 시리봉, 서로는 석각삼봉(石角三
峯)을 성곽처럼 둘러친 남향의 분지형(盆地形)의 고원이다. 누
군가는 이곳을 무릉도원(武陵桃源)을 닮았다고 했다.
윗부분은 초원(草原), 중간부분은 전나무와 떡갈나무의 숲, 아
랫부분은 잡목의 숲인데, 5, 6월경이면 철쭉이 온통 고원을 덮
어 황홀하기 이를 데가 없다. 북으론 세신골, 서론 세계골, 대성
골, 빗점골, 동으로 도장골, 남으로 거림골을 내려다보고 멀리
여수 앞바다가 시야에 있다. 특히 촛대봉과 시리봉 사이로 솟
아오르는 월출(月出)은 감동적이다. 음양수, 석문, 일암(日岩), 월
암(月岩), 돼지바위, 병풍바위, 석각봉(石角峯) 등의 명소가 많다.
이곳을 청학동으로 믿는 사람이 많다.

• 통천문(通天門)=제석봉(帝釋峯)에서 천왕봉으로 오르는 도중에
소라고동처럼 지자형(之字形)으로 된 큰 암석의 문이 있다. 천
왕봉으로 통한다고 해서 통천문일 것이다. 이 문을 지나고 있
으면 하늘로 통하고 있는 문이란 감상이 인다. 이 문을 통하고
나면 500미터의 절벽 위에 솟은 천왕봉이 나타난다. 북으론 칠
선계곡, 남으론 칼바위골을 굽어볼 수 있는 위치에 있다.

• 문창대(文昌臺)=산청군 시천면 중산리 법계사(法界寺) 앞 500
미터 남쪽 봉우리에 있다. 해발 1,380미터, 고운 최치원 선생이
수도한 곳으로 알려져 있다.

3층으로 된 험준한 암석에 물이 괴어 있는데 일러 '천년석천(千
年石泉)'이라고 한다. 깊이 20센티미터, 직경 40센티미터 가량
의 돌우물이다. 산 아래 주민들이 날이 가물어 농사를 짓지 못
할 땐 이 우물 물을 퍼서 나른다고 하는데, 그러면 곧 구름이 모
여 들어 비가 내린다. 까닭에 이 돌우물은 마르질 않는다.

부정한 사람이 이 석대(石臺) 위에 올라가면 바람이 몰아쳐 석
대 아래로 떨어뜨려 버린다고 한다. 그런데 단 한 사람도 이 석
대에서 떨어져 죽은 사람이 없는 것으로 보아 지리산에 오를
만한 사람 가운덴 아직 부정한 사람이 없었다는 것으로 된다.

여기에 오르는 길은 단 하나, 암석의 벼랑을 기어올라, 몸 하나
겨우 빠져 나갈 만한 좁은 문을 통과해야 한다. 그런데 그 좁은
문을 통과하고 나면 기막힌 절경에 접하게 된다.

이밖에 절경 또는 명소로서 꼽을 만한 곳을 적어본다.

• 칼바위=중산리에서 법계사로 오르는 계곡의 입구에 칼날 같은 바위가 있다. 높이 10미터 가량이다.

• 망바위=역시 중산리에서 천왕봉으로 오르는 길목인데, 가파른 비탈에서 올라서는 첫 능선에 있다.

• 개선문=이곳을 지나면 천왕봉까진 500미터이다. 개선한 기분이 된다고 해서 어느 등산객이 지은 이름이다.

이 외에 상적암, 투구바위, 거북바위, 변덕바위, 용우담연기대 (煙氣臺), 신선너들, 고운바위, 고운발터바위, 세이암, 관적바위, 소년대, 장군바위, 누룩바위, 상투바위, 비녀바위, 저승바위, 웅락대(熊落臺), 신길바위, 깨진바위, 철선절벽, 부자바위, 형제바위, 용수바위, 홈바위, 기름바위(油岩), 피바위, 신선바위, 망경대, 마야대, 노름바위 등 유서 깊은 절경과 명소가 있다.

폭포와 사찰(寺刹)

폭포(瀑布)와 소(沼)

무재치기폭포

산청군 삼장리 유평 장다리골 상류에 있다. 해발 1,200미터의 지점, 낙차는 30미터.

써리봉 동부 장다리골의 숲이 우거진 곳에 거대한 암석이 3단으로 절벽을 이루고 있고 위로 분수 같은 물줄기가 천지를 진동하는 음향으로 낙하한다.

가뭄엔 수량이 적어지고 소(沼)가 없는 것이 결점이지만, 웅장한 폭포미(瀑布美)가 기막히다.

일명 조개폭포라고도 한다.

법천폭포(法川瀑布)

산청군 시천면 중산리 칼바위골에 있다. 해발 800미터의 지점. 낙차는 15미터. 소심(沼深)은 2개. 소의 면적은 10평.

경사 80도 가량의 대암석(大巖石) 벼랑을 두 줄기 물줄기가 안개를 날리고 무지개를 이루며 낙하한다. 수량이 항시 풍부하다. 이곳에서부터 계곡은 절경의 연속이다.

법천폭포의 상부는 평평한 암석이다. 이 암반 위에서 호연(浩然)의 연(宴)을 베풀면 이백(李白)이 그리워진다.

칼바위폭포

법천폭포에서 200미터쯤 거슬러 오른 곳에 있다. 해발 800미터의 지점. 낙차는 7미터, 소의 깊이는 2미터, 소의 면적은 2평 남짓.

주위의 암석이 절묘하게 깎여서 두 개의 아름다운 소를 이룬다.

유암폭포(油岩瀑布)

칼바위폭포와 마찬가지로 산청군 시천면 중산리 칼바위골에 있다. 법천폭포에서 약 2킬로미터 거슬러 오른 곳에 있다. 이곳에서 통신골이 시작된다.

해발 1,100미터, 낙차 8미터, 일명 지름폭포라고도 한다.

불일폭포(佛日瀑布)

하동군 화개면 목압리. 쌍계사에서 약 1.5킬로미터의 상거에 있다. 해발 500미터, 낙차 50미터.

청학봉, 백학봉의 푸른 숲과 60미터 이상의 절벽이 둘러친 가운데 명주폭의 폭포가 걸려 있다. 금강산의 구룡폭포와 비견할 만한 지리산 절승 가운데 하나이다.

칠선폭포(七仙瀑布)

함양군 마천면 추성리 칠선계곡에 있다. 해발 1,000미터, 낙차 20

미터, 소심 3미터, 소의 면적 10평.

칠선계곡의 깊숙한 곳에 걸려 있는 이 폭포는 신비감에 싸여 있다. 수림 때문에 햇살이 들지 않아 겨울이 되면 거대한 빙벽으로 화한다.

한신계곡의 폭포들

함양군 마천면 강청리 백무동. 한신계곡을 깊숙이 들어서면 그림 같은 작은 암석의 봉우리가 연속된다. 그 안에 4개의 연속된 폭포와 소가 봉우리의 단층마다에 걸려 있다. 아래서 보면 마치 하나의 폭포처럼 보인다. 이곳을 '12경'이라고 부른다. 옥류(玉流)가 반석을 둘러 아담한 소를 이루고, 그 소가 다시 작은 폭포를 만드는 지리산의 비경(秘境)이다. 4봉, 4폭, 4소 이렇게 하여 12경이다.

가내소폭포

함양군 마천면 한신계곡에 있다. 해발 800미터, 낙차 20미터, 소의 깊이 15미터, 소의 면적 50평.

지리산 7대 폭포의 하나이고, 지리산 속 가장 깊은 소이다. 세석 촛대봉에서 발원되는 옥류가 이곳에 이르면 날카로운 물줄기가 되어 암석을 파고드는 느낌이다.

첫나들이폭포

함양군 마천면 한신 계곡에 있다. 해발 700미터, 낙차 10미터, 소의 깊이 6미터, 소의 면적 7평.

한신계곡의 첫머리에 징검다리가 있다. 그 아래 벼랑에 이 폭포가 걸려 있다. 첫물을 건넌다고 첫나들이폭포란 이름을 지었다는 것이다.

둘째나들이폭포

한신계곡 첫나들이에서 200미터쯤 올라간 곳에 있다. 해발 750미터, 소의 깊이 5미터, 소의 면적 12평, 낙차 7미터.

반석이 넓고 편편하여 휴식하기가 좋다.

못산막폭포

이것 역시 한신 계곡에 있는 폭포이다. 해발 1,200미터, 낙차 25미터.

한신계곡의 무인지경에 들어가면 '첫나들이폭포', '둘째나들이폭포', '12경'으로 연속되는 폭포를 본다. 그리고 계속 올라가면 숲이 하늘을 가리고 길은 없어진다. 45도 가량의 험한 경사의 암석 위로 옥류가 분류한다. 어떻게 못산막이란 이름이 되었는지 알 수가 없다. 이 근처에 산막도 지을 수가 없다는 뜻인가.

구룡폭포(九龍瀑布)

남원군 주천면 고사리에 있다.

해발 600미터, 낙차 35미터, 1평 남짓한 두 개의 소가 있다. 소의 깊이는 4미터.

주천면에서 굴곡하는 계곡을 약 6킬로미터 거슬러 오르면 운봉고원(雲峯高原)과 주천면의 경계에 이른다. 구룡폭포는 그 경계에 있다. 운봉고원의 물이 주천면을 향해 쏟아지는 것이다.

기암절벽을 분류해 내려 원형으로서 소에 잠시 머물렀다가 다시 거센 바람을 일으키며 아래로 낙하하는 모양은 실로 별유천지의 느낌이다.

폭포 위에 '구룡정'이라고 이름하는 정자가 있고, 많은 문인묵객들이 시를 남겼다.

선유폭포(仙遊暴布)

남원군 주천면 고사리 정령재 밑에 있다. 낙차 6미터, 소의 깊이 1.5미터.

주위의 산림이 황폐하여 폭포의 아름다움이 무색하게 되어 있다.

용추

산청군 시천면 중산리 용수골에 있다. 해발 1,100미터, 높이 10미터, 소의 깊이 10미터, 소의 면적 10평.

용수골의 물이 천왕봉, 중봉, 써리봉의 동남으로 쏟아져 내려 이 폭포를 이루었다. 일명 아랫용소라고도 한다.

이상 불일폭포, 구룡폭포, 무재치기폭포, 칠선폭포, 가내소폭포, 법천폭포, 용추 등을 '지리산 7대폭포'라고 한다.

윗용소

산청군 시천면 중산리에 있다. 용추에서 위로 100미터 상거이다. 높이 5미터, 깊이 2미터, 면적 1평 가량.

지리산 신 마야부인이 멱 감던 곳으로 마야탕(麻倻湯), 독녀탕으로 불려지기도 한다. 가마솥처럼 원형으로 파인 소에 옥류가 알맞게 흘러들어 괸다. 해발 1,000미터의 깊은 산골이라서 자연 그대로 방치되어 있다. 써리봉의 단풍이 찬란한 배경을 이룬다.

북소(北沼)

산청군 시천면 중산리 신촌 앞에 있다. 소의 깊이는 10미터, 넓이는 20평이다.

날이 가물면 주민들이 이곳에서 기우제를 올린다. 주위의 느티나무가 좋다. 일명 용소.

대원사 용소

산청군 삼장면 유평리에 있다. 대원사에서 약 500미터의 상거이다.

3단으로 된 암석의 계곡에 옥류가 괴어 맴돌아 이 소가 되었다. 주위는 울창한 소나무 숲이다. 소의 깊이는 5미터, 면적은 25평이다.

추성 용소

함양군 마천면 추성리 칠선계곡 입구에 있다. 낙차는 8미터, 소의 깊이는 10미터, 면적은 12평.

암벽이 수직으로 깎여서 파인 이 소는 추성 근처 무제의 명지이다. 주위에 수목이 적어 경관에 아취가 없는 것이 흠이다.

옥녀탕(玉女湯)

함양군 마천면 추성리 칠선계곡에 있다. 소의 면적은 10평, 낙차는 7미터, 깊이는 3미터.

칠선계곡은 옛날 7선녀가 하강하여 멱을 감고 올라간 곳이라고 하여 불려진 이름이다. 그런데 이 옥녀탕이야말로 7선녀가 멱을 감은 곳이 아닌가 한다.

칠선계곡엔 칠선폭포를 비롯, 무려 십여 개의 폭포와 30여 개의 소가 있다. 그런데 합수골에서 중봉골로 돌아들면 암벽 사이가 좁아져 동굴 속을 걷는 느낌으로 된다. 이런 곳에 이름을 얻지 못한 무명의 폭포들이 수천 년 동안 무심한 바위를 두드리고 있다. '적막산중 수음동(寂莫山中水音動)'이란 서툰 한시적인 감동이 인다.

사찰(寺刹)

화엄사(華嚴寺)

구례군 마산면 황전리에 있다. 전국적인 명찰이다.

신라 진흥왕 5년(서기 544년)에 연기조사(緣起祖師)가 창건, 선덕여왕 때 중건, 문무왕 때 의상대사(義湘大師)가 중건, 인조(仁祖) 때 벽암대사가 재건한 것으로 알려져 있다.

북으로 노고단, 차일봉을 배경으로 남으로는 30여 리나 되는 계곡(화엄골)을 안고 있다. 각황전(覺皇殿), 석탑, 사리탑은 국보이며, 천연기념물로선 올벚나무가 유명하다.

천은사(泉隱寺)

구례군 광의면 방광리에 있다.

신라 흥덕왕 3년(서기 828년) 덕운대사(德雲大師)가 창건, 감로사(甘露寺)라고 이름하였는데, 그 후 중수, 중건을 거듭했으나 임진왜란 때 전소된 것을 영조(英祖) 때 재건했다고 전한다.

구례읍에서 약 10킬로미터의 상거, 차일봉까진 6킬로미터. 우거진 활엽의 숲이 덮고 있어 고요하기만 하다.

쌍계사(雙磎寺)

하동군 화개면 석문리에 있다.

신라 문성왕 2년(서기 840년) 진감국사(眞鑑國師)가 당나라에서 돌아와 창건, 옥천사(玉泉寺)라고 불렀다. 선조 때 벽암대사가 재건하여 쌍계사로 되었다. 최고운 선생의 필적이 있고, 국보 제 47호인 진감조사 대공탑비(大公塔碑)가 있다.

지리산 삼신봉을 배경으로 화개골을 안고 있다. 근처에 불일폭포가 있다.

대원사(大源寺)

진흥왕 9년, 연기조사가 창건, 그 후 몇 번이나 소실된 것을 6·25 이후 재건했다. 지리산 제일의 계곡과 숲을 자랑으로 하는 이 절엔 주로 여승들이 수도하고 있다.

법계사(法界寺)

산청군 시천면 중산리에 있다.

천왕봉으로 오르는 중턱, 해발 1,380미터의 지점. 신라 진흥왕 5년 연기 조사의 창건이다. 화엄사, 대원사와 함께 연기 조사가 창건한 삼탑(三塔) 중의 하나이다.

6 · 25 동란 중 소실되었다가 근년에 재건되었다. 뒤로는 천왕봉, 앞으론 문창대, 멀리 다도해를 바라볼 수 있는 조망을 가졌다.

벽송사(碧松寺)

함양군 마천면 추성리에 있다.

서산대사의 스승인 벽송대사가 창건한 사찰인데 6 · 25 때 소실, 근년에 재건했다. 심산의 소찰(小刹). 그러기에 그 경관이 더욱 아늑하다. 남으로 하봉, 중봉을 두고 국골, 칠선계곡을 건너다 보는 위치이다.

연곡사(燕谷寺)

구례군 토지면, 피아골 입구에 자리잡고 있다. 신라 진흥왕 6년 연기대사가 창건한 대찰(大刹)이었으나 임진왜란 때 전소, 그후 법당만 재건하였으나 찾는 사람이 드물어 쓸쓸한 현황이다.

실상사(實相寺)

남원군 산내면 신촌에 있다.

신라 덕흥왕 3년에 홍사선사(洪沙禪師)가 창건한 사찰이다. 승려들의 관리 소홀로 폐허의 위기에 직면한 적이 있었는데, 지금은 어떻게 되어 있는지.

이밖에 산청군 금서면의 왕능사, 시천면의 정각사, 삼장면의 내원사, 시천면의 구곡암, 남원군 주천면의 용담사, 남원군 산내면의 백

장암, 역시 산내면의 서진암, 남원 운봉면의 우무실사, 구례군 광의면의 방광암, 하동군 화개면의 국사암, 함양군 마천면의 금대암, 안국암, 약수암 등이 있다.

알려진 사지(寺址)만도 18군데나 있다. 그 중 가장 유명한 곳은, 아자방(亞字房)이 있었다는 칠불암(七佛庵)이다.

역사(歷史)의 수(繡)를 놓은 인맥(人脈)

지리산의 자연은 물론 숭고하지만, 인맥 또한 그 자연에 못지 않다.

아득히 신라 시대의 고운 최치원, 그리고 많은 법사(法師) 선사 (禪師)들은 차치하더라도 유명 무명의 인물들이 지리산을 중심으로 역사의 수를 놓았다.

한편, 지리산은 반체제 인사들의 은신처이기도 했다. 패잔한 동 학군들 가운데 적잖은 사람들이 지리산에 정착했을 것이 짐작된다. 그 밖에 숱한 민란의 주모자들이 지리산을 피신처로 삼았다. 일제 때 엔 징용, 징병을 기피한 청년들이 보광당(普光黨)을 만들어 이곳을 근 거지로 했고, 독립운동자 사회주의자들이 이곳에 숨어 살기도 했다.

해방 후엔 파르티잔의 소굴이 되었다. 그런 뜻에서 지리산은 자 연과 인생이 엮은 심각한 드라마의 무대이기도 하고, 바로 역사의 현 장이기도 하다.

이러한 인물들 가운데 특출한 존재가 있었으니 그 한 분이 남명 조식(南冥 曺植) 선생이고, 또 한분이 매천 황현(梅泉 黃玹) 선생이다.

조식의 호는 남명이다. 창녕인으로서, 경상도 삼가(三嘉)에서 태어났다. 삼가는 지리산록에 있는 고을이다. 그의 생년은 1501년, 몰년은 1572년.

여섯 살 때 글을 배웠는데 신동(神童)이었다. 사마시(司馬試)와 향시(鄕試)에 합격했지만 벼슬할 생각은 전연 가지지 않았다. 지리산으로 들어가 덕천동에 산천재를 지어 그곳에서 제자를 가르치기에 여념이 없었다. 지금 덕천서원으로서 그 유허가 남아있다.

조정에서는 그에게 여러 차례 벼슬을 내렸다. 그러나 응하지 않았다. 앉은 자리에서 벼슬을 하라고 단성현감에 임명했으나 역시 나가지 않았다. 벼슬보다도 학문을 좋아했기 때문이다.

그래도 남명의 학덕을 존경한 조정은 그가 66세 때 상서원판관(尚瑞院判官)을 제수했다. 이것마저 거절할 수가 없어 일단 출사를 했지만, 열흘도 못되어 서울을 하직하고 덕천동으로 돌아갔다.

그는 철저한 은일의 선비였다. 그만큼 지리의 산수를 좋아했던 것이다. 지리의 산수 속에서 일생을 마쳤을 때 그 향년은 72세였다.

선조는 그의 석덕(碩德)을 높이 평가하여 대사간(大司諫)을 증직하고, 광해군은 영의정(領議政)을 증직하여 시호를 문정(文貞)이라고 했다.

남명이 학문하는 주안은 반궁체험(反躬體驗)이며 지경실행(持敬實行)이다. 그의 좌우명은 '내명자경(內明者敬) 외단자의(外斷者義) 한거기구(閑居旣久) 징태욕념(澄汰慾念)'이었다.

안으로 슬기를 밝히려면 공경하는 마음을 가져야 하고, 바깥으로 일을 처단할 때엔 의리에 어긋나선 안 된다. 한가하게 몸을 지니고 있으면 욕념을 없앨 수 있다는 뜻이다.

그는 또한 실천궁행을 강조하고 일상생활을 철저한 절제로써 일관했다. 결코 불의와 타협하지 않았다. 학(學)은 깊고 덕(德)은 높아 일세의 거유(巨儒)로서 퇴계 이황(退溪 李滉)과 더불어 경상좌우도의 쌍벽으로 일컬었다.

그의 문하에서 정인홍, 최영경, 정구, 김우옹, 정탁, 곽재우, 이제신, 오건, 강익, 문익성, 박제인, 조종도, 곽예곡, 하항 등 쟁쟁한 인물이 배출되었다. 동서분당(東西分黨)의 효시가 된 김효원이 남명의 제자라는 사실은 특기할 만한다.

실로 남명은 자연인 지리산의 높이에 인간으로서 높이 대비할 만한 인물이다. 일러 지리산의 영기를 탄 인물의 하나라고 한다.

남명에 의해 지리산은 시화(詩華)로써 장식되었다고 할 만한다. 그가 지리산을 읊은 시는 수백 수를 넘는다. 임의대로 적어보는 데도 다음과 같은 수일(秀逸)이 있다.

雨洗山嵐盡 우세산람진
尖峯畫裡看 첨봉화리간
歸雲低薄暮 귀운저박모
意態自閑閑 의태자한한

비가 산바람을 죄다 씻고 나니
첨봉들을 그림 속에 보는 것 같구나.
황혼으로 나직이 구름이 돌아가니
마음이 스스로 한가롭다.

獨鶴穿雲歸上界 독학천운귀상계
一溪流玉走人間 일계유옥주인간
從知無累翻爲累 종지무루번위루
心地山河語不看 심지산하어불간

학 한 마리가 구름을 뚫고 천상으로 올라가고,
옥같은 시냇물은 세상에서 달린다.
덧없음이 덧있는 것으로 되기도 하니
산하도 사람의 마음과 같은 것일까. 말을 하지만 보진 못한다.

마지막으로 남명 선생이 지리산에 살고 있음을 얼마나 자랑으로
여기고 있었던가를 보여주는 시 한 수를 적는다.

春山底處無芳草 춘산저처무방초
只愛天王近帝居 지애천왕근제거
白手歸來何物食 백수귀래하물식
銀河十里喫猶餘 은하십리끽유여

봄산에 어느 곳엔들 향기로운 풀 있으랴만

다만 천왕봉이 하늘나라에 가까운 걸 사랑해서라네.

빈 손으로 돌아와 무엇을 먹을 것이냐.

은하십리 먹고도 남겠네.

아무튼 지리산을 찬양할 땐 빼놓지 않고 찬양할 사람은 남명 선생이다. 그는 지리산을 배워 평생을 은일 속에 살았고, 지리산은 남명 선생을 배워 그처럼 숭고하다고 할 수 있다.

매천 황현(梅泉 黃玹) 선생도 지리산의 인맥에 속하는 사람이다. 그의 탄생지는 전라남도 광양현 서석촌이고, 그 생애의 대부분을 보낸 곳은 구례(求禮)이기 때문이다. 구례는 바로 지리산맥 속에 자리 잡고 있는 고을이다.

매천은 1855년 12월 11일에 태어났다. 어려서부터 그 문명(文名)이 인근에 떨쳤다. 20세 때 상경하여 명미당 이건창(明美堂 李建昌)을 만났다. 이건창을 통해 창강 김택영(滄江 金澤榮), 강위, 정만조 등을 알게 되었다.

그는 초년엔 벼슬에 뜻을 두기도 했으나 1876년 한일수호조약이 체결되고 이어 구미 각국과도 불평등 조약이 체결되기도 하여 국내의 정국이 어수선하게 되자 벼슬할 뜻을 버리고, 고향으로 돌아왔다. 그후 다시 서울로 갔으나 갑신정변 이후의 민비 정권의 부정부패에 분격하여 관료계와 결별하고 낙향했다.

그는 고향 구례에 3천여 권의 책을 쌓아 놓고 두문불출 학문에
만 열중했다. 동학란, 갑오경장 등 사건이 연이어 발생했다. 어떤 위
기감에 자극을 받아 후손에게 남겨줄 목적으로 『매천야록(梅泉野
錄)』,『오하기문(梧下記聞)』등을 쓰기 시작했다. 일종의 시사비평록
(時事批評錄)이다.

매천은 민비 정권에 대해선 철저하게 비판적이었다. 이 시대의
정권과 관료들을 '귀국광인(鬼國狂人)'이라고까지 극론하고 있다.

1905년의 이른바 을사보호조약에 의하여 국권이 일본에 의해
짓밟히자 일시 중국으로 망명하려다 실패하고 향리에서 두문불출
한 채 저작활동을 했다. 그런데 그의 저작은 한문자(閑文字)가 아니
고 그 일행일구(一行一句)가 비수처럼 날카로운 시대비판이다. 비판
의 대상은 일본, 러시아, 청나라 등 침략 세력과 이에 부화한 민족 반
역자 탐관오리들이다. 매천은 비록 상대가 왕과 왕비라고 해도 비위
가 있을 땐 용납하지 않았다.

예컨대 『매천야록』에 다음과 같은 대목이 있다.

이승지는 주서(注書)로서 오랫동안 대궐에 있었던 사람인데, 내
게 이런 얘기를 했다. 이승지가 어느 날 밤, 어느 전각 앞을 지났더
니 노랫소리가 들렸다. 가만히 들여다보았다. 전각 안에 등불이 대
낮처럼 밝게 커졌고 왕과 왕비는 평복으로 앉아 있었는데 수십 명

이 모여 북을 치며 노래를 불렀다. 그 가운데 잡조(雜調)를 부르는 자가 있었다. "오다가다 만나서 정을 통해 즐기니 죽고 또 죽어도 이 기쁨은 그지없네." 그 음탕하고 외설함엔 듣는 자로 하여금 얼굴을 가리게 할 지경이었으나 명성후(민비)는 허벅다리를 치며 '좋다, 좋다'고 하더라는 것이다.

세자(世子)는 고자였다. 어느 사람은 나면서부터 그런 꼴이었다고 하고, 어느 사람은 어릴 때 궁녀들이 너무 빨았기 때문에 일출불수(一出不收)하게 된 것이라고 했다. 아무튼 줄기는 시든 오이처럼 축 늘어져 있었다. 아무 때나 소변을 질금거려 좌석은 언제나 흥건히 젖어 있었고 매일 이불을 바꾸고 바지를 갈아 입혀야 했다. 곧 결혼을 시켜야 할 것인데 세자는 사내 노릇을 할 것 같지 않았다. 미칠 듯 걱정한 나머지 명성후(민비)는 관비(官婢)를 시켜 세자에게 교합(交合)하는 방법을 가르쳐주라고 이르고 자기는 문 밖에서 큰 소리로 물었다. "되었느냐, 안 되었느냐." "안 되었습니다. 안 됩니다" 하는 대답을 들곤 왕비는 탄식하길 수 번, 가슴을 치며 일어나곤 했다. 사람들은 완화군(完和君)을 죽인 보복일 것이라고 했다.

쓰잘 것 없는 기록 같지만 매천은 이런 사실까지 망라해서 조정을 비판한 것이다.

물론 매천은 이런 잡사만을 기록한 것이 아니다. 위정척사(衛正斥邪)의 사상을 펴는 것이 그의 주목적이었다.

매천은 일제가 1910년 나라를 병탄하자 독약을 먹고 자결했는데, 다음과 같은 절명시 4편을 남겼다. 원문(原文)은 생략하고 그 뜻만을 적는다.

난리를 겪고 겪어 백두(白頭)의 나이가 되었다.
몇 번을 죽으려고 했지만 어떻게 할 수 없었더니
오늘이야말로 결행하게 되었구나.
가물거리는 촛불이 창천을 비춘다.

요사스런 기운에 덮여 제성(帝星)이 자리를 옮겼다.
구중궁궐은 황황하여 햇살도 더디다.
조칙(詔勅)은 이제 다시 있을 수가 없구나.
천가닥 눈물이 흘러 종이를 적실 뿐이다.

새와 짐승도 바닷가에서 슬피 운다.
근화(槿花)의 세계는 영영 사라졌는가.
가을 등불 아래 책을 덮고 옛일을 회상하니
인간으로서 글을 안다는 것이 얼마나 어려운 일인지
새삼스러운 느낌이다.

일찍이 나라를 위해 조그마한 공(功)도 없는 나.

겨우 인(仁)을 이루었는진 몰라도 이것은 충(忠)이 아니다.

기껏 윤곡(尹穀)을 따를 수 있을지 모르지만,

때를 당하여 진동(陳東)을 따를 수 없는 것이 부끄럽구나.

윤곡은 송(宋)나라 장사(長沙)의 사람이다. 벼슬은 숭양의 장관이었는데, 몽고병이 쳐들어와 송나라가 망하게 되자 일문을 거느리고 절사(節死)했다.

진동 역시 송나라 사람인데 단양인(丹陽人)이다. 명신 이강(名臣李綱)이 파직당하자 수만의 서생(書生)을 이끌고, 데모를 하다가 구양철과 더불어 난적(亂賊)으로 몰려 기시(棄市)의 형을 받았다. 나라를 위해 목숨을 바친 것이다.

매천은 그의 절명시에서 윤곡처럼 절사(節死)는 할망정, 진동처럼 목숨을 걸고 싸우지는 못했다고 한탄하고 있는 것이다.

사실 매천은 진동(陳東)처럼 항거하여 싸우지 못했다. 총을 들고 의병이 되지도 못했고, 망명하여 국권을 회복하는 운동에 참가하지도 않았다. 다만, 그는 망한 나라의 백성, 일제의 노예가 되어 살기는 싫었다. 그리고 스스로의 역량의 한계를 알았다. 그의 절명시 가운데의 '難作人間識字人(난작인간식자인)이란 글귀가 공감을 불러일으키는 소이(所以)이다.

그러나 저러나 매천은 지리산 천왕봉에 비길 수 있는 고고한 지사이며, 지리산의 옥류(玉流)를 닮은 시인이며, 지리산의 기암과 절벽을 방불케 하는 일세의 비평가이다.

매천 황현 선생을 두고도 지리산은 그 산맥만이 아니라 자랑할 인맥을 가지고 있는 것이다.

지리산에 오르고자 하는 등산인들이여! 경남 산청으로 코스를 잡을 때면 덕천 서원에, 구례로 코스를 잡을 땐 매천의 고택을 찾을 지니라.

이 충고와 더불어 〈지리산학〉의 장(章)을 닫는다.

가보고 싶은 산(山)

백두산(白頭山)·곤륜산(崑崙山)·침보라조

한반도 제일의 성산(聖山)인 백두산 천지의 웅자(雄姿)

아아, 영원한 백두산(白頭山)이여!

산에 오르기를 기쁨으로 삼고 있는 사람이 아니더라도 백두산을 보고 싶어하는 소원을 갖지 않는 한국인은 없으리라. 하물며 산을 즐기는 사람에 있어서랴……

버릇처럼 나는 산에 오르기만 하면 한두 번쯤은 북쪽 먼 곳을 바라본다. 백두산이 있는 방향이다. 언제인가 한번은 가보아야지, 하는 동경이 가슴 깊이 도사리고 있다는 뜻이다.

얼마 전만 해도 통일이 되지 않곤 불가능한 일이었다. 그런데 마음만 먹으면 중공엘 갈 수 있고, 중공엘 가게 되면 백두산에 오를 수 있게 되었다. 갔다 온 사람도 더러 있다. 내 친구 가운데도 세 사람이 갔다 왔다. 천지(天池)를 배경으로 찍은 사진을 보이며 자랑했다. 자랑할 만하다. 진정 부러움을 느꼈으니까.

자기 나라 땅을 두고 남의 나라를 들러야만 비로소 가볼 수 있다는 사실은 씁쓸하다. 그러나 어떻게든 갈 수 있다는 사실은 반갑다. 한 나이라도 젊어서 가 보아야지, 하고 나는 은근히 준비하고 있다.

백두산이라고 하면 생각나는 친구가 있다. 학생시절부터 산에 미쳐 있던 그는 가끔 입버릇처럼 말하곤 했다.

"백두산에 오를 수만 있으면 원도 한도 없겠다."

그는 그 원도 풀지 못하고 저 세상으로 갔다. 나는 그가 준 백두산 천지의 사진을 지금도 소중하게 간직하고 있다.

백두산은 산이기에 앞서 우리에겐 신비(神秘)이며 역사이다. 일러 성산(聖山)이다. 최고봉인 병사봉(兵使峯)의 높이는 2,744미터. 백색의 부석(浮石)이 얹혀 있다고 해서 백두산, 한족(漢族)들은 장백산(長白山)이라고 하고, 금(金)나라 때엔 영감산(靈感山)이라고 불렀다. 함경남북도와 중국 동북 지방에 걸쳐 광대한 산록을 가진다. 단군 성조가 강림한 곳으로 알려진다.

백두산에 오르는 것이 물론 중요한 일이지만, 백두산을 아는 것 역시 중요한 일이다. 백두산에 오르지 못하는 한탄을 책을 통해 위로할 수가 있다. 다행한 일은 백두산에 관한 기막힌 책을 우리는 가지고 있다. 육당 최남선(六堂 崔南善)이 쓴 『백두산근참기(白頭山覲參記)』이다. 최남선의 이 책은 지식으로서 백두산을 소유할 수 있는 최상의 방편이라고 할 수 있다.

최남선의 백두산 기행은 1926년 동아일보에 연재되고 1927년에 단행본으로 나왔다. 실제로 백두산에 간 것은 그 전전 년의 여름이다. 그는 서문에 이렇게 이른다.

"백두산은 읽고 읽어도 다 할 날이 없고, 알고 알아도 끝날 날이 없는 신(神)에게서의 대계시(大啓示) 그것이요, 동방 사람의 산 경전 (經典)이다. 실상 그대로 전현(全現)해 있는 우리의 윤리학이며, 과거란 문자로 기록된 예언서이다."

기록은 7월 24일의 차중에서 시작한다. 안변을 지나고, 원산을 거쳐, 영흥으로 해서 함흥평야에 이른다. 함흥에서 북청, 북청에서 풍산, 그리고 직동(直洞), 직동에서 상직동으로, 그 대목의 묘사를 인용해 본다.

"곡곡절절한 대판로(大坂路)를 새겨 올라가는데, 원체 준급한 구배를 휘엄휘엄 둘러낸 길이라, 뺑뺑 돌아서 상직동을 도로 와 보게 됨이 몇 번인지, 고도(高度)는 모르겠지만 진도(進度)는 도무지 붙지 아니하며, 지도를 펴서 보매 학질 앓는 아이의 검온표(檢溫表)와 같이 노곡선(路曲線)의 표시가 버릇없는 짓자(之字)의 연쇄를 이루었다."

이런 식으로 세부의 묘사에 곁들어 역사적인 유서가 있는 곳에선 빼놓지 않고 자상한 설명을 붙이며 백두산 상봉에까지 연속되는 것이다.

최남선의 『백두산근참기』는 역사, 지리, 풍속을 망라하여 웅장하고 정치한 〈백두산학(白頭山學)〉이다.

육당은 이 〈백두산학〉을 통해서 백두산을 민족의 가슴팍에 심는 동시에 민족의식과 민족정신을 고취할 작정으로 정혼(精魂)을 다한 것 같다. 예컨대 다음과 같은 대문장(大文章)이 있다. 일러 〈대백두 대천지 탄덕문(大白頭大天池嘆德文)〉이다.

일심으로 백두천왕(白頭天王)에
귀명(歸命)합니다.
우리 종성(種姓)의 근본이시며
우리 문화의 연원이시며
우리 국토의 초석이시며
우리 역사의 포태이시며
우리 생명의 양분이시며
우리 정신의 편책(鞭策)이시며
우리 이상의 지극이시며
우리 운명의 효모(酵母)이신
백두대천주전(白頭大天主前)에
일심으로 귀명합니다.
…………

'……조선아, 조선인아,
어떠한 사나운 비바람이 닥쳐올지라도

한때의 시련이면 모를 법하되

결코 오랜 핍박으로써 너를 능학(凌虐)할 리 없을 것을 믿으라'

하시는 백두대왕전에

일심으로 귀명합니다.

'내가 기둥으로 버티고 있을 동안까진

하늘이 무너질 걱정을 말라

무너져도 떨어지리라고는 걱정 말라

나를 믿으라……

믿으면 내가 하늘이니라'

하시는 일체의 총람자이신

일체의 교정자이신

일체의 대자재자(大自在者)이신

일체의 최후 완성자이신

대실재(大實在) 백두대왕전에

일심으로 귀명합니다.

…………

압시사 백두천왕대천왕

압시사 천지대신대대신(天池大神大大神)

믿습니다.

믿습니다.

백두천왕

천지대신.

1920년대이면 나라를 빼앗기고 우리 민족이 암흑기에 들어선 바로 그 무렵이다. 그 무렵에 민감한 감수성을 가진 시인이 백두산에 올랐다. 그리고 천지를 보았다. 그때의 감회가 어떠했는가를 이것만 보아도 짐작할 수가 있다.

그런데 그 시인은 박람광식한 대학자였다. 대학자였기 때문에 백두산의 역사를 알 수가 있었다. 대시인이었기 때문에 백두산의 진수를 알 수가 있었다. 그러기에 여기 우리들은 『백두산근참기』를 소유할 수 있었던 것이다.

이 책은 다시 없는 안내서를 겸하고 있으면서 미문(美文)의 집성이기도 하다. 예컨대 다음과 같은 대목.

"그러나 모른 체 못할 것은 피안 만주 산야의 평만무이(平慢蕪夷)함에 비하여 차안(此 岸) 조선 산천의 웅발기험(雄拔奇險)함이요, 더욱 삼수(三水) 저쪽 개마연산(蓋馬連山)의 음운(陰雲)과 석휘(夕暉)의 교차에 인한 운물변환(雲物變幻)의 기이괴궤(奇異怪詭)함이다.

문득 일자 흑막(黑幕)이 천리를 가로 가리더니, 문득 천외(天外)의 중봉(衆峯)이 드문드문 첨정(尖頂)만을 뾰족이 드러내며, 일변에는 자운(紫雲)이 번쩍한데 군룡(群龍)이 금린(金鱗)을 번득이고, 일변에는 현해(玄海)가 묘망한데 만파(萬波)가 은빛으로 빛나고 일도(一道) 금광(金光)이 지상으로 직수(直垂)하는 것은 숨기다 못한 일광이 미격(微隔)을 찾아 분출함이요, 만점(萬點) 정주(晶珠)가 공중에 분비(紛飛)하는 것은 지니다 못한 우각(雨脚) 중봉이 소허(小虛)를 타서 적락(滴落)함이었다.

여기 기관(奇觀)이 있으면 저기는 장관(壯觀)이 있고, 여기 선형(仙形)이 나타나면 저기는 귀물(鬼物)이 나타나서 변화막측이요 단예(端倪)도 정량(情量)도 못할 대환해(大幻海)가 벌어졌다.……"

물론 백두산이 없으면 최남선의 이런 문장이 있을 수 없는 것이지만, 아무리 백두산이 숭엄, 웅장, 치밀, 황홀하다고 해도 최남선의 문장이 없었으면 지식으로는 되지 못한다.

중국인도 일본인도 백두산 기행을 쓰고 있지만 양적 질적으로 최남선의 그것을 따르지 못한다. 나는 세계적으로 유명한 기행문을 많이 읽었지만 최남선의 기행에 필적할 만한 것을 아직 보지 못했다.

백두산만이 아니라 무릇 산을 좋아하는 사람이면 이 책을 읽어야 할 것이고, 그밖에 교양의 뜻으로서도 우리나라 사람에겐 필독의 서가 아닐까 한다.

산이 가지고 있는 의미, 산에서 무엇을 보아야 할 것이며 무엇을 생각하고 무엇에 중점을 두어야 할 것인가가 백과전서적으로 전개되어 있는 것이 바로 이 책이다.

"비록 백두산에 못갈망정 이 책은 읽어야지."

하고 권했더니 이 책을 읽은 친구의 말은 이러했다.

"그 책을 읽고 보니 더더욱 백두산에 가보고 싶다."

아닌 게 아니라 나도 동감이다.

다음은 다시 최남선의 글이다.

　　장군봉(將軍峯)은 일에 병사봉이라 하니, 본디 고어로 천(天)을 의
미하는 '당굴'이 와전하여 장군이 되고, 장군이 재전(再轉)하여 대장
또는 병사를 이룬 것인데, 근래의 지도에 대정(大正)이라고 쓴 것이
있음은 음상사(音相似) 관계로 '장'자를 오인, 또는 고개(故改)한 것
이다.

　　봉정(峯頂)은 동경 128도 4분 37초, 북위 41도 59분 28초에 당하
고, 표고는 2,744미터를 산하니 백두산맥 내지 장백산맥에서 뿐 아
니라, 조선 만주를 통한 전동방(全東方)의 최고 지점이다. 그 위에 올
라서면 가깝게는 밀림에 싸이고 멀리는 운애(雲霧)에 잠긴, 남북 만
리, 백민고강(白民故疆)이 일모의 하(下)에 깔렸으니, 광경의 웅대함,
감상의 신비함이 과연 연골충(軟骨蟲)이라도 열혈인을 만들고, 무신
론자로 하여금 신의 찬가를 부르게 한다. 장군봉은 3만 리 대륙의 정
리자이며 5천 년 역사의 감시자이다.

역사로서의 백두산은 단군 왕검(王儉)과의 관련이다. 신무성(神武城)은 백두산 동쪽 사면에 있는 취락지(聚落址)이다. 단군 왕검이 이곳에서 신정(神政)을 베풀었다고 해서 붙여진 이름이다.

삼지연(三池淵)은 백두산 남동쪽 안부를 이루는 허정령(虛頂嶺)에서 북쪽으로 2킬로미터 가량의 지점에 있는, 대소 네 개의 얕은 호수이다. 남쪽에서 두 번째 것이 가장 커서 주위는 2킬로미터 가량이라고 한다. 이 호수에 주위 100미터의 섬이 있다. 호수의 밑바닥은 작은 부석으로 되어 있고, 호안엔 현무암(玄武岩)이 노출된 곳이 2, 3개소 있다. 수심이 가장 깊은 곳은 3미터 가량이다. 지표수가 유입하는 개울이나 유출하는 개울은 없다.

삼지연의 남쪽에 밀림으로 덮인 침봉(枕峯)이 있다. 이름과 같이 목침 모양이다. 이곳에서 흐르는 물은 석을수(石乙水)라고 하는데 이것이 두만강의 발원이다. 이 강은 조선과 청나라 사이에 있었던 국경 협정(國境協定)에서 문제가 된 토문강(土門江)과는 아무런 관련이 없는데, 청나라는 이곳을 토문강이라고 고집하여 국경으로 정해 버렸다. 약자의 설움이라고 아니할 수 없다.

과학적으로 관측할 수 있는 현재에 와선 토문강의 경계를 밝혀 수정할 만도 한데 듣는 바에 의하면, 김일성은 그렇게 하지 못하고 백두산의 태반을 중국에 할양하고 있다는 것이다. 그 덕택으로 우리가 백두산 천지에까지 가볼 수 있게 되는 것이지만, 통일될 앞날을 생각할 때 통탄할 일이 아닐 수 없다.

아무튼 백두산에 가보고 싶다. 장군봉을 비롯한 산정(山頂)을 극하고, 하산하는 길에 지금도 솟아나고 있다는 유황천(硫黃泉)에서 몸과 마음을 씻으며 이 강산에 태어난 사람으로서의 긍지를 확인하고 싶다.

최남선은 이 유황천을 신룡(神龍)의 영액(嶺液)이라고 표현하고 있다.

아아, 영원한 백두산이여!

동경의 백두산이여!

비경 중의 비경 곤륜산(昆崙山)

"산지조종(山之祖宗)은 곤륜산(昆崙山)이오. 수지조종(水之祖宗)은 황하수(黃河水)라."

어릴 때 할머니로부터 들은 이야기다.

우리 할머니는 지금 돌이켜 생각해도 대단히 유식하셨다. 소문 난 대학자였다고 하는 할아버지를 남편으로 하고 있었으니 그럴 만도 하다.

할머니는 곤륜산에 관한 많은 신화와 전설을 알고 계셨다. 그런 얘기를 들으며 자라난 탓인지 곤륜산은 어릴 적부터 내 귀에 익은 이름이다.

내가 성장하여 글을 읽게 됨에 따라 할머니가 하신 얘기의 전거 (典據)가 『회남자(淮南子)』, 『산해경(山海經)』, 『죽서기년(行書紀年)』, 『목천자전(穆天子傳)』이라는 것을 알았다.

아무튼 곤륜산은 신선이 사는 곳이며 불사(不死)의 물이 흐르고 있고, 서왕모(西王母)의 궁전이 있는 곳으로 나는 기억하고 있다.

"곤륜산에 가서 불사의 물을 떠 와서 할머니께 드렸으면 좋겠다." 는 말을 하니

"그래야 내 손주지."
하고 할머니는 내 머리를 쓰다듬어 주셨던 것이다.

할머니는 내가 열두 살 때 돌아가셨다. 아득한 반세기 전의 일이다. 내 자신도 할머니가 돌아가신 나이에 접근하고 있다. 그런데도 아직 곤륜산에 가보지 못했다. 그러나 할머니를 생각하면 곤륜산을 생각하고 곤륜산이라고 하면 할머니를 회상한다. 이렇게 곤륜산은 나의 정서를 가꾸는데 얼만가의 영향을 끼쳤다.

곤륜산에 가볼 수만 있으면 내 인생이 보람있는 것으로 될 것이란 어처구니 없는 마음을 가끔 가져 본다. 과연 그럴 날이 있을까. 막상 불가능한 일은 아닐 것인지 모른다. 근래 중공 땅을 밟을 수 있게 되었고, 1981년 이래 중공정부는 중국 내의 몇몇 고봉을 외국인에게도 개방했는데 그 가운데에 곤륜산이 끼어 있는 것이다.

그런데 실제의 곤륜산은 할머니가 이해하고 있던 곤륜산과는 다른 모양이다.

할머니가 이해하고 있던 곤륜산은 앞서도 말한 바와 같이 중국의 옛 전설 속에 있는 곤륜산이다.

원래 중국인들은 곤륜산을 황하의 수원(水源)으로 알고 있었다. 처음엔 중원에 가까운 곳으로 알고 있었다가 지리에 관한 지식이 확

대됨에 따라 곤륜산의 위치가 훨씬 서쪽으로 멀어져 갔다. 봉우리가 하늘을 찌르고 있는 고산(高山), 미옥(美玉)을 생산하는 신비로운 산이란 것이 중국인의 곤륜산에 대한 보편적인 인식이다.

곤륜산은 중국의 중부를 동서로 관주(貫走)하는 전장 2,500킬로미터의 대산맥이다. 산맥의 서부는 파미르고원에 접하는 중앙아시아 수일의 고산지대로서 콩구르(해발 7,719미터), 무즈타크 아타(7,546미터), 콩구르 추비에(7,595미터)를 비롯한 해발 5,000~6,000미터 이상의 고산들이 솟아 있다. 그 사이를 누벼 몇 개의 교통로가 트여 있다.

산맥의 중부는 미옥의 생산지로서 알려져 있으나 이 산맥의 동부의 사정은 거의 알려져 있지 않다. 이른바 비경 중의 비경에 속한다. 특히 알툰산맥 이남과 곤륜산맥 동단 이북과의 사이에 펼쳐진 광대한 고원 지대는 고대의 형상 그대로 황량한 모습으로 전개되어 있고 교통은 불편하다.

망막한 고비사막을 넘어야 하고 갖가지 장애가 있는 산간의 험한 계곡을 통과하고 무수한 하류(河流)를 건너야만 하는데, 이들 하류의 폭은 넓고 대개가 습지로 되어 있어 통행이 대단히 곤란하다. 뿐만 아니라 추위가 심하고 산소는 희박하고 식수가 결핍해 있다. 그런 까닭에 인적이 두절되어 완전히 고산의 생태계를 유지하고 있는 것이다.

이 총면적 5만 평방 킬로미터가 넘는 지역엔 산간의 협곡이 있고, 광대한 초원이 있고, 기복하는 사구(砂丘)가 있고, 특유한 사자천(沙子泉)이 있어 사막에 둘러싸인 계곡인데도 모래 속에서 물이 솟아오른다. 멀게 백은(白銀)에 덮인 연봉이 보이는데, 그 연봉으로부터 계류가 흘러 푸른 고산호(高山湖)와 에메랄드 빛의 호수를 형성한다. 소택지대엔 수십 종에 이르는 고산 식물이 천연의 대초원을 이루어 인류로부터 격절된 환경과 특유한 고지 조건이 어울려 대형 야생동물의 생식과 번영의 낙원이 되어 있다. 세계에서 희귀한 고원유제류(高原有蹄類)의 자연보호구가 되어 있는 곳이다.

이 지구에 있는 쿰호(湖), 이셰크파티호 등 2대 담수호엔 수조(水鳥)가 군생한다. 일제히 그 새들이 날아오를 땐 태양이 가려질 정도이다. 일러 조류의 천국이다.

그런데 등산, 지리, 지질, 지형, 지구물리의 전문가들의 관심을 모으고 있는 것은 눈과 얼음으로 덮여 있는 이 지구의 산들이다. 최고봉인 울 무스타그(7,723미터)의 주변엔 6,000미터 이상의 고봉이 60개나 있다. 이 지역의 빙설량(氷雪量)은 가장 풍부하여 두께가 300미터 이상인 빙하가 있다. 울 무스타그의 빙설 축적량만으로도 알타이 산맥 전체의 양보다 많다.

동부 곤륜산역을 최초로 탐사한 사람은 러시아의 탐험가 니콜라이 미하일로비치 풀제와르스키 장군이다. 그는 제4차 중앙 아시아 탐험 때 차이담 분지를 동남에서 서북으로 종단하여 가스호(湖)를 통과하고, 지금의 만나이 부근을 기지로 하여 1884년 11월 중순부터 이듬해 1월 중순까지 토구르사이 하(河)의 계곡에서 아야쿰 호반으로 나와 그 근처를 답사했다. 그후 지금의 바시쿠르간, 홍류구(紅柳溝)의 루트로 알툰산맥을 넘어 로브놀로 빠졌다.

이어 영국의 탐험가 아서 더글러스 켈리가 1885년부터 1886년에 걸쳐 신강쪽에서 알툰산맥을 넘어 치만타크의 서쪽으로 돌아 아르카타그를 넘어 티베트로 향했다.

1889년부터 1890년에 걸쳐 러시아의 장군 피에쵸프와 로보로프스키, 코즈로프, 보그다노비치 일행이 호탄에서 서역남도(西域南道)를 동쪽으로 걸어, 도중 알툰산맥을 넘어 아르카타그까지 가서 그 북면을 조사한 후 로브놀 방면으로 나왔다.

프랑스의 탐험가 가브리엘 본발로와 앙리 도르레앙이 곤륜산에 간 것은 1889년 11월 중순이다. 그들은 찰크리크에서 아르카타그를 넘어 티베트의 북쪽으로 향했다.

스웨덴의 탐험가 스웬 헤딘은 이 지역에 세 번이나 들어갔다. 제1회 때는 1896년 8월 초였는데, 서역남도의 첼첸 서쪽 150킬로미터의 상거에 있는 카라미랑 강을 거슬러 올라 곤륜의 주맥(主脈)에 들어, 카라미랑 고개 근처에서 주맥을 넘어 남쪽인 티베트 쪽을 돌아서 그후 동진, 차이담 분지에 도착했다. 이 때의 상세한 루트를 지도상으로 밝히긴 곤란하지만 대강 울 무스타그의 남쪽, 이어 아르카타그의 남쪽이 아닌가 한다.

제2회는 1900년 6월부터 12월에 걸쳐 시도되었다. 로브놀에서 알툰산맥을 넘어 만나이에 이르러선 치만타그에 올라 쿰호로 내려와 거기에서 현재 경어호(鯨魚湖)라고 불리는 호수를 지나 아르카타그로 넘어 티베트의 북쪽으로 갔다. 거기에서 아티크호, 유스파르크호를 거쳐 다시 만나이로 돌아와선, 그곳을 기지로 하여 쿰·아야쿰·가스호 등을 탐사한 후 로브놀로 돌아왔다.

제3회 때는 1901년 5월 중순 찰크리크를 출발하여, 찰크리크 강을 거슬러 올라 알툰산맥을 넘어선 아야쿰호의 서쪽으로 해서 6월 말에 아르카타그를 넘어 티베트의 오지로 들어갔다.

스웬 헤딘의 곤륜산에 대한 집념은 이처럼 대단하다. 그는 곤륜산을 탐색하는 것이 동양의 신비를 탐색하는 것이며, 나아가 세계의 가장 신비로운 지역을 탐색하는 것이라고 하여 정열을 불태웠던 것이다.

스웬 헤딘의 정열을 이어받은 사람이 스테판 이바노비치 스미그노프라고하는 백계 러시아의 청년이다. 그는 1927년부터 1932년까지 장장 5년 동안을 차이담 분지의 중앙에 위치하는 타이지 놀을 본 거지로 하여 이곳에서 방랑의 생활을 보냈다. 그동안 우루무치, 서영, 호탄, 찰크리크, 첼첸 등을 답사했는데, 그가 그때 통과한 곳은 쿰호, 이셰크파티호, 가스호, 나링골협곡, 피티리크강, 유스프알크, 바시쿨간, 홍류구 등이다. 치만타그 부근에도 빈번하게 드나든 모양이다.

이렇게 낯선 이름들을 옮겨 쓰고 있으면서 나는 뭐라고 형용할 수 없는 엑조티시즘에 사로잡힌다. 스미그노프의 그 바람과 햇빛에 바랜 구레나룻이 눈에 보이는 것 같다.

이밖에도 곤륜산을 답사한 사람은 리틀달, 두트루이유 드랑 등이 있지만, 스미그노프 이후 곤륜산을 답사한 기록은 없다. 곤륜산은 다시 신비의 안개 속에 싸이게 되는 것이다.

스미그노프의 답사가 있은 지 약 50년 후인 1985년 2월, 미국의 알파인 클럽과 중국 신강등산회(新疆登山會)는 중국과 미국의 등산가와 과학자들로서 합동 등산탐험대를 편성하여 1985년 9월부터 10월까지의 사이에 울 무스타그에 등정하고 그 기간 중 과학조사를 실시한다는 협정을 체결했다.

다음에 그들의 등산기를 옮겨본다(우리 등산족의 참고를 위해서).

1985년 9월 21일, 수천 명의 환송을 받으며 49명의 등산대원은 5백 킬로미터 전방에 있는 코르라 시를 향해 우루무치를 떠났다.

49명 가운데 중국인은 14명, 미국인은 8명, 이밖에 운전사 12명, 취사원 2명, 의사, 관리원, 카메라맨, 수행기자, 텔레비전 방송의 특파원 등이 있었는데, 이들 총체 41인의 중국인은 한족, 위구르족, 카사프족, 타지크족, 시보족으로 구성되어 있었다.

식량과 장비, 가솔린, 경유 등 합쳐 40톤의 물자와 인원을 프랑스제 트럭 8량, 일본제 트럭 3량, 중국제 지프차 2량에 실었다.

두 시간 후 달판성(達坂城)에 도착, 달판성에서부턴 아름다운 계곡 지대에 들어갔다. 5시간 후 천산(天山)의 산중에 진입, 6시간 걸려 천산을 넘어 코르라 시에 도착. 이곳은 남강의 중진이며 고대 실크로드의 요충이다.

코르라에서 하루를 쉬고 고약공로(庫若公路)로 찰크리크로 향했다. 찰크리크는 코르라에서 496킬로미터 상거에 있는 도시이다. 코르라에서 찰크리크까지의 496킬로미터 중 120킬로미터는 연와(炳瓦)로써 포장되어 있다. 폭 8미터의 도로 1미터에 깔린 연와의 수가 640개였다고 한다. 1킬로미터당 64만 개, 120킬로미터를 포장하려면, 7,680만 개의 연와가 필요하다면서 감탄한 문장이 있다.

9월 23일 오후 5시, 찰크리크 도착. 찰크리크는 역사상 유명한 도시이다. 실크로드의 요충으로서 신강, 청해, 감숙, 티베트, 파키스탄, 인도 및 중앙 아시아를 연결하는 통로의 하나인데, 기원전 2세기의 여행가 장건(張騫), 7세기 당나라의 명승 현장법사(玄奘法師), 이탈리아의 마르코폴로 등이 전후하여 이곳을 지났다.

찰크리크에서 만나이로 출발한 것은 9월 26일 오전 9시, 한 시간 반 후 미란강 대교에 도착. 미란강은 고비사막을 흐르는 청렬한 대강이다.

미란강에서 두 시간 걸려 사자대판(沙子大坂). 사자대판에서 알툰 산에 진입한다. 사자대판을 넘어 2시간 반 후에 '호랑이 아가리'란 협로를 통과, 그곳에서 전후 4시간을 들여 100킬로미터에 이르는 간구

(干溝)란 골짜기로 빠진다. 이로써 알툰산을 넘은 것이다.

알툰산을 넘으면 전면에 하얀 구름에 덮인 산이 나타난다. 석면(石綿)의 광산이다. 이곳이 신강에선 '이톤브라크'라고 부르는 곳이고 청해에선 '만나이'라고 부르는 곳이다. 해발 3,080미터이다. 이톤브라크와 만나이는 같은 곳인데, 신강과 청해의 경계에 위치하고 있기 때문에 거리의 중앙통에서 북쪽은 우편국, 은행, 백화점 등으로 신강의 찰크리크에 속하고, 남쪽의 상점들은 청해성에 속한다.

만나이의 특징은 모든 건축물이 은회색의 석면 분말로 덮여 있는 점이다. 또 하나의 특징은 이 곳에서 한 그루의 나무도 볼 수 없다는 사실이다.

중미 합동 등반대는 이곳에서 하룻밤을 묵게 된다.

울 무스타그 중미 합동 등반대의 고문 주정(周正)의 기록을 간추려 본다.

1985년 9월 28일 아침, 만나이를 출발, 서남(西南)으로 향하다. 40분 후에 도로에서 벗어나 전인미답의 황막한 사막지대로 들어섰다. 이 지대가 이른바 '유사하(流沙河)'란 곳이다.

1천여 년 전 이곳을 지난 현장법사(玄奘法師)의 기록에 다음과 같은 것이 있다.

"여기에서 동행(東行)하여 대유사(大流沙)에 들어선다. 사(沙)는 유만(流漫)하여 바람에 따라 집산(集散)한다. 가도가도 사람의 흔적이란 없고 사원망망(四遠茫茫)하다. 수초(水草)는 없고 열풍이 자주 인다. 바람이 불면 인축(人畜)은 혼미하여 병을 얻는다.”

이곳을 12대의 트럭에 타고 통과하는 것인데, 40킬로미터의 이 지역은 통과하기에 6시간이 걸렸다.

전방 서쪽에 있는 소홍산(小紅山)을 목표로 달리다가 약 30분 후에 야우천(野牛泉)이라고 불리는 곳에 도착했다. 이곳은 지도에도 나타나 있지 않다. 세 개의 샘이 솟아 있지만 300미터쯤 흐르다가 사막에 흡수되고 만다. 이곳에서 급수하고 휴식을 취하곤 저녁 때 그날의 목적지인 압자천(鴨子泉)에 이르렀다.

압자천도 지도엔 없다. 해발 3,640미터. 야우천에서 50킬로미터 상거이다. 이곳에 비교적 큰 샘이 있다. 각종의 오리가 떼를 지어 물을 마시러 온다고 해서 압자천이란 이름이 생겼다.

9월 29일 새벽, 압자천을 출발하여 150킬로미터 전방에 있는 아치크 호(湖)를 향해 전진을 시작했다. 3시간 후 고초구(枯草溝)를 통과하여 난석곡(亂石谷)에 이르러 높이 200미터의 고개를 넘으니 전방에 고비사막이 나타났다. 주행 중 먼 곳에 큰 호수를 볼 수가 있었다. 유명한 아야쿰호이다. 위구르어로 ‘모래 밑의 호수’라는 뜻이다. 주위 300킬로미터의 담수호인데 물고기가 살고 있고 수많은 수조(水鳥)들의 서식처이다.

밤 8시 반경 목적지인 아치크 호반에 도착했다.

9월 30일 아침, 중국과 미국 쌍방의 간부들이 모여 회의를 열고 하루를 이곳에서 쉬기로 했다.

10월 1일 11시간에 걸쳐 200킬로미터를 주파하여 오후 7시 울 무스타그와 주변의 산을 바라볼 수 있는 지점에까지 왔다. 등반대는 그 산에서 숙영했다. 월아하(月牙河)라고 불리는 것이다.

10월 2일 월아하를 출발하기에 앞서 트럭에 적재한 20톤의 가솔린과 경유를 그곳에 남겨두기로 했다. 돌아갈 때 쓸 작정이었다.

많은 하류를 지나야만 했다. 일곱 개의 하류를 넘었을 때 드디어 울 무스타그로 통하는 골짜기에 들어섰다. 이 골짜기의 입구엔 연장 수십 킬로미터가 되는 빙하가 가로놓여 있고, 그 옆으로 울 무스타그에 연한 산봉들이 장려한 경관을 이룬다.

30분쯤 차를 달렸을 때 7킬로미터의 골짜기는 끝나고 해발 5,8000미터의 전위봉(前衛峯)에 의해 시야가 가려지고 말았다. 이 산을 모두들 '요망봉'(瞭望峯)이라고 부르기로 했다. 이 산의 정상에 서면 월아하와 설조벽산(雪照壁山)을 환히 볼 수 있을 뿐만 아니라, 울 무스타그와 이에 연한 같은 능선상의 동곤륜(東崑崙)을 한 눈으로 바라볼 수 있기 때문이다. 우리들은 이 산에 베이스캠프를 칠 계획을 세웠다.

우리들의 베이스캠프는 16개의 천막으로 구성되어 있었다. 가운데를 흐르는 물줄기를 따라 왼쪽에 네 개의 대형 천막을 쳤다. 그 내부는 각각 30평방미터의 면적이다. 식당, 취사실, 통신실, 의무실 겸 식량창고 등으로 배정했다. 무선용 고가 안테나는 이 천막군(群)의 왼쪽 사면에 가설되었다. 물줄기의 오른쪽에도 대형 천막 네 개를 치고 등반대원, 운전기사, 기자, 카메라맨, 지질 기술자들의 숙사로 했다. 각 천막은 20인이 거주할 만한 넓이다.

8명의 미국 대원들은 각기 소형 천막을 준비하여 3개소에 분산 설영했다. 50세 이상인 미국 사람 즉, 베이츠, 크린치, 혼바인, 쇼닝 등 네 명은 중국대원의 천막 가까이에 자리를 잡고, 2명의 젊은 등산가, 푸트와 헤넷은 식당에서 150미터 쯤 떨어진 곳에, 과학자인 몰너와 버치풀은 베이스캠프에서 300미터나 떨어진 곳에 천막을 쳤다. 울 무스타그의 정상을 잘 관찰하기 위한 목적과 미국에서 가져온 위성탐지기와 레이저 측거의(側距儀)의 조작을 편리하게 하기 위해서라고 한다.

베이스캠프의 설영이 완료된 10월 4일 오전 11시 30분, 미국과 중국의 국기를 게양하는 의식을 올렸다. 의식이 끝난 후 중국측 등반대장 호봉령(胡峯嶺)이 5인의 정찰대를 인솔하여 양국의 대원들이 환송하는 가운데 베이스캠프를 떠났다.

10월 6일 해발 5,500미터의 C1과 5,800미터의 C2에 산소 봄베, 통조림 등 부피가 큰 각종 물자의 운반을 시작했다. 미국측에선 4명, 중국측에선 21명이 출동하여 C1으로 1톤 반의 물자를 옮겼다. 그런데 식량의 준비상황을 검토한 결과 구입한 종류가 단조롭고 게다가 대부분의 물품이 등산용으론 적합하지 않다는 것을 알았다. 물자구입의 책임자가 등산의 경험이 없었던 것이다.

물자를 운반하는 작업에 있어서 74세의 미국측 부총대장 베이츠, 58세인 등반대원 쇼닝, 54세인 고산 생리학자 혼바인, 54세의 미국측 대장 크린치가 각각 20킬로그램의 짐을 지고 대열에 참가했다.

합쳐 2톤이 넘는 장비와 식품을 5,800미터 C2까지 무사히 운반하는데 5일 간이 걸렸다.

장비와 식품의 운반이 끝나자 곧 C3의 설영과 정상에 오르기 위한 탐색작업이 시작되었다. 양국의 등반대원 및 각 책임자, 과학자들 전원이 합동등산 활동의 최종단계를 위해 준비에 만전을 기했다.

10월 13일부터 5,500미터 이상의 곳에 단속적으로 큰 눈이 내렸다. 18일이 되어서야 겨우 맑은 하늘을 볼 수 있었다. 원래 같으면 베이스캠프 부근에서도 볼 수 있는 울 무스타그의 산정이 수일 동안 구름과 안개에 덮여 버렸다. 게다가 17일 밤엔 C2 부근에 신설이 1미터 이상으로 쌓였다. 기온은 엄청나게 내려갔다. 대원들은 천막의 출입조차 곤란을 느꼈다. 천막 내의 사정은 더욱 나빴다. 섭씨 영하 20도 전후의 한기에선 사람들이 토해내는 수증기와 물을 끓일 때 생기는 수증기가 배출이 되질 않아 천막의 내벽은 물에 흠뻑 젖는다. 낮고 좁은 천막 내는 물칠갑으로 되어 침낭이며 옷이며 내의가 모조리 젖어 버린다. 루트는 오름길, 내림길 할 것 없이 전부 눈에 덮여 전

진도 후퇴도 어렵게 되었다. 꼼짝없이 대원들은 천기의 호전을 기다
릴 도리밖에 없었다.

10월 17일 오후 해발 5,800미터의 C2에서 중국 대원들을 지
휘하고 있던 왕진화 총부대장이 베이스캠프로 전화연락을 해왔다.

"현재 바람이 강하고 적설이 대단하다. 그러나 바람에 대처할 수
있기 때문에 개이기만 하면 정상으로 오를 예정이다."

9명의 중국대원과 4명의 미국대원은 이미 해발 6,100미터까지
픽스 자일을 고정해 놓고 있었던 것이다.

등반대원이 C2에서 정상을 향해 오르고 있을 때 양국의 지질 전
문가들은 울 무스타그 주변의 지질을 조사하여 풍부한 석탄층과 대
량의 식물화석을 발견했다.

10월 18일, C2로부터

"본일, 북경시간 12시, 중국측 대장 견희림(甄希林)이 인솔하는 루
트 공작대 출발하다."
라는 연락이 들어왔다.

C2에서 C3로 향한 대원은 호봉령, 장보화, 오전성, 마무드 등 중
국인 5인 미국인은 쇼닝, 혼바인 등이었다.

오후 2시, 선두에 선 장보화가 베이스캠프에 연락했다. 이때 그
들은 해발 6,150미터의 고소에 도착하여 천막을 칠 준비를 하고 있
었다.

10월 19일 하늘은 맑았지만 바람이 강했다. C2로부터의 연락에 의하면 5,800미터 이상에서의 풍력은 6급에 달하고 기온은 섭씨 영하 20도라고 했다. 이날 오전 등반 대원은 이미 6,150미터의 C3를 나와 등반을 계속하고 있었다. 베이스캠프에선 좋은 소식이 오기만 기다리고 있었다. 그런데 오후 7시 미국측 대원 가운데서 최강의 등산가인 헤넥과 푸트가 뜻밖에도 C3에서 베이스캠프로 돌아왔다. 헤넥과 푸트는 C3에서 구름이 끼이는 것을 보고 내일부턴 더욱 악천후(惡天候)가 된다고 판단했다는 것이다.

"중국대원들은 위험을 무릅쓸 작정인 것 같은데, 우리들은 그들과 같이 죽을 수 없다. 그래서 돌아왔다."

그 말을 듣고 나는 이상하게 여겼다. 미국측 대장 크린치와 나이 많은 혼바인과 쇼닝이 아직 C2와 C3에 남아 있고, 몰너와 버치풀, 두 과학자도 이날 오후 1시 베이스캠프를 나서 C2로 향했다. 푸트와 헤넥만이 기상을 알고 다른 미국인들은 기상을 모르고 중국인과 위험을 같이 무릅쓰려고 하는가.

크린치 대장과의 얘기를 통해 미국인들의 특징은 자유에 있다는 것을 알았다. 어느 대원이 등정하기 싫으면 책임자에게 보고하지 않고 산을 내려가도 좋다는 것이고, 대장은 대원들의 자유행동에 간섭할 권리가 없다는 것이다.

이번에 나는 평생 처음으로 미국인과 합동 등산을 한 것이지만 과거엔 소련인과 몇 차례 합동 등산을 했고, 1981년 이래 일본인과 여러 차례 합동 등산을 한 경험이 있다. 그 가운데 나는 일본인이 가장 규율을 잘 지킨다고 보았다. 그들은 산에서의 일체의 행동에 있어서 충실하게 대장의 명령에 복종한다. 소련인도 규율을 지키지만 일본인과 비교하면 손색이 있다.

아무튼 미국인과 같은 자유행동, 무규율을 처음으로 보았다. 그 후 3일간의 천기는 좋았다. 그 두 사람의 판단은 빗나갔다. 만리를 멀다않고 이곳까지 와서 곤륜산의 최고봉 올 무스타그의 등정을 불과 수백 미터 앞에 두고 포기해 버린 그들의 심정을 나는 이해할 수가 없다.

10월 20일, 날씨는 맑았다. 무선으로 최초의 등반대원은 호봉령, 장보화, 알타시, 마무드, 오전성 등 중국인 5인이란 연락이 왔다. 그들은 북경시간 오전 8시 C3을 출발하여 오전 10시, 해발 6,600미터에까지 도달했는데, 바람이 세고 기온이 섭씨 영하 25도로 낮아져 전진을 정지하고 그 밤을 거기에서 지새우기로 하고 예정에 없었던 C4를 설영했다.

한편 비디오 카메라를 멘 중국측 대장 견희림과 영화촬영기를 멘 조수 동건민은 루트를 잘못 잡아 해발 6,300미터의 지점에서 오도가도 못하게 되었다. 연락을 받고 C2에서 구원대가 차출되어 이튿날 새벽 3시에 구출했다.

10월 21일 오전 10시, 5명의 등반대원들이 정상을 향해 전진을 개시했다. 그들은 70미터의 가파른 빙판을 넘었다. 그러자 전방에 높이 약 8미터, 폭 30미터의 암벽이 나타나고 바로 아래에 만장(萬丈)의 계곡이 입을 벌리고 있었다. 왼쪽은 아슬아슬한 빙벽, 아래쪽은 깊이 패인 크레바스가 종횡무진으로 새겨져 있었다. 등반대는 암벽 오른쪽의 틈서리를 타고 올랐다.

그 난소를 통과하고 나니 높이 200미터의 대암벽이 나타났다. 선두의 호봉령이 왼쪽으로 돌았다.

거기에서 웅대한 정상이 선명하게 보였다. 그 암벽을 넘고보니 경사 70도의 빙벽이 나타났다. 이때는 벌써 오후 4시. 기온은 내려 섭씨 영하 30도, 5명의 등반 대원은 이 300미터의 빙벽을 세 시간 걸려 통과했다.

산정까지의 거리는 50미터가 되었다. 대원들의 행동은 완만해졌다. 일보 전진하곤 쉬고, 또 일보 떼어놓곤 심호흡을 했다.

북경 시간 오후 7시 27분, 베이스캠프의 무전기가 울렸다.

"바로 이 순간 우리들은 등정에 성공했습니다."

해발 6,973인 울 무스타그의 정상에서 보낸 장보화의 소리였다.

베이스캠프에서 환성이 터졌다.

미국측의 부총대장인 74세의 베이츠 박사는 주정을 안고 "중국 등산가를 충심으로 축복한다"며 "어느 편이 올라갔건 우리들 전원의 승리"라고 감격했다.

기록 전부를 소개하지 못하는 것이 유감이다. 그런데도 나는 이 글을 옮겨 쓰면서 흥분을 금하지 못했다. '북키시 알피니스트'(책을 통한 등산가)에도 나름대로의 감동이 있는 것이다.

인디오의 성산(聖山) 침보라조

　침보라조는 에콰도르에 있다. 먼저 에콰도르에 관한 이야기를 해야겠다.

　나는 1971년 이래 에콰도르에 다섯 번을 갔다. 그리고도 또 가고 싶은 곳이 에콰도르이다. 그만큼 나는 이 나라에 정이 들었다.

　에콰도르란 스페인 말로 '적도(赤道)'라는 뜻이다. 적도가 그냥 국명으로 되었다는 것도 흥미있는 노릇이다.

　에콰도르의 수도 키토에 가면 적도탑(赤道塔)을 볼 수 있다. 이 적도탑은, 상세하게 말하면, 키토에서 약 26킬로미터 북쪽에 있는 산트 안토니오 마을에 있다. 위쪽으로 갈수록 약간씩 좁혀진 사각주(四角柱) 위에 커다란 지구의(地球儀)가 얹혀 있는 표지탑이다.

　이 표지탑은 1736년 프랑스의 학자 샤를르 데 콘다미느를 비롯하여 루이 코당, 페드로 부겔 등과 프랑스의 해군장교 조르주 장, 기타의 사람들이 학술조사단으로서 파견되어 7년 동안 조사한 끝에 바로 이곳이 적도선이 통과한 지점이라고 확인한 사실을 기념하기 위해 에콰도르 정부가 세운 것이다.

1736년이라면 우리나라에선 영조(英祖)가 군림하고 있을 때이며, 적도가 어떤 것인가를 상상도 못하는 상황에 있었다. 극동의 반도에서 당파 싸움만 머리가 터져라 하고 일삼고 있을 때 프랑스 인들은 적도의 통과 지점을 알려고 에콰도르에까지 왔구나 하는 마음으로 적도비를 보면 그만큼 감개가 무량하다.

그러나 나는 적도비가 있다고 해서 에콰도르에 애착하는 것은 아니다. 이 나라의 동부는 고산준령으로 이루어진 아직도 사람의 접근이 불가능한 비경이고, 서부는 태평양에 면한 평원 지대인데 그 지리적 대조에서 빚어진, 뭐가 뭔지 모르긴 하지만, 사람을 끄는 매력이 서려 있는 것이다.

에콰도르는 북위 1도 38분에서 남위 4도 50분에 걸쳐 위치한다. 북쪽은 콜롬비아, 동과 남은 페루, 서쪽은 태평양에 면하고 태평양에 있는 갈라파고스 군도를 영유하고 있다. 남미에선 우루과이 다음 가는 소국이다. 그러나 면적은 우리나라 남북을 합친 것과 비슷하고 인구는 약 6백만 명이다.

적도 하에 있는 에콰도르에선 토지의 고저에 따라 1킬로미터마다 기후가 다르다. 그러므로 이 작은 나라가 한대, 온대, 아열대, 열대 등 모든 기상대(氣象帶)를 소유하고 있는 셈이 된다.

북쪽에서 남쪽으로 뻗은 안데스의 동서 양산맥이 각각 자연조건이 다른, 해안지대(코스타), 산악지대(세라), 동부지방(오리엔테) 등 세

지구로 구분된다.

안데스산맥엔 해발 4,200미터부터, 6,000미터 이상의 고봉이 22개나 있다. 이렇게 중첩된 산과 산이 문화의 발달에 큰 장애가 되었다. 수로(水路)가 중요한 교통로이다. 태평양으로 쏟는 과야스강은 에콰도르의 생명선이다.

지금은 인터 아메리칸 하이웨이가 생겨 있지만 옛날 산악 지대의 교통로는 이른바 공도(公道) '카미노레알'이었다. 공도라고 해서 수레가 다니고 말이 달리고 할 수 있는 길이 아니다. 잉카제국의 수도인 키토에서 쿠스코까진 걸어야만 했다. 급한 일이 있으면 전령이 릴레이 식으로 뛰었다.

시대가 변천하여 1908년 에로이 알파로 대통령 시대에 아서 존 헬만 형제의 노력에 의해 과야킬과 키토간의 철도가 부설되었다. 기막힌 난 공사였다고 한다. 이처럼 산과 산이 중첩한 자연적 조건을 극복한 노력은 위대하다. 그러나 교통이 편리하게 되었다고 해서 국민의 일체감을 성취할 수 있는 것은 아니다.

산악지대에 사는 사람과 해안지대의 사람들은 기질부터가 다르다. 보수, 자유, 양당으로 나눠져 상호간 이해하려고도 않고 사사건건 대립하고 있는 것이 실정이다. 동부지방은 제지다우(低地多雨)의 열대성 기후여서 인구는 희박하다. 박물학자들의 낙원이라고 할 순 있으나 사람이 살 곳은 못된다. 이 지방에 사람의 목을 잘라 두개골을 빼고 머리를 축소해서 '찬차'라는 것을 만드는 히바로족이 살고 있다.

적도 직하라고 해서 무더운 기후를 상상할지 모르지만 그렇지가 않다. 해안 지방은 태평양과 훔볼트 해류가 기온을 완화하고, 산악지대에선 고도가 기온에 영향을 준다. 그런 까닭에 대체로 기후는 온화하다.

에콰도르에 빌카밤바란 장수촌이 있다는 것을 놓칠 수 없다. 이곳은 에콰도르 남쪽 페루 국경에 가까운 곳이다. 인구 4만 명 가량의 도시 로하에서 50킬로미터 쯤 북상한 곳에 빌카밤바가 있다.

이곳 주민은 평균 백 살 이상을 산다고 하는데 언제나 상춘의 기후이다. 기록에 의하면 연간 섭씨 20도에서 1, 2도의 변동밖엔 없다는 것이다.

수도 키토는 해발 2,830m의 고지에 있다. 가로는 좁고 가파른 고갯길이 많지만 스페인 중세풍이 엿보이기도 하여 엑조티시즘이 횡일해 있다. 그러나 산소가 희박한 탓으로 익숙하지 못한 사람은 견딜 수가 없다.

나는 처음 1주일 예정으로 그곳에 갔다가 사흘 만에 떠나고 말았다. 그런데 두 번째, 세 번째 갔을 때 사정이 달라졌다. 견딜 만했다.

한편 항구도시 과야킬은 로맨틱한 곳이다. 부두, 공원 모두 스페인 식민지 시대에 만들어진 것이라고 하는데, 우리 부산과 비교해 볼 때 스페인의 식민정책이 일제의 식민정책에 비해 월등하게 양심적이었다고 느꼈다.

과야킬은 19세기 말에서 20세기 초까진 해적선의 근거지였다고 한다. 그렇게 듣고 보니 해적선의 근거지로서 적합한 곳이었다. 굴곡이 심한 과야스 강을 거슬러 올라간 곳엔 해적이 숨을 만한 곳이 많았다.

과야킬은 갈라파고스 군도로 갈 수 있는 곳이기도 해서 찰스 다윈이 일시 근거지로 한 곳이다. 찰스 다윈이 갈라파고스에서 그의 진화론을 완성했다는 것은 이미 정설로 되어 있다.

또 한 가지 과야킬에서 잊어선 안 될 것은 노구치 히데요(野口英世)란 일본인 의학자가 이곳에서 황열병(黃熱病) 연구를 완성했다는 사실이다. 황열병은 일종의 풍토병으로서 이 지방 사람들에겐 커다란 위협이었다고 한다. 어느 때엔 그 때문에 과야킬 일대가 전멸상태가 될 뻔했다는 이야기도 있다. 노구치의 연구성과는 황열병의 예방과 치료에 결정적인 공헌을 했다. 과야킬 시는 '노구치 거리'를 만들어 그의 공로를 현창하고 있다.

이 정도로 에콰도르 설명을 끝내기로 하지만, 무릇 어떤 산이건, 산에 이르려고 하면 그 산이 위치하고 있는 나라 또는 지방에 대해서 어느 정도의 예비 지식을 가져야 하는 것이다. 그런 뜻에서 나의 설명은 오히려 부족한 느낌이 있다.

1971년의 여름이었다.

키토에 도착한 이튿날 아침, 호텔의 창문을 열었더니 일견 일본의 부사산을 방불케 하는 산이 동남쪽 하늘에 웅연한 모습을 나타내고 있었다. 정상은 눈에 덮여 하얗고 중복쯤을 구름이 감싸고 있었는데, 나는 그 너무나도 수려하고 숭엄한 모습에 숨을 죽였다.

식당에 내려가 호텔 종업원에게 그 산을 물었더니 그는

"침보라조."

라고 자랑스럽게 말하고

"세계에서 제일 높은 산인데, 아직도 그걸 모르느냐?"

며 어깨를 으쓱했다.

"아아, 저 산에 오를 수 있으면 얼마나 좋을까."

싶었지만 가능할 일이 아니었다.

나는 우선 침보라조를 지식으로서 알아볼 계획을 세웠다. 그런데 대사관 직원도 대사관에서 소개하는 사람도 침보라조를 납득이 가도록 설명하질 못했다. 그저 '세계에서 제일 높은 산'이라고만 되풀이할 뿐이었다.

지식으로서나마 침보라조를 이해하게 된 것은 과야킬에 와서다. 과야킬에서 과야킬 대학의 에르메스란 교수를 만났다. 이 얘기 저 얘기 끝에 침보라조가 화제에 올랐다. 말이 난 김에

"과야킬에 등산가가 없느냐."

고 물었다.

"왜 없겠느냐."

며 그가 웃었다.

"얘기를 듣는 것만으로도 좋으니 소개해달라."

고했다.

에르메스가 그 이튿날 데리고 온 사람은 페델로 알만데스란 이름의 인디오였다. 인디오였지만 과야킬 대학을 졸업한 인텔리다.

다음은 나와 그와의 사이에 있었던 대화이다.

"침보라조는 그저 고유명사입니까. 보통명사가 고유명사로 화한 것입니까?"

"침보라는 케츄어 말입니다. 푸른 눈이란 뜻이지요. 영어로 하면 블루 스노우가 되겠지요."

"설선(雪線)은 대강 어디쯤에서 시작됩니까."

"해발 4,900미터라고 하지요."

"침보라조의 높이는 해발 6,310미터라고 되어 있던데, 세계에서 제일 높은 산이라곤 할 수 없는 것 아닙니까?"

"대강 그렇게 말하지요. 네팔 히말라야의 다울라기리가 8,180미터라고 하니까요. 그러나 우리로선 이의가 있습니다. 측정의 방법에 차이가 있는 것입니다. 만일 같은 방법으로 정확하게 측정한다면 침보라조가 높을 것이란 자신을 가지고 있습니다."

페델로는 산의 높이를 측정하는 방법을 갖가지로 설명했지만 너무나 전문적인 사항이라서 나로선 잘 이해할 수가 없었다. 그래서

"아무튼 세계 공인에 따라야 하지 않겠습니까."

했더니 페델로는 발끈 화를 냈다.

"다울라기를 8,180미터라고 측정한 것은 1818년에 있었던 일입니다. 170년 전의 일입니다. 해발이 아메리카와 아시아에서 같을 수가 없습니다. 이쪽 대륙이 구대륙보다 훨씬 높다고 가정해 보십시오. 예컨대 해면의 높이가 2,000미터 이상 높다면 침보라조는, 그 쪽의 해발로 치면 8,310미터가 되는 겁니다. 태평양 이쪽 편과 저쪽 편과의 해면을 같은 평면으로 보는 것은 지구가 둥글다는 것을 무시하는 소리일 뿐입니다."

페델로의 말은 납득할 수 없었으나, 그의 흥분은 이해 못 할 바가 아니었다. 어느 정도의 근거만 있다면 종래 세계 최고라고 믿어 왔던 산을 둘째로 만들기 싫을 것은 당연하다.

나는 알았다고 항복하고 침보라조에 대해 좀 더 구체적으로 말해달라고 부탁했다.

"침보라조의 정상은 남봉과 서봉, 두 개의 피크로 되어 있습니다. 남봉이 최고점이지요. 이 남봉을 윔퍼봉이라고도 합니다."

"윔퍼봉?"

"에드워드 윔퍼의 이름을 따서 그렇게 지은 겁니다. 처음으로 등정한 사람의 이름을 기념한 거지요."

"에드워드 윔퍼가 침보라조에 등정한 것은 언제쯤의 일입니까."

"1880년 1월 4일이었다고 기억합니다."

"1880년이면 윔퍼의 나이는?"

그는 수첩을 꺼내 뒤적이더니

"그의 생년이 1840년이니까 꼭 40세가 되던 해입니다."

"윔퍼를 존경하십니까?"

"물론이죠. 나는 내 방에 윔퍼의 초상화를 걸어 놓고 있습니다. 그가 신은 구두 모양을 따서 구두를 만들어 초상화 밑에 모셔 놓고 있지요."

우리는 윔퍼에 관한 이야기를 얼마 동안 주고 받았다.

윔퍼는 위대한 등산가이다. 그는 1865년 7월, 일곱 번의 실패에 굴하지 않고 드디어 알프스 마터호른의 등반에 성공한 것이다. 그러나 그때 동행 일곱 명 중 네 사람이 추락해서 죽었다. 그 후론 그는 알프스에 접근하려 하지 않았다.

그후 주로 그린란드, 캐나디언 록키, 안데스의 산에 올랐다. 침보라조의 등반도 그 과정 속의 하나이다.

"우린 침보라조에 오르기만 하면 에드워드 윔퍼를 위해 기도와 제사를 올리죠."

"그가 오른 흔적이 남아 있습니까?"

"있을 수가 있나요. 영국기를 세우고 유리병에 명단과 날짜를 적어 눈 속에 묻었다고 전해지지만 백 년 전의 일 아닙니까. 그러나 윔퍼의 영이 그 정상에 서성거리고 있는 것은 확실해요."

"당신은 몇 번이나 침보라조에 올랐습니까."

"세 번 올랐습니다. 명년에 네 번째로 가볼까 합니다."

"네 번이나요?"

"침보라조는 우리들 인디오에겐 성산(聖山)입니다. 높은 산에 등반한다는 의미 이상의 것이 있는 겁니다."

"나도 오를 수가 있겠습니까?"

"글쎄요."

하고 그는 나의 등산력을 묻더니 내 대답을 듣곤 말했다.

"침보라조는 장난으로 가는 산이 아닙니다."

뒤에 알고 보니 침보라조는 안데스 산계에서는 아콩카과 다음의 고봉인데 에콰도르 사람들은 예외없이 침보라조가 세계 제일이라고 고집한다.

침보라조 등반의 역사를 살피려면 1802년까지 거슬러 올라가야 한다. 이해 6월 23일, 독일의 해류학자(海流學者) 푼볼트와 프랑스의 에이메 봉 프랑이 에콰도르 사람 카를로스와 더불어 등정을 시도한 일이 있다.

이들은 남쪽에서 출발하여 등산로를 개척해 가며 올랐으나 5,700미터의 지점까지 올랐을 뿐이다. 비록 이 초등정의 기도는 좌절되고 말았으나 그때의 세밀한 기록이 그 후의 등정에 많은 공헌을 하게 되었다.

이 기회에 푼볼트의 이름을 상기해 둘 필요가 있다. 그의 정식 이름은 알렉산더 폰 푼볼트. 1769년에 나서 1859년에 죽었는데, 독일 인문주의의 대표적 학자 칼 빌헬므 폰 푼볼트의 동생이다. 그는 프랑크푸르트, 베를린, 궤팅겐 대학에서 수학하고, 소싯적부터 여행을 즐겼다. 20대에 자연과학을 전공하기 시작했다. 예나에선 괴테와 실러의 친구가 되었다.

그의 남미 여행은 1897년부터 비롯되었다. 1907년부터 1927년까지 파리에 거주하며 연구 여행의 성과를 정리하고, 이어 빈 대학에서 자연지리학(自然地理學)을 강의했다. 그 후로도 우랄알타이산맥, 중국지방, 카스피해 등을 연구 여행하고, 만년엔 지자기관측(地磁氣觀測)의 국제적 기관을 창설하는 등 활발한 활동을 했다. 그는 당시 학문의 사변적 경향에 반대하여 실험을 중시하고 엄밀한 과학적 연구의 터전을 닦았다. 지리학, 식물학, 동물학, 천문학, 광물학 등의 분야에서 중대한 성과를 올렸을 뿐 아니라 기후학, 풍경학, 해양학을 창설했다. 유명한 '푼볼트 해류(海流)'는 그가 발견한 해류에 그의 이름을 붙인 것이다.

이만한 사람이 침보라조 등정을 시도했다는 것이 후진 등정가들에게 도움이 되었을 것은 말할 나위가 없다. 1미터마다 에콰도르의 기상 조건이 달라진다는 사실을 발견한 것도 이 푼볼트이다. 에콰도르의 앞바다. 갈라파고스 섬 근처를 푼볼트 해류가 지나가고 있다는 사실도 물론 그의 발견이다.

두 번째 침보라조 등정을 시도한 것은 푼볼트의 시도가 있은 지

20년 후의 일이다. 1822년 라틴 아메리카 식민지의 해방자로서 유명한 시몬 볼리바르가 등정을 시도했는데, 그때 그 일행은 동면(東面)을 시발점으로 삼았다. 그런데 그들은 겨우 설선(雪線)까지 도달했을 뿐이다.

1872년, 독일의 빌헬므 라이스와 알폰스 슈튜벨이 처음으로, 6,000미터의 벽을 뚫었다. 그 기념으로 라이스 슈튜벨 빙하란 이름을 남겼다.

침보라조 등정에 최초로 성공한 사람은 지난번 언급한 적이 있는 영국인 에드워드 윔퍼, 이탈리아의 루이 칼르레, 안트와느 칼르레 등이다. 이들은 남서쪽에서 시작하여 드디어 성공한 것이다. 1880년 1월 3일이었다.

윔퍼는 이 한번의 성공에 만족하지 않고 동년 7월 3일, 에콰도르의 라비도, 베르트랑 프란시스코 칸파냐를 일행 중에 끼워 재등정을 시도하여 이번에는 성공했다. 금번은 북북서쪽으로 올라갔다. 그 후 북북서의 루트가 일반적인 코스가 되었다.

윔퍼의 재등정은 보다 편리한 루트를 개척할 목적으로 한 것이다. 한 번 성공에 만족하지 않고 보다 편리한 루트의 개척이 가능하지 않을까 하여 다시 등정을 기도했다는데 윔퍼의 위대성이 있다. 윔퍼는 영웅적인 선구자였을 뿐 아니라 후진을 위한 교육자적 사명감을 동시에 느끼고 있었던 것이다.

침보라조 등정에 있어서 일본인들의 노력을 생략할 수가 없다.

일본의 와세다 대학 에콰도르, 안데스 등반대가 침보라조 등정을 기도한 것은 1961년이다.

본대(本隊)는 처음 서부의 미답 루트를 잡아 7월 2일에 입산 4,380 미터의 지점에 베이스캠프를 차렸다. 그리고는 약 5,100m의 지점에 전진 캠프를 만들어 '카스티쵸'라고 불리는 만리장성 같은 암봉에 들러, 19일 정상에 오를 작정으로 서둘러 약 6,050미터 지점까지 육박 했지만 무수한 습곡(褶曲) 때문에 등정을 단념하지 않을 수 없었다. 이 서부의 루트는 윔퍼에 의해 불가능하다는 단정이 내려 있었는데, 일본의 등반대는 그 불가능을 가능으로 만들어 보고자 했던 것이다.

제2회째의 등반은 일반 루트, 즉 윔퍼가 개척해 놓은 북북서의 루트를 따르기로 했다. 멤버를 4명으로 줄이고 2명의 에콰도르 사람을 참가시켰다. 9월 21일에서 입산하여, 21일 서봉산정(西峯山頂)에 야마구치(山口昌之), 타케야스(武安誠正), 사토(左藤嘉庸) 대원과 에콰도르의 대원이 도달했다. 이어 야마구치, 타케야스의 두 대원이 최고봉 6,310미터의 등정에 성공했다.

간추려 쓰면 이렇게 간단하지만 그 등반의 난행은 상상을 절할 정도인 것이다. 그런데도 그들은 무슨 까닭으로 그 난행을 스스로 자신에게 과하는가. 두고두고 생각해 볼 문제이다.

아콩카과 산

침보라조가 속하는 안데스 산계의 최고봉 아콩카과도 가보고 싶은 산의 하나이다.

아콩카과는 남북 6천 킬로미터에 걸쳐 뻗은 세계 최장의 산맥 중앙에 위치한 산이다. 히말라야 산군을 제외하면 세계 최고의 산이다.

이 산의 표고(標高)에 관해선 각설이 있다. 아르헨티나의 서단(西端) 칠레와의 국경에서 20킬로미터 상거에 있는데, 1898년 아르헨티나와 칠레 양국이 각각 측량한 결과 아르헨티나는 7,130미터라는 숫자를 내고 칠레는 6,960미터라는 숫자를 내었다. 현재 아르헨티나 육군이 사용하고 있는 지도엔 7,021미터로 되어 있다고 한다. 그러니 대강 7,000미터 쯤으로 생각하면 된다는 얘기이다.

혹시 아콩카과에 가고 싶은 사람이 있을지 모르니 참고 삼아 그 노선을 적어 둔다.

아르헨티나의 멘도사에서 안데스를 넘어 칠레의 산티아고로 통하고 있는 '산 마르틴'이란 철도가 있다. 그 열차를 타고 국경에서 두 번째 역이 '프엔테 델 잉카'란 곳이다. 이곳이 아콩카과의 현관이다.

역은 2,720미터의 지점에 있다. 역 근처에 관광호텔 하나와 산악부대의 숙사가 있다. 이곳은 이미 삼림한계(森林限界)를 넘어 있다. 식물은 3,500미터의 지대까진 보인다.

등산 루트는 프엔테 델 잉카를 기점으로 한다. 여기서 노새를 빌려 짐을 싣는다. 노새의 힘을 빌려 아콩카과를 향해 북상한다. 그 골짜기를 '오르코네'라고 하는데, 골짜기는 아콩카과를 향해 좌우로 갈라진다. 좌측, 즉 서쪽 길을 따라 35킬로미터쯤 가면 해발 4,200미터인 모렌 고지가 나선다. 맑은 물이 있다. 이곳을 '무라(노새)의 광장'이라고도 부르는데, 베이스캠프를 치기에 알맞은 곳이다.

이곳을 발견한 것은 아콩카과의 초등정에 성공한 피츠 제랄드 대(隊)이다. 1895년이 저물어가는 무렵이었다. 이곳에서 1주일 간 오리엔테이션을 하고 6,000미터 내지 6,500미터 전방으로 이동해서 등정한다는 것이 아콩카과 등정의 상식으로 되어 있다.

다음에 일본인 세키네(關根吉郎)의 등정기를 소개한다.

내가 아콩카과를 등정하게 된 것은 1953년 1월 26일이다. 6,500미터 부근에 목재를 조립 한, 당시의 대통령 페론의 이름이 새겨진 휘테가 있었다. 이곳에 두 채의 천막을 치고 근거지로 하고선 정상을 왕복했다.

아르헨티나는 등산이 성행되고 있는 나라이지만 알프스의 가이드, 히말라야의 셰르파처럼 등산 안내를 직업으로 하고 있는 사람은 없다. 그 대신 산악 부대의 병사들이 조력해 주었다. 6,500미터의 최종 캠프까지 3인의 경험자가 산악부대에서 파견되어 동행해 주었다.

정상까진 해발로서 500미터 정도의 상거였지만 7시간이 걸린다고 치고 6시에 출발하지 않으면 안 되었다. 1월 22일 등정을 시도

했는데 눈보라가 심해서 단념하고 되돌아섰다. 6,000미터의 고소에 있는 캠프에선 잠을 잘 수 없었다. 추위로 인한 고통과는 또 다른 고통이다.

4일 후, 즉 26일 5시에 일어났다. 추위는 그다지 대단하지 않았다. 기막힌 경관이 전개되어 있었다. 서쪽으로 오르코네의 깊은 계곡을 크에르노, 커시드럴 등 5,000미터 이상의 산들이 둘러싸고 있었다. 그 저편으로 칠레의 산들이 아침 노을 속에 높은 부분만이 바다의 섬처럼 점철되어 있었다. 그 앞은 바다이다. 칠레를 넘어 태평양의 수평선이 보이는 것이 다.

그런데 날이 밝아옴에 따라 수평선의 빛깔이 달라져 있는 부분을 발견했다. 그 불가사의한 그림자를 쫓고 있는 동안 동쪽에 떠오른 태양을 받은 아콩카과의 그림자가 칠레를 넘 어 태평양에 드리워져 있다는 것을 알았다.

출발은 7시가 되었다. 군에서 파견된 아르메시가란 젊은 경험자가 선두에 섰다. 그 뒤를 6명의 대원이 따르고 후미에 아르헨티나의 청년 2명이 따랐다.

천막 동쪽 편의 사면을 지그재그로 올라가는데 큰 산에 가려져 태양은 볼 수가 없었다. 선두가 너무 느릿느릿 걷고 100미터도 안 가서 쉬고 하는 바람에 페이스가 흐트러졌다. 빨리 가자고 재촉해도 듣질 않았다.

오름길 같지도 않은 오름길을 2킬로미터도 채 오르지 못했는데 시간은 3시간을 경과하고 있었다. 이윽고 정상이 바라보이는 경사 지점에 나왔다. 돌은 모두 떠 있는 기분이어서 낙석의 위험이 있었다. 절대로 안전할 것으로 보이는 바위조차 흔들흔들하는 것이다.

우측 산의 배후에 아콩카과 남봉인 빙봉(氷峯)이 모습을 보였다. 한 발 한 발에 두 호흡, 세 호흡씩 하며 발을 놀렸다. 주봉보다 100미터 낮은 남봉의 정상이 좋은 목표가 되었다. 그러나 정상은 바라보이기만 할 뿐 조금도 가까워지려고 하지 않는다.

큰 바위가 움직이기 시작한다. 기겁을 하고 이웃 바위로 옮긴다. 정말 고통스런 동작이었다. 만일 이것이 얼음이나 눈이었다면 얼마나 수월할 것인가. 아콩카과는 마지막 200미터가 최대의 난소라고 들었는데, 이곳에 와 보고서야 그 까닭을 알았다.

10보쯤 오르곤 쉬었다. 그런데 어느덧 남봉을 아래로 보는 곳까지 이르러 있었다. 이렇게 되면 대원들의 사기가 오른다. 모두들 자신을 가지고 정상으로 향하게 되었다.

오후 1시 30분 전원이 부석(浮石)의 더미로 되어 있는 폭 넓은 정상에 도착했다.

작은 십자가가 와이어로서 확보되어 있었다. 이것은 안데스 최고의 연구자 링크 부처를 기념하기 위한 십자가이다. 링크 부처는 이 아콩카과에서 생명을 잃었다. 그 무덤은 산록의 공동묘지에 있다. 십자가 옆에 작은 양철통이 있었다. 서명장(署名帳)이 들어 있었다. 우리 일행 6명은 한자로 서명했다.

천기는 쾌청, 기온은 섭씨 6도, 기압은 298㎜/HG였다.

수도 부에노스아이레스로 돌아가자, 전원이 아콩카과에 등정한 것은 우리들 6명이 처음이라고 하여 페론 대통령이 우리들에게 '산 마르틴'검(劍)의 레프리카를 선사해 주었다. 이것을 민간인에게 주어진 예는 우리들이 처음이라고 했다.

안데스에 가보고 싶은 데가 이 밖에도 많다. 특히 그 가운데 내가 금년 겨울(남미에선 여름)에 갈 작정을 하고 있는 곳은 치치카카호(湖)이다.

치치카카는 페루 쿠스코 현의 동쪽, 볼리비아와 국경을 접하고 있는 부노에 있다. 이 지방은 대부분 3,000미터 이상의 고지대인데 현도(縣都) 부노는 3,800미터의 고지이다. 부노는 치치카카의 항구 도시이다. 이곳에서 볼리비아의 그아끼까진 3천 톤급의 정기기선이 운항하고 있다.

치치카카는 해발 3,800미터에 있는 면적이 8,300평방 킬로미터의 담수호(淡水湖)이다. 경기도의 면적과 비슷하다. 이 호수에 길이 1미터 이상의 독너울(鱒)이 많이 생식하고 있다고 하니 낚시꾼들의 천국이 아닐 수 없다. 평균 수심 300미터, 최심부 800미터.

보다도 안데스 산맥에 대해(大海)를 이루고 있는 이 호수의 경관은 말로썬 전할 수 없도록 아름답다고 한다.

치치카카 호의 부도(浮島)엔 올스족(族)이 하나님이 만들어 준 그

대로 전라(全裸)로서 살고 있다고 하니 누드를 애호하는 사람들도 한 번 가볼 만하지 않을까 한다.

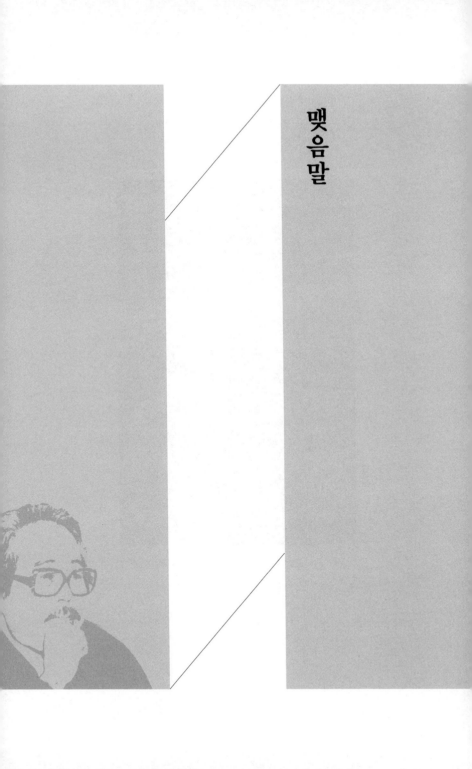

맺음말

"인간이 귀의(歸依)할 곳은 산 밖에 없다"고 말하는 필자(북한
산에서)

다시 북한산(北漢山)에서

다시 원점(原點)으로 되돌아온 것이다. 내게 있어서 세계의 모든 산은 북한산을 원점으로 하고 솟아 있다. 과거의 산, 미래의 산을 합쳐서.

그리고 보니 내가 살고 있는 세계는 정신세계까지를 합쳐 북한산을 원점으로 하고 구축되어 있다고 할 수 있다. 무슨 곤란한 일, 또는 어떤 딜레마에 빠지면 그 해결을 나는 북한산상으로 미룬다. 해결할 수 없는 문제라도 나는 거게서 끝장을 본다.

대성문에서 보국문을 거쳐 대동문에 이르는 능선을 걷고 있으면 대강의 시름은 잊는다. 대동문에서 진달래 능선에 이르면 설혹 문제는 그냥 남아 있어도 체관(諦觀)이 오브라드처럼 그 문제의 쓴 부분을 감싸 버린다. 보다 지독한 문제일 때는 대동문에서 산허리를 돌아 백운대에 오른다.

백운대의 높이는 해발 836미터. 이 정도의 높이에 서면 사람은 달관(達觀)을 배우게 된다. 836미터에 167센티미터를 보탠 신장을 가진 거인이 구질구질한 문제에 사 로잡혀 고민할 까닭이 없게 되는 것이다.

이렇게 말하고 있지만 나의 북한산력(北漢山歷)은 고작 10년이다. 북한산에 당도하기까지의 나의 인생 편력이 그만큼 험준하고 길었다는 얘기로 된다.

북남미, 아프리카, 유럽, 동남아, 그리고 한국, 중국, 일본을 싸잡아 일컫는 동양 3국에 걸친 지리적인 방황 말고도 대륙의 병사(兵舍)에서 서대문의 감옥에 이르기까지의 육체적 · 심리적인 방황이 있었던 것이다.

그러한 방황 끝에 북한산을 만날 수 있었다는 것은 커다란 은총이었다. 축복이었다. 그 후론 북한산은 나의 대학이 되었다. 도장(道場)이었다. 나는 북한산에서 우정이 무엇인가를 알았고 사랑의 진실을 알았다. 보다도 북한산상의 바람에 바래졌을 때 지식이 실상을 나타내고 감정, 또는 정념(情念)의 무늬가 선명해졌다고 말하는 것이 옳을는지 모른다.

나는 북한산과의 만남을 계기로 인생 이전(人生以前)과 인생 이후(人生以後)로 나눈다. 내가 겪은 모든 굴욕은 내 스스로 사서 당한 굴욕이란 것을 알았다. 나의 좌절, 나의 실패는 오로지 그 원인이 나 자신에게 있다는 것을 알았다. 친구의 배신은 내가 먼저 배신했기 때문의 결과이고 애인의 변심은 내가 그렇게 만들었기 때문의 결과라는 것을 안 것도 북한산상에서이다.

이제 북한산에서 또는 북한산을 두고 무엇을 생각했는가의 일단을 적고 이 컬럼을 통한 산행을 마무리지어야 하겠다.

무슨 일이나 시작할 땐 신이 나고 끝장에 이르면 서글프다. 유종(有終)의 미란 흔하게 이룩할 수 있는 것이 아니다. 못다한 말도 많았고 지나쳐 버린 사연도 적지 않다. 그렇다고 해서 연연하는 것은 아니다. 사람이 어찌 할 말을 다하고 살 수 있겠는가.

이 컬럼을 쓰는 동안만 하더라도 산 아래에선 갖가지 일들이 있었다. 그 일들을 깡그리 무시해 버리고 오직 산만을 문제로 하고 산만을 생각해왔다.

그동안 아시안게임의 화려한 서울 대회가 있었다. 이제 서울올림픽을 수개 월 앞두고 카운트다운이 시작되고 있다. 기능 올림픽에서 6년 연승을 달성한 사실도 놓칠 수가 없다. 국제 시장에 눈부신 진출을 했다. 오죽하면 세계적으로 일류의 잡지나 신문들이 특집기사를 엮기까지 하여 한국의 경제 현황을 대대적으로 보도했을까.

그런가 하면 한국에 대한 갖가지의 도전이 있었다. 그 가운데서도 가공한 것은 북한의 공작에 의한 KAL 비행기 폭파 사건이다. 이 사건의 그늘에 김현희란 아가씨가 있었다.

대통령 선거가 있었고 국회의원 선거가 있었다. 정권의 평화적 교체란 위업이 이루어졌다. 바야흐로 산 아래에선 민주주의가 그 계절을 맞이했다. 그러나 그 전망은 청명하지 못하다. 야욕을 위해 민주주의를 이용하려는 경향이 있는가 하면 비민주적이라고 할 밖에 없는 수단을 써서 민주주의의 선수인양 자처하는 무리들이 보이기도 한다.

민주주의를 한답시고 지역적 감정이 응결되었다. 연방제를 해야만 지탱될 것 같은 묘한 현상이다. 학생들의 데모는 그칠 날이 없고 노사 분규의 양상 또한 험악하기만 하다.

성공의 기틀을 잡은 사람들이 있었고 좌절과 실패의 쓴 잔을 마신 사람들도 있었다. 많은 사람들이 죽기도 했다. 그 가운덴 참변으로 비명에 죽은 사람들도 많았고 스스로 목숨을 끊은 사람들도 적지 않았다. 같은 국민 같은 국어를 사용하고 있는데도 서로 의사가 통하지 않는 딱한 국면이 더러 있었고 지금도 있고 앞으로도 있을 모양이다. 교육자들이 성의를 다해 하는 말은 믿지를 않고 평양에서 흘린 루머를 그냥 그대로 믿곤 대자보를 발표하는 한심스러운 청년들이 있기도 하다.

이렇게 산 아래에 정사(正邪)가 구분할 수 없게 뒤엉키고, 희비가 엇갈리고 애증이 얼키고 설켜 어쩌면 생(生)의 만화경(萬華鏡)을 엮어내기도 하고 어쩌면 생의 진흙밭을 이루기도 한다.

여당이 의석의 과반수를 차지하지 못한 상황 속에 4개당이 병립하게 되었다. 오월동주 (吳越同舟)도 뭣한데 오월초진(吳越楚秦)이 동주한 꼴이 되었으니 앞으로의 귀추가 볼 만하다는 것은 익살꾼의 익살이고, 이로써 민주주의의 훈련장이 되었다고하는 것은 낙관론자의 낙관이며, 뒤죽박죽으로 되어 새로 군정이 등장하게 될 것이란 의

견은 비관론자의 비관이다.

확실히 세상은 바뀌었다.

세상이 변하면 세상에 대한 태도도 변해야 할 것이지만 변하지 말아야 할 것은 윤리와 도덕이다. 그런데 그 윤리와 도덕이 진흙밭에 짓밟힐 지경에 있다.

권력 농단, 부정축재의 대표적인 사람이 교묘하게도 시류를 타고 등장해선 제5공화국의 비리를 캐겠다고 덤비는 판이니 대한민국은 세계 속의 웃음거리가 될지도 모른다.

단일화를 이루지 못해 집권의 기회를 놓친 자들이 통일과 민주주의를 부르짖고 나선 것도 꼴볼견이거니와 꼭 같이 제5공화국의 비리를 캐겠다는 것도 우스운 얘기이다. 제5공화국의 비리를 캘려면 제3공화국의 비리부터 먼저 캐어야 한다. 제5공화국에 비리가 있었다면 그 연원은 제3공화국이다. 그렇게 못할 바엔 지난 일은 지나가게 해버리고 오늘의 문제를 진지하게 다루는 것이 마땅한 일 아니겠는가.

산 아래는 이렇게 어수선한데 산은 언제나 조용하다. 산 아래에서 무슨 일이 있건 말건 산 위의 하늘은 청명하기도 하고 구름이 깔리기도 하고 간혹 비와 눈을 뿌리기도 하지만 산은 의연하게 수목들의 침묵을 스스로의 침묵으로 하고, 새들의 노래와 풀 벌레 소리를 스스로의 가락으로 하여 변함없이 우아하고 아름답고 눈물겹도록 다정하기만 하다.

산 아래에 삶의 뿌리를 가지고 있는 사람들이 어찌 산 아래 일들에 무관심할 수 있을까만 일단 산에 오르기만 하면 사람은 어느덧 그 자신이 산으로 화하여 산 아래서만 사는 사람은 가져볼 수 없는 높은 의식의 차원을 갖는다.

자동적으로 원근법적인 복안(複眼)을 갖게 되는 것은 고소(高所)엔 고소의 사상이 있기 때문이기도 하지만 최루탄의 악취와 독소, 자칭 애국자들의 열변이 산 위에 까진 미치지 못하는 까닭인지 모른다. 지나가는 발길 바로 옆에 다소곳한 산꽃들이 미소를 보내주는 때문인지도 모른다. 여하간 산에 올라있는 동안에 우선 산 아래의 북새통과 물리적인 거리를 확보할 수가 있는 것이다.

북한산 오솔길을 걷고 있으면, 다른 산길을 걸어도 마찬가지일 것이지만 정치가 인생의 전부일 수 없다는 것을 깨닫게 된다. 정치보다 더 소중한 것이 인생에 있다는 것을 알게도 된다.

산 아래에서 보면 국회의원 선거전이 당선을 위한 경합처럼 되는데 산에 올라있는 사람의 시각으론 국회의원 선거전을 낙선하기 위한 광분으로 보인다. 당선자는 하나이고 낙선자가 많다는 이유로서가 아니라, 입후보자들이 하는 짓이 그렇게 비친다는 것이다.

"나를 뽑아 주시오."

"나는 이렇게 훌륭한 사람이오."

"나는 여러분이 시키는 대로 하겠소."

"나 말곤 전부 나쁜 놈들이오."

하는 따위로 덤비는 꼴은 청량한 산의 공기에 익숙한 사람의 눈으로 볼 때 만화 이상도 만화 이하도 아닌 것이다.

하기야 스스로를 만화로 만들어 국회의원이 되었다고 해서 비난받을 것은 아니다. 스스로를 만화를 만들어 성공한 사람들의 대표는 희극배우이다. 그 수일한 인물이 채플린이다. 채플린은 패배자와 낙오자의 역할을 골라 맡아 예술가로서나 세속인으로서나 최대의 성공자가 된 인물이다. 산에서 세련된 눈으로 보면 국회의원 또는 정치가란 채플린보단 훨씬 정도가 낮은 희극배우일 뿐이다.

산에서 생각하면 정치는 그것에 너무나 많은 것을 기대해선 안 되는 것으로 나타난다.

정치에 기대하는 것이 너무나 많기 때문에 정치가는 사기꾼이 된다. 대중이 정치에 많은 것을 기대하지 않게 되면 정치가가 사기꾼이 될 까닭이 없다. 만능일 수 없는 정치가 만능의 허상을 제시하는 데서 부득이 사기행위를 필요로 하지 않을 수 없는 것이다.

정치란 기껏 생활의 틀을 만들어 주는 조작에 불과하다. 그 틀 안에서 사람들은 각기의 인생을 산다. 그 틀이 넉넉하고 편리하면 잘된 정치이고 그렇지 못하면 나쁜 정치이다. 고래로 나쁜 정치가 인간의 불행을 만들어 내긴 했어도 좋은 정치라고 해서 인간의 행복은 만들어 내지 못했다. 행복은 스스로가 만들어야 한다. 좋은 나라에도 불행한 사람이 있고 나쁜 나라에도 행복한 사람이 있다는 것이 곧 정치의 한계를 말한다. 인간의 행복까질 만들어 줄 듯이 서두르는 게 정치의 사기성이다. 정치에 기대하지 말고 스스로의 생활을 개척하려는 의욕이 충만할 때 그 사회는 자동적으로 민주사회가 된다.

정치에 기대하는 것이 많기 때문에 과격한 사상이 생겨나고 과격한 행동이 있게 된다. 나치스당이나 파시스트당에 가담한 사람들은 모조리 정치에 대한 기대를 많이 가진 사람들이다. 공산당에 가담하는 사람도 예외가 아니다.

그들은 정치의 만능을 믿었기 때문에 과격한 수단을 불사하는 것이지만 역사상 과격한 사상과 행동이 만들어 놓은 것은 파괴의 흔적, 폐허일 뿐이다. 히틀러와 그 당이 무슨 짓을 했는가, 수천만의 인명을 죽였을 뿐이다. 게르만의 문화를 압살했을 뿐이다.

과격한 볼세비키 혁명은 어떠했던가. 마르크스가 그려보인 이상 사회완 전연 딴판인 감옥국가를 만들었다. 스탈린과 같은 괴물을 만들어 놓았다. 그들은 정치의 만능을 과신한 나머지 수천만의 인간을 감옥에서 유형지에서 수용소 군도에서 죽여야만 했다.

과격한 5·16 군사 쿠데타는 어떠 했던가. 무고한 인명을 죽이고 인권을 유린하고 그 결과 권력형의 축재자를 만들고, 국민의 사기를 마비시켜 군정의 영구 통치를 꾀했을 뿐이 아니었던가.

산에서 익힌 원근법적 사고는 일체의 과격을 배척한다. 관용이 지선(至善)임을 깨닫게 한다.

산에서 익힌 원근법은 권력의 허망을 가르친다. 그렇다고 해서 권력을 전면적으로 부정하는 것은 아니다. 틀을 틀답게 유지하고 지탱하기 위해선 권력이라고 하는 압력이 있어야만 한다. 그것까진 인정한다. 그러나 권력보다는 친화력이 소중한 것이다. 권력은 가까이에서 보면 절대적인 것이지만 먼 곳에서 즉 산상에서 보면 허망하기 짝이 없다는 것을 알게 하는 것이 곧 원근법이다. 인걸(人傑)은 간 곳 없고 산천은 의구(依舊)한 것이다.

지난 일요일(1988년 5월 8일), 신록에 철쭉꽃을 수놓아 북한산은 그지없이 아름다웠다. 비에 씻긴 뒤라서 그 신선함은 한량이 없었다. 그 경색 속에 담아 나는 다음과 같은 지혜를 얻었다.

인간이 귀의(歸依)할 곳은 산밖에 없다. 산에 귀의한다는 것은 영원에 귀의하는 것이다. 네 인생을 충전하게 하려면 너는 산이 되어야 한다고.

이로써 나의 칼럼을 끝낸다. 그러나 산을 생각하는 작업을 끝내는 것은 아니다. 이 시점부터 나는 다시 산을 생각할 것이다.

산을 좋아하는 벗들이여!

그 축복을 보람있게 하기 위해서도 건강에 조심하시라. 건강은 건강할 때 조심해야 하는 것이다.

사상가로서 이병주의 산에 대한 깊은 성찰과 고백

김언종 한문학자, 고려대 명예교수

나는 문학 소년이었고 문학 청년이었고 문학 노인이다. 그러고 보니 고희를 바라보는 지금까지 한 번도 문학에서 벗어나 본 적이 없다. 청년에서 노인이 되는 50년간 나는 외도(?)를 했다. 한국·중국·일본의 경학(經學)을 연구했기 때문이다. 경학은 문학 사학 철학 심리학 등 다방면에 걸친 학문이다. 그 가운데 『시경(詩經)』은 문학에 속한다. 그러니까 나는 늘 한 다리를 문학에 걸치고 있었던 것이다. 나는 늘 고전과 현대의 소설을 읽는 충실·충직한 독자이기도 했다. 문학 소년일 때는 황순원·김동리가 되고 싶었고, 문학청년일 때는 최인훈·손창섭이 되고 싶었고, 어언 문학노인이 되고 보니 이병주가 되고 싶게 되었다. 그러나 단편소설 한편 쓰지 못한 한명의 별 볼 일 없는 한문학자인 나에게 이병주의 명문 『산을 생각한다』에 대한 해설을 쓸 기회가 생겼다는 것은 이상한 일이 아닐 수 없다. 마땅히 수많은 적임자에게 사양해야 하지만 천박하고 지저분한 노욕(老慾)

이 발동한 나머지 부끄럽게도 해설 근처에도 못가는, 지극히 개인적인 생각에 그칠 인상비평을 하고 있다.

어진 사람은 산을 좋아하고 지혜로운 사람은 물을 좋아한다고 하였다. 반드시 칼로 자르듯 나눈다면 나림 이병주는 물을 좋아하는 사람이라고 하겠다. 왜냐하면 그는 산을 좋아하는 인자(仁者)라기 보다는 물을 좋아하는 지자(智者)라는 이미지를 가지고 있기 때문이다. 이런 나의 생각이, 혹은 여러 독자들의 생각이 틀린 것이라는 것은 이 책 『산을 생각한다』를 읽으면 금방 알게 된다. 이병주의 강에 대한 이야기가 별로 없다. 그런데 산에 관한 다양한 지식과 지식에서 추출한 지혜를 그렇게 많이 축적하고 있을 줄은 전혀 예측하지 못했던 것이다.

이병주가 1988년 5월 8일에 탈고하고 1989년에 출간한 『산을 생각한다』는 북한산 이야기부터 시작한다. 나는 이병주가 하동과 진주와 부산에서 오래 거주한 경상도 촌사람인줄로 알았다. 알고 보니 그는 만년에 오랫동안 서울에서 살았던 것이다. 우익에서도 그리고 좌익에서도 지지를 받지 못한 그는 남다른 조국애를 가지고 있었다. 좌우로 갈라져서는 안 되며 우리민족이 하나가 되어 자유와 민주의 범시대적인 혜택을 맛보는 사회를 만들어야 된다는 것이 정치적인 이상이었음을 알 만한 사람은 다 아는 것이 아니겠는가? 참으로 '웃프게도' 이러한 생각 때문에 5·16 이후 그는 한동안 옥살이를 했다. 그는 말한다. 조국에 대한 원초적인 사랑은 바로 산하에 대한 사랑이라고. 그래서 그 산하에 사는 사람들이 어떠한 생각을 하건 간에 평화로이 함께 살며 목숨을 걸고 싸우는 어리석은 일은 없어야 된다고. 21세기에 이른 지금도 좌파 우파 하면서 사사건건 극한 대립을 하고 있는 나라꼴을 보면 이병주의 소박한 이상은 백년하청 인 듯하여 한숨만 나온다.

이병주의 박식함은 누구나 다 아는 일이지만 그의 대부분의 저술이 허구를 바탕으로 하는 소설이기 때문에 얼마든지 과장이나 근거가 부족한 말을 할 수도 있지만 이『산을 생각한다』는 수필에 속하는 글이다. 그래서 당연히 황당한 과장이나 허구가 없다. 이 글에서 이병주가 세계의 이러저러한 산에 대한 이해가 얼마나 깊다는 것을 하나하나 옮길 필요는 없을 것이다. 그렇게 한다면 마치 재미있는 영화를 본 사람이 아직 보지 못한 사람에게 줄거리를 얘기해주는 것과 같기 때문이다. 그것은 바로 뜸이 들기 전에 김을 빼놓는 스포일러가 아니겠는가. 이병주의 박식에 대해서 나만의 생각을 밝힌다면 나는 그가 근 삼백 년 최고의 박식가인 금대(錦帶) 이가환(李家煥)과 다산(茶山) 정약용(丁若鏞)에 필적하리라고 믿어 마지않는다. 금대와 다산은 한 시대에 태어나서 많은 대화를 할 수 있었는데 만약에 이병주가 그 시대에 태어났더라면 참으로 볼만한 광경이 펼쳐졌을 것이라고 믿는다. 세 천재가 피워 올린 불꽃, 하늘을 찬란하게 수놓은 폭죽

과도 같아서 한양에서 터진 폭죽이 조선 천지 어디에서나 볼 수 있는 불꽃이었을 것이다. 하여간 세 사람이 한 시대를 살지 못했던 것은 역사적 사실이고 정헌과 다산은 아무래도 그 지식의 범위가 동양 고금에 한정되었지만 20세기를 산 이병주는 서양에 관한 지식 또한 연박하였으므로 '동서고금(東西古今) 무불통지(無不通知)'라는 8글자를 그만이 향유할 수밖에. 참, 이 시대의 우리는 정약용, 이병주는 안다. 그러나 다산도 혹 귀신이 아닌가 의심했던 이가환은 모른다. 이가환이 어떤 수준의 천재였던가에 대한 설명은 정약용의 다음 몇 줄의 글을 인용하는 것으로 족하다.

"공은 기억력이 뛰어나 한번 본 글은 평생토록 잊지 않고 한번 입을 열면 줄줄 내리 외는 것이 마치 호리병에서 물이 쏟아지고 비탈길에 구슬을 굴리는 것 같았으며, 구경(九經)·사서(四書)에서부터 제자백가(諸子百家)와 시(詩)·부(賦)·잡문(雜文)·총서(叢書)·패관(稗官)·상역(象譯)·산율(算律)의 학과 우의(牛醫)·마무(馬巫)의 설과 악창(惡瘡)·옹루(癰漏)의 처방(處方)에 이르기까지 문자라고 이름을 할 수 있는 것이면 무엇이든지 한번 물으면 조금도 막힘없이 쏟아놓는데 모두 연구가 깊고 사실을 고증하여 마치 전공한 사람 같으니 물은 자가 매우 놀라 귀신이 아닌가 의심할 정도였다."

『산을 생각한다』의 지리산 부분에서 이병주는 지리산 정기를 타고 나 지리산의 품에서 살았던 남명(南冥) 조식(曺植)과 매천(梅泉) 황현(黃玹)에 대한 경외심을 토로하고 있는데 후인들 가운데 조식 황현 이병주 세 사람이야말로 지리산 천왕봉의 정기를 타고 난 인물이라고 찬탄을 금치 못하는 사람이 있을 줄은 이병주도 몰랐을 것이다.

이병주는 '북한산 도봉산은 서울 일천만 시민들을 하루의 왕으로 만들기 위해 마련된 공원이자 은총이다. 왕이 되고 싶으냐? 그럼 산으로 가라.'라고 했다. 필자도 서울에 산지가 어언 50년에 가깝지만 북한산 도봉산의 언저리의 계곡에 발을 담그고 한잔 술을 들이키는 등 가벼운 산행은 해 보았을 뿐 산정에는 한 번도 올라가보지 못했다. 그런데 60대의 이병주는 여러 번 정상까지 등반하였던 것이다. 등산을 할 때 반드시 위험천만한 꼭대기에 올라가야만 하는가? 변명이지만 그 유명한 〈망악(望嶽)〉을 읊은 두보도 실은 태산 정상에 올라간 것이 아니라 언저리에서 정상을 바라보며 그 시를 쓴 것이다. 두보가

會當凌絶頂 내 반드시 태산의 꼭대기에 올라가서
一覽衆山小 뭇 산이 낮음을 내려 보리라

라고 한 것을 보면 두보가 실지로 태산 꼭대기에 올라간 것이 아닌 것이다. 60대에도 박달나무처럼 단단했던 이병주와 달리 여러 가

지 사정으로 산 정상을 오르지 못하는 사람들을 위한 위로는 되리라.

이병주는 산을 위대한 대학이라고 말한다. 산에서 많은 것을 배울 수 있다고 생각한 것이다. 그래서 그는 "나는 북한산을 나의 대학으로 알고 북한산 대학의 충실한 학생이 될 작정이다. 이런 마음이고 보면, 나는 일요일만 되면 그저 무작정 기쁘다. 북한산이 그곳에 있고, 내 마음에 따라 교훈을 준비하고 있고, 향연을 준비하고 있고, 수많은 동창생을 거기서 만날 수 있기 때문이다. 무엇보다도 산이 고마운 것은 그곳에서 초월의 철학을 배우고 자연에 귀일하는 신앙을 가꾸고, 꽃과 새들의 천진을 닮아 예술의 극의에 도달할 수 있기 때문이다."라고 말한다.

이병주는 산을 모든 것을 배울 수 있는 대학이라고 생각한 것이다. 그 구체적 내용에 관해서 이렇게 설명할 수 있는 글은 두 번 다시는 없을 것이다. 일찍이 정규교육을 받지 못한 아산 정주영은 "신문은 나의 대학이다."라는 명언을 남겼는데, 산이 대학이라고 말한 이병주의 말과 절묘한 대구라 하겠다. 그는 또 말한다. "건강을 위해 산에 간다는 것은 산을 대학으로 한다는 것의 초보적인 견식이다. 초월(超越)하기 위해 산에 간다고 할 때 비로소 산행의 이상이 제자리를 잡은 것으로 가지 않을까." 그는 고소(高所), 즉 높은 꼭대기가 바로 초월의 사상을 낳는 장소라는 놀라운 깨달음을 우리에게 알려주고 있다.

북한산 곳곳에 있는 문들을 지나며 그는 참으로 지혜로운 상상의 세계를 펼쳐나간다. "문이란 무엇일까 하고 생각하면 '인생'이란 상념이 보인다. 인생이란 무엇일까 하는 물음과 동질성을 띠게 된다."고 하였다. 그는 "국민학교의 문이 있고 고등학교의 문이 있고 대학의 문이 있고 대학원의 문이 있다."는 문에 대한 상념을 "사회가 만들고 역사가 만들고 스스로가 만든 그 무수한 문을 드나들다가 이윽고 저승의 문으로 해서 영영 퇴장해야 하는 '메멘토 모리' 즉 죽어야 할 존재이다."라고 말한다. 일찍이 공자는 "누가 문을 통하지 않고 밖에 나갈 수 있는가? 어째서 삶의 문인 도를 따르지 않는가?(誰能出不由戶? 何莫由斯道也?)"라고 탄식하였다. 나는 감히 이병주의 문에 대한 생각이 공자의 문에 대한 생각과 대등한 무게가 있는 말이라고 생각한다.

한편 조선이라는 간고한 세월을 살았던 민중들에게 이병주는 따스한 시선을 보낸다. 그는 북한산성을 쌓았던 백성들에 대한 동정을 표시하고 있다. "지금 생각하면 전혀 무의미했다고 할 수밖에 없는 성을 만들기 위해 당시 백성들이 겪은 고초는 어떠했을까." 하긴, 북한산성을 쌓는데 수많은 인력과 물력이 소요되었을 것이다. 그러나 조선왕조는 이 산성을 한 번도 나라의 위기를 막는데 사용한 적이 없다. 임진왜란 때도 그랬고 이괄의 난 때도 그랬으며 병자호란 때도 그랬으며 일제 강점기에도 마찬가지였다. 침략자들은 한 번도

이 성을 넘기 위해 한 명의 전사자도 내지 않았던 것이다. 지나고 보니 참으로 황당한 일이 아닐 수 없다. 하긴 북한산성뿐만 아니라 한양을 한 바퀴 휘두르고 있는 긴 석성(石城)을 침략자들을 막는 데 유효적절하게 써먹어본 적이 한 번도 없었던 것이 황당하게도 역사적 사실인 것이다. 이 성들을 쌓는데 조선의 백성들은 얼마나 고생을 했을 것인가…… 이병주는 이러한 데 생각이 미쳤을 것이다. 그래서 그는 말했다. "허망을 배우기 위해 북한산으로 가라!"라고. 나와 늘 대화를 나누는 젊은 친구 이군이 이 글을 보고 말했다. "우리 한양을 둘러싼 도성이 원래 무너진 곳이 하나도 없었던 것은 싸우지 않고 다 도망갔기 때문입니까?"라고 했다. 어라? 생각해보니 일리가 있는 물음이로구나…….

"깊은 산속 옹달샘 누가 와서 먹나요?"라는 익숙한 동요가 노르웨이의 동요라는 것을 이 책을 보고서야 처음 알았다. 이 역시 이병주의 박식 덕분이다. 이병주의 자연과학에 대한 지식도 참으로 대단하다. 그의 소설과 기타 글들에서 파란만장하게 펼쳐지는 이 박식의 근원은 어디일까? 아무래도 독서 이외에는 다른 길이 없었을 것이다. 독서만 한다고 되는 것이 아니라 이를 기억하고 다른 지식과 연결하여 죽은 지식이 아니라 살아있는 지식으로 만드는 능력이 출중했기 때문이 아니겠는가. 그가 아끼고 소장하던 대부분의 책이 경상대 도서관에 진열되어 있는데 직접 보고 무척 놀랐다. 그야말로 작은 도서관이었고 펼쳐 본 책 마다 그의 메모와 밑줄이 그어져 있었던 것이다. 수택(手澤) 본이 그렇게 많은 경우는 희귀할 것이다.

이병주의 이 책은 북한산에 관한 최고의 문학적 안내서라고 할수 있겠다. 북한산에 유달리 절이 많다는 것을 이병주는 놓치지 않았다. 그래서 그는 북한산에 있는 중흥사, 보국사, 용암사, 보광사, 부왕사, 서암사, 원각사, 영국사, 상운사, 태고사, 흥덕사, 인왕사, 금강굴, 북새암, 장의사, 항림사, 적석사, 청량사, 승가사, 삼천사, 문수사, 진관사를 열거하는데 대부분 실제로 가본 것으로 보인다. 그는 말한다. "부처를 상징하는 물체를 계기로 불심을 일깨운다는 행위 이상도 이하도 아니다. 그 불심으로 해서 자기 스스로에게 예배를 드리는 것이 곧 예불이다." 오호라 이 노인의 도저한 깨달음이여! 어디 그 뿐인가 "절이 많다는 것은 무슨 뜻인가? 그만큼 한(恨)이 많다는 얘기가 아닌가?"(78쪽)에 이르러서는 차착 없는 공감을 느낀다.

나는 여기서 깨닫는다. 인간은 생각하는 동물이기 때문에 생각이 사상이라는 의미에서는 모두가 사상가이다. 그러나 아무도 생각하지 못했던 것을 생각하는 사람이야말로 우리는 사상가라는 명칭을 부여할 수 있다. 그런 의미에서 이병주는 사상가이다. 그냥 생각이라기보다는 사상이라고 불러줄 수 있는 생각들이 이 글의 곳곳에 큰 바윗돌에 박혀있는 보석처럼 빛나고 있기 때문에 일일이 끄집어내어 보여줄 수 없는 것이 유감일 뿐이다. 이럴 때 변명삼아 할 수 있는 말이 '스포일러가 되고 싶지는 않다'가 아니겠는가.

　그는 이 책에 실린 〈도봉정화(道峯情話)〉에서 도봉산 자락에 별장을 가지고 있던 친구 양홍근에 관해 쓰고 있는데 이 기록은 사실이지만 마치 한편의 소설을 읽는 듯한 느낌을 주는 흥미진진한 글이다. 이병주의 주위에는 소설 같은 일이 너무 자주 생기는 것 같다. 어쩌면 이야말로 소설가의 복이 아니겠는가. 중년까지 신문인이었던 그가 중년에 소설가로 변신하여 그 분량에 있어서도 당대의 누구도 필적할 수 없는 작품을 남긴 것을 보면 그가 소설가가 되는 것은 숙명이라고 말할 수밖에 없겠다. 친구인 양홍근에 관한 짧은 글을 통해서도 우리는 그의 작가적 천재를 충분히 느끼게 된다. 양홍근의 기막힌 삶이 궁금하면 이 책을 읽을 수밖에….

　이병주는 산책(散策)과 등산(登山)과 등반(登攀)의 차이를 간명하게 알려준다. "발의 힘만 쓰는 게 산책, 팔의 힘까지 합쳐야 하는 건 등산, 발의 힘과 팔의 힘은 물론 용기 있는 두뇌까지 활용해야 하는 것이 등반"이라는 것이다. 얼마나 적실한 개괄인가!

　이병주의 키는 167cm센티, 몸무게는 70kg 남짓이었다 한다. 이 정도면 작은 사람이라고 해도 틀린 말이 아닐 것이다. 그런데 그의 가슴은 왜 그리 넓으며 마음은 어찌 그리 큰가!

　"그런데 나는 정녕 아큐(阿Q)를 닮은 것이다. 바위하나 넘었다고 으쓱하고, 거리 5미터도 안 되는 절벽을 지나면서 영화 '마운틴'을 연상하고, 마른 나뭇가지를 잡았다가 굴러 떨어져선 자기의 사망기사를 예상하고, 해발 5백 미터 안팎의 능선에 올라 알프스에 선 나폴레옹의 심사를 모방하려 하고……" 나는 이 짧은 토로에서 그의 크고 넓은 마음을 본다. 그야말로 그는 '리틀 빅 맨'이었던 것이다.

『산을 생각한다』에는 김시습(金時習), 서거정(徐居正), 두보(杜甫), 오순(吳洵), 이존오(李存吾), 이색(李穡), 정이오(鄭以吾), 이오(李頲), 유원순(兪元淳), 정두경(鄭斗卿), 정약용(丁若鏞), 이장용(李藏用), 이백(李白), 왕유(王維) 등의 한시(漢詩) 수십 수가 인용되어 있고 이병주의 솜씨가 분명해 보이는 우리말 번역이 있다. 오호라 이병주가 죽을 때까지 미워해 마지않았던 박정희의 한글전용정책 이후로 일천년 한문학(漢文學)의 맥이 가위로 자르 듯 두 동강 나서 한문 이해층과 한문 이해 불능층으로 나누어 졌고 세월이 갈수록 한문 이해층은 기후변화로 빙벽이 녹아 내리듯 하고 있다. 그리하여 이제 적어도 70세 이하의 소설가들 가운데 한문을 알고 그 소양을 바탕으로 한 작품을 쓸 수 있는 작가는 한 명도 없다고 해도 틀린 말이 아니다. 제발 그런 작가가 있어서 "아니 이 무슨 얼토당토않은 소리냐"며 내 멱살을 잡고 땅 바닥에 패대기쳐 주면 속까지 시원하겠다. 감히 단언하건데, 1990년대 이후 소설가로서의 한문 이해층은 이병주에서 끝났다. 이병주가 1992년에 죽었기 때문이다. 한자를 좀 아는 소설가는 있어도 한시 한문을 아는 소설가의 맥은 이병주에서 끝났다는 말이다. 단언 컨대 앞으로도 나오기 어려울 것이다. 언제부턴가 일본과 중국에서 이제 우리나라를 한문문화권에서 배제하고 있음을 아는 사람은 다 안다. 그러니 웅후한 한학을 바탕으로 한강의 흐름과 같이 긴 서사를 할 수 있는 큰 작가가 어떻게 나올 수 있겠는가 말이다.

'이병주가 박정희를 미워했다고?' 이런 의문을 가지는 독자가 있 을 것이다. 사실이다. 그는 박정희 부정론자이다. 디테일을 알고자 한 다면 이병주의 대표작 가운데 하나인 『그해 5월』을 읽어 보시기 바 란다. 『그해 5월』은 박정희 정권 18년에 관한 종합보고서이다. 그 이 전에 이 책에도 그 편린이 보인다. "과격한 5·16 군사쿠데타는 어떠 했는가? 무고한 인명을 죽이고 인권을 유린하고 그 결과 권력형 축 재자를 만들고, 국민의 사기를 마비시켜 군정의 영구 통치를 꾀했을 뿐이 아니었던가."(314쪽) 겨우 3줄에 이병주는 박정희 정권에 대한 관감을 압축하였다. 그런 그가 박정희의 연장인 전두환과 친근했고 전두환의 부탁을 받아 전두환의 전기를 써 주려고 했던 사실은 어떻 게 설명해야 좋을까? 전두환 전기는 이병주의 죽음 때문에 한 페이 지도 쓰여 지지 않은 글이 되고 말았지만 파쇼 정권에 대한 그의 시 각 변화와 그 이유는 나로선 짐작할 수 없다. 이럴 땐 "제비와 참새 가 어찌 기러기와 고니의 뜻을 알리요(燕雀安知鴻鵠之志哉)"를 되 뇔 수밖에……

조물주가 한반도에서 백두산을 만들고 나서 너무 험하게 만들었다고 반성했고, 금강산을 만들고는 너무 지나친 기교를 부렸다고 반성한 결과 설악산을 만들었으므로 설악산에는 다음과 같은 특징이 있다. "첫째 교이불교(巧而不巧), 둘째 험이불험(險而不險), 셋째 고이불고(高而不高), 넷째 웅이불웅(雄而不雄), 다섯째 수이려(秀而麗)." 이 설악산의 개성을 금강석처럼 압축한 이 말은 이병주가 혹 어디서 옮겨 온 것이 아닌가 의심이 들 정도다. 이것이 그의 창견이라면 그 기상천외함에 대해 경의를 표하지 않을 수 없다. 아마 그의 천재적 창견이겠지.

설악산에 갈 때 혹은 다른 산을 오를 때 이병주가 말한 다음과 같은 심정이라면 그는 이미 등산인을 넘어서 등반인이다. "설악산에 간다는 것은 설악산만을 보러 가는 것이 아니고 설악산을 중심으로 한 우주의 신비에 참입(參入)하기 위해 가는 것이란 사실을." 그는 또 말한다. "산을 오를 때엔 심장의 운동이며 내릴 때엔 신경의 운동이란 것을 깨달았다."

이병주는 설악산 공룡능선을 타면서 "칸트의 철학이 공소(空疏)하고, 마르크스의 철학이 달갑지 않는 것은 그 사상이 육체를 무시한 정신의 추상(抽象)에서만 비롯되었기 때문이다." 라고 하였다. 이 한마디만으로도 그는 이미 사상가이다.

산악인의 진정한 무덤은 산이라 한다. 2021년에도 한국 대표적

산악인 또 한사람이 에베레스트의 크레바스에서 실족하여 산을 무덤으로 삼아 영원한 냉동상태로 들어갔다. 그들의 마지막 순간을 그들을 대신하여 이병주는 다음과 같이 그려 놓았다. "아마 고통은 없었을 게다. 냉정하고 슬기로운 정신을 담은 육체가 그대로 동상(銅像)처럼 빙화(氷化) 했을 것이니 말이다. 축축이 젖어오는 습기와 더불어 육체가 얼어 가면 의식은 잠들 듯 조용해지고 완전히 얼어버린 순간 가냘픈 생명은 촛불처럼 꺼지고, 눈은 쉴새없이 내리고 쌓여 순백의 무덤을 만든다. 이집트 황제의 무덤보다 거대하고, 페르시아 궁전보다 찬란한 무덤, …… 산은 이제 막 젊은 영웅들의 죽음을 안고도 움직이지 않고 슬퍼하지 않는다."

이병주는 '생각과는 달리' 겸손하다. 왜 이렇게 말하는가? 그 일단을 보자. 그는 "'지이산(智異山)이라 쓰고 지리산이라 읽는다'는 부제를 달고 『지리산(智異山)』이란 소설을 썼다. 지리산에 있어서의 자연과 인생을 쓸 작정이었지만, 이 작품속의 인생은 파르티잔이라고 하는 인생 가운데서도 이례(異例)에 속하는 기이한 인생의 일부에 불과하고 자연이라고 했자 그 만 분의 일에도 접근하지 못했다." 이 진술이 진실이라 하더라도 『지리산』의 작가 이병주는 겸손하다. 산을 아는 사람이기 때문이리라…….

나의 이 글은 한마디로 불두착분(佛頭着糞)이다. 내가 문학성이 풍부하거나 생각이 치밀한 사람이었다면 이 아까운 편폭(篇幅)에 산(山)에 이병주의 대한 독특하면서도 웅숭깊은 사상을 바탕으로 한, 독자들의 심금을 울리는 글을 남길 수 있었을 것이다. 그러나 전혀 그러지 못했다. 그리하여 이 글은 '부처 머리에 묻은 새똥' 꼴이 되고 말았다. 나는 나를 쉽게 용서할 수 있어도 독자들은 아무도 나를 용서하지 않을 것임을 안다. 그래도 용서를 빈다.